Patricia Highsmith

레이디스
Ladies

레이디스
Ladies

PATRICIA HIGHSMITH

퍼트리샤
하이스미스
소설

김선형 옮김

북하우스

일러두기

1. 주석은 모두 옮긴이 주다.
2. 본문 중 고딕체는 원서에서 이탤릭체로 강조한 부분이다.

차례

Ladies

세인트 포더링게이 수녀원의 전설

세인트 포더링게이 수녀원은 인버라라게이그 산 높은 곳에 빽빽한 숲으로 고립되어 프레스턴팬스 산길로만 접근할 수 있었다. 이 배움과 신학의 기관은 15세기 초반에 크레이겐퍼톡이라는 수녀가 운영했는데, 모든 면에서 너그러웠지만 단 한 가지 수칙은 철저히 지켰다. 어떤 남자도 수녀원 내에 얼굴을 보여서는 안 된다는 것이었다.

수녀들은 당연히 모두 여자였고(아마 위계가 스무 단계쯤 있었을 것이다) 제자들도 모두 여자아이들이었으며, 크레이겐퍼톡 수녀는 수녀원 관리인이나 난로에 장작을 넣는 인력까지 모두 여자로 구했다. 바꿔 말해 살아 있는 곤충이라면 몰라도 수녀원 내에 남성 유기체는 단 하나도 없었다는 얘기다. 그리고 어린 소녀들은 수녀원에 들어오는 순간부터(아이들은 두 살 때 수녀원에 들어왔는데 주변 시골에서는 모두 이를 크나큰 특혜로 여겼다) 남자는 아예 보지 못했고 성경에 나오는 남자들 말고는 남자 이야기를 듣지도 못했으며 남자라는 성 자체가 흐지부지 사라졌다고 배웠다.

그러다 킬리크랭키 수녀가 프레스턴팬스 산길 근처에서 메리를 발견했다. 아기는 배의 갑판에서 덮는 무릎 담요에 싸여 있었다. 메리가 여자아이라고 생각할지도 모르겠는데, 그건 아니다. 내가 이야기를 좀 성급하게 진행하고 있는 것뿐이다. 훌륭한 맥길리코딩키클러프표 타탄체크 담요에 싸여 발견되었을 때 메리는 채 한 살도 되지 않았고, 킬리크랭키 수녀는 보자마자 아이를 사랑하게 되었다. 그녀는 수녀원으로 돌아가서 크레이겐퍼톡 수녀 앞에 아이를 내려놓았다. 그러나 크레이겐퍼톡 수녀는 킬리크랭키 수녀만큼 아이에게 홀딱 반하지 않았다. 특히 남자아이라는 걸 알고 나서는 더 그랬다. 그러나 킬리크랭키 수녀는 수녀원 내부 정치를 이리저리 주물러 아이를 데리고 있어도 된다는 허락을 받았다.

"하지만 다른 아이들한테는 뭐라고 말하죠?" 크레이겐퍼톡 수녀가 물었다.

"아니, 그냥 여자 이름을 붙여주고 아무 말도 하지 않으면 되잖아요." 킬리크랭키 수녀가 대답했다.

이름은 메리로 정했다. 어쨌든 수녀원의 어린 여자아이들 대다수가 메리였으니까. 메리는 세례식을 받고 다른 여자아이들처럼 수도복을 입었으며 네 살이 되자 공부하고 명상할 자기만의 방을 배정받았다.

솔직히 말하자면 세인트 포더링게이 수녀원에서는 공부와 명상을 거의 하지 않았다. 기숙사 주강당 끝에는 알이 작은 스페인산 땅콩이 큰 나무통 가득 들어 있었는데, 공부하고 명상하는 시간은 이 나무통까지 가면서 수다를 떨고 다시 방으로 돌아가 땅콩을 까먹고 또 땅콩을 더 가져오려고 나무통에 가고 하느라 계속해서 끊겼다. 땅콩이 어떤지는 다들 알 것이다. 일단 까먹기 시작하면 뭐… 그래서 수녀들 본인들도 겉으로는 명상하는 아이들을 감시한다는 핑계를 댔지만 실제로는 땅콩을 가지러 나오곤 했다.

그나마 세인트 포더링게이 수녀원에 대해 해줄 수 있는 최선의 변명은 학문 기관이 아니었다는 것이다. 수녀들은 누구나 의무적인 정원 일에 더해(대체로는 스페인 땅콩을 재배하는 일에 시간을 바쳤다) 한두 가지 과목을 가르쳤다. 오전에는 프랑스어, 영어 철자법, 문법, 작문 수업이 있었다. 오후에는 기초 동물학과 식물학, 수학 수업이 있었는데 수녀원에 곱셈표를 명확하게 아는 사람은 아무도 없었다.

수녀들은 관대했고 수업은 한 시간을 꼬박 채우는 법이 없었다. 실제로 한 시간보다 훨씬 적은 시간으로도 그들이 아는 모든 걸 학생들에게 전해줄 수 있었다. 매 교시 마지막 십오 분은 게임이며 서로에게 칠판 지우개를 던지는 놀이로 채워졌다.

열 살이 되었을 때까지도 메리는 친구들의 여성성을 하나도 흡수하지 못했다. 신나게 뛰어다니며 놀고, 반항적으로 굴었고, 모든 게임에서 놀이 친구들을 상대로 압승을 거두었으며, 전반적으로 여자아이들보다 약간 더 거친 모습을 보였다. 한마디로 메리는 페티코트의 우주 속에 꼭꼭 감춰놓은 소년다움의 훌륭한 표본이었다. 그리고 두말할 필요도 없이, 아이는 수녀원에서 모두가 애지중지 귀여워하는 반려동물 같은 존재였다. 수녀들은 메리에게 저녁 여덟 시 잠자리를 준비하기 전에 인사를 하러 오라고 하곤 했다. 그들은 가운 바람으로 메리를 맞았고 머리카락을 모두 밀어버렸다는 사실을 메리에게 들키지 않으려고 몹시 조심했다. (메리가 온 후로 킬리크랭키 수녀가 머리카락을 조금 길렀는데, 길이가 이 센티도 되지 않아서 꼭 '축구 선수'처럼 보인다는 뜬소문을 핑키클러치 수녀가 퍼뜨린 적도 있다!) 세인트 포더링게이 수녀원에 갇힌 사람들은 통행금지 종이 울리는 여덟 시에서 아홉 시 사이에 야식을 먹었다. 샌드위치, 케이크, 핫초콜릿, 쿠키, 파이와 과일이 담긴 삐걱거리는 쟁반들이 튼실한 수녀원 요리사들의 손에 들려 기숙사로 운반되었고, 여자아이들과 수녀들은 저녁 여섯 시에 저녁을 든든하게 먹고 공부와 명상 시간에는 스페인 땅콩까지 주워 먹고도 언제나 잠자리에 들기 전에 맛있는 음식을 더 많이 먹었다. 그리고 이 시간에 수녀들 사이에서는 메리와 함께하는 짜릿한 시간에 대한 수요가 엄청나게 많았다. 음식을 빌미로 메리에게 특별한 대접을 제안했고, 그들은 항상 메리의 살을 통통하게 찌우려 애쳤다. 메리는 식욕은 엄청난데 너무 말랐어, 쯧쯧쯧!

열 살밖에 안 되는 나이였지만 메리는 독자적인 생각을 하기 시작했다. 그는 크레이겐퍼톡 수녀를 졸라 수녀원 꼭대기 층에 있는 불길하고 먼지 쌓인 오래된 도서관의 열쇠를 얻어냈다. 그러고는 크레이겐퍼톡 수녀를 끌고 계단을 올라 그림 속 성자들의 수염에 손가락을 대고 철저한 해명을 요구했다.

"저건…" 크레이겐퍼톡 수녀는 숨찬 소리로 경멸을 담아 말했다. "남자다!"

"왜 얼굴에 털이 났어요?"

크레이겐퍼톡 수녀는 잠시 생각에 잠겼다. "남자란 어린 남자아이가 자라서 되는 거야." 그녀는 애매하게 돌려 대답했다. "하지만 넌 그런 건 생각하지 않아도 된다. 이제 남자들은 다 없어졌으니까."

"남자아이가 뭐예요?"

크레이겐퍼톡 수녀는 대답했다. "남자아이란 여자아이가 아닌 아이야." 아이가 여자가 아니면 몹시 끔찍한 일이라는 말투였다.

"아." 메리가 말했다.

그러나 메리는 용감하고 독립적인 마음의 소유자였다. 메리는 다른 학생들과 거리를 유지한 채, 깊은 생각에 잠겨 뿌루퉁해서는 미간을 찌푸리고 도서관에서 지나치게 오래 시간을 보냈다. 나중에는 심지어 가끔 끼니를 거른다는 말이 돌았다. 수녀원 역사상 전례 없는 일이었다. 수녀들, 특히 크레이겐퍼톡 수녀와 킬리크랭키 수녀는 두려움과 불길한 예감으로 메리의 성장을 지켜보았다. 그들이 쥐여주는 답으로는 메리가 만족할 리 없다는 걸 알고 있었기 때문이다.

메리는 '남자'에 대한 메모들과 단상들을 마음 깊은 곳에 일단 넣어두고, 수녀원 도서관에서 후속 조사를 해서 도저히 도망갈 수 없는 덫으로 킬리크랭키 수녀와 크레이겐퍼톡 수녀를 잡겠다고 결심했다.

불행히도 도서관에는 생물학이나 비교 해부학에 관한 책이 아예 없었다. 뻔한 이유에서였다. 그러나 먼지 쌓인 기초 식물학 책들이 몇 권 있어 메리의 열렬한 마음에 처음으로 과학적 연구 방법의 묘미를 알려주었다.

사실 킬리크랭키 수녀가 가르치는 동물학은 인간의 정신이 창안한 그 어떤 것과도 달랐다. 메리는 네 살 때부터 그녀의 수업을 들었는데, 수녀원의 커리큘럼에 따라 (오후 두 시에서 세 시까지) 그 반에 들어가긴 했지만 아무것도 배운 게 없었다. 그래도 수업은 상당히 재미있었다. 교재가 없어서 숙제로 읽어야 할 책도 없었다. 교재가 없었던 이유는, 이 주제에 대한 정보라는 게 결국은 남성과 여성의 요소로 무조건 이어질 테고 그런 이야기를 해서는 결코 안 되기 때문이었다.

한 달 또 한 달, 일 년 또 일 년이 지나는 동안 메리는 킬리크랭키 수녀가 딱새우, 생쥐, 개구리, 아귀 등을 해부하는 모습을 지켜보았다. 개구리들은 바로 이 명확한 목적을 위해 수녀원 뜰의 분수에서 길러졌다. 또 킬리크랭키 수녀는 다른 유기체들을 구하기 위해서 매주 특별히 프레스턴팬스 산길 아래 바닷가의 조수 웅덩이까지 다녀오곤 했다. 수녀는 그 작은 분지를 조수 웅덩이라고 부른다고 믿어 의심치 않았다. 그리고 개구리(암피비 아 살리엔테)의 변태를 추적하는 수업에서는, 조수 웅덩이는 또한 개구리 변태의 초기 단계를 부르는 말이기도 하다고 학생들에게 가르쳤다.* 이 정보는 영문과 과장인 크레이겐퍼톡 수녀에게 전달되었고, 크레이겐퍼톡 수녀는 정말로 기뻐하면서 이를 '향수鄕愁'와 '향수香水'처럼 동음이의어면서 학문 분야의 훌륭한 상호 관계를 보여주는 사례라고 적어두었다.

'해부'는 세인트 포더링게이 수녀원 실험실에서 진행된 일을 묘사하기에는 너무 전문적인 기술 용어다. 킬리크랭키 수녀는 마음이 여려서 일단 동물들을 클로로포름으로 죽였지만 도저히 칼로 절개할 용기를 낼 수 없었다. 생각만 해도 두 손 두 발이 다 들렸다! 그녀가 생각해낸 방식은 절개만큼 깔끔하지는 않지만 확실했고 해부자 입장에서 배짱이 필요 없었다. 그러니까, 킬리크랭키 수녀는 해부 대상을 폭파했다. 규모는 당연히 작았다. 작은 불꽃놀이 화약을 동물 한중간에 단단히 꽂은 다음 성냥을 살짝 긋고 안전을 위해 한두 발자국 물러서면… 팍! 그러면 한

* 올챙이tadpole와 조수 웅덩이tide pool를 혼동한 엉터리 가르침이다.

순간 눈앞에, 아니면 주위에, 완전히 해체된 동물이 널렸다! 어린 소녀들은 한꺼번에 기쁨의 외침을 내질렀고, 킬리크랭키 수녀도 마찬가지였다. 반복은 자기 일에 대한 킬리크랭키 수녀의 열의를 무디게 하지 못했다. 킬리크랭키 수녀는 과학적 조사의 낭만을 강조하기 위해 여자아이들에게 말하곤 했다. 이렇게 해부를 무한히 많이 해도 언제나 뭔가 새로운 게 나타난다고.

(주: 킬리크랭키 수녀가 해부 때 쓰는 불꽃놀이 폭약은 수녀원 지하실의 커다란 나무통에 보관되어 있었다. 그들은 세인트 포더링게이의 불꽃놀이 폭약을 '파이어크래커'라고 부르지 않았고 그냥 '크래커'라고 불렀고, 먹는 크래커는 '비스킷'이라고 불렀으며, 비스킷은 '스콘'이라고 불렀다.)

머리를 길게 기르고 긴 수도복을 입고 허리를 벨트로 묶은 어린 메리는 실험실에서 이 과정을 지켜보다 고개를 저으며 생각에 잠겼다. 아이의 태도는 킬리크랭키 수녀를 불안하게 했다. 자기가 해부를 더 잘해야 하는데 못하는 느낌이 들었다. 크래커를 깊이 꽂았어야 하는데 그러지 않았고, 그 결과물을 피할 수 있을 만큼 충분히 멀리 물러서야 하는데 그러지 않았다는 뜻이다. 메리가 킬리크랭키 수녀의 실험을 여러 번 비웃기까지 했기에, 착한 수녀는 아이 앞에서 권위를 완전히 상실하는 건 시간 문제임을 알고 있었다. 그래서 메리는 실험 수업 내내 한쪽 구석에서 벽 쪽으로 얼굴을 돌리고 서 있는 벌을 받았다. 다른 여자아이들은 킬리크랭키 수녀가 말해준 대로만 했고, 온 세상에 그녀만 한 해부 예술가는 없다고 믿었다.

이런 상황이니 킬리크랭키 수녀는, 사실은 메리가 예뻐 죽겠다고 생각하면서도 여자아이들에게 메리는 행실이 끔찍한 아이라고 말했다. 그래서 여자아이들은 다들 메리를 무슨 끔찍한 존재라도 되는 듯 피하기 시작했다. 킬리크랭키 수녀와 크레이겐퍼톡 수녀는 그러면 메리가 마음을 돌릴 거라고 생각했다. 하지만 맙소사! 메리는 오히려 더 도도하고 초연해져서 도서관에서 더 오랜 시간을 보냈다. 뭔가 조치를 해야 해요, 수녀들은 말했다. 그것도 아주 빨리! 하지만 메리를 그토록 사랑하는 수녀들이 어떻게 아이를 벌할 수 있겠는가! 끔찍하게 골치 아픈 문제였다. 메리는 이미 손쓸 도리 없는 지경이 되어가고 있었다.

마침내 수녀들은 도서관 사용을 금지하고 문을 잠가버렸다. 하지만 메리는 크레이겐퍼톡 수녀의 침실에서 열쇠를 훔쳐 조사를 계속했다. 수녀들은 메리에게 실험실 구석에 세 시간 동안 서 있는 벌을 내렸다. 또 메리가 디저트를 엄청나게 좋아했기 때문에 디저트 없이 식사하는 벌을 내리기도 했다. 그러나 저녁이 되면 메리는 수녀들의 방을 찾았고, 수녀들은 다른 수녀들에게는 절대 말하지 말라면서 메리에게 케이크와 초콜릿과 미숫가루를 차려 먹였다. 메리는 하루 저녁에 세 수녀의 방을 방문하곤 했고, 두 번째 수녀의 방을 나설 무렵에는 배가 너무 불러 잘 걷지도 못했다. 그러면 세 번째 수녀(핑키클러치 수녀)가 주는 음식은 거들떠보지도 않고 면전에 손가락을 딱 퉁기며, 수녀가 정성껏 준비한 디저트를 쳐다보기도 싫다고 거절했다. 그러면 항상 핑키클러치 수녀는 낙심한 나머지 눈물범벅이 되었다.

열두 살이 되자 메리는 세상으로 풀려날 때까지 무려 팔 년을 더 세인트 포더링게이에 갇혀 있어야 하다니 차마 못 견딜 일이라는 걸 확실히 알았다. 그는 '지금' 당장 세상을 보고 싶었다. 세상은 이 수녀원처럼 엉망진창이 아닐 거라고 믿어 의심치 않았다. 몇 달이 흘러가는 사이 메리는 온 시간을 바쳐 탈출을 계획했다.

열세 살, 굉장한 아이디어가 떠올랐다. 크래커통이었다. 지하실에 있는 킬리크랭키 수녀의 낡은 폭약통이 그를 구원해줄 수단이었다.

아이는 지하실에 들락거리며 크래커를 수도복 안에 품을 수 있는 만큼 잔뜩 들고 옮겼다. 그리고 마침내 킬리크랭키 수녀의 비축량을 절반 넘게 빼돌렸다.

킬리크랭키 수녀는 부족분을 알아차리고 이 문제를 크레이겐퍼톡 수녀에게 보고했다.

"쥐 떼 짓이야." 크레이겐퍼톡 수녀가 옥수수를 베러 갔다가 할 일을 까맣게 잊어버린 채 말했다.

어느 날 저녁 통 속의 크래커가 거의 다 없어졌을 때 메리는 크레이겐퍼톡 수녀를 방문해서 흰 설탕을 입히고 영국 호두를 넣은 초콜릿 케이크를 큰 조각째로 먹다가 말했다. "크레이겐퍼톡 수녀님, 수녀원을 떠나게 해주지 않으시면 빌어먹을 수녀원을 통째로 지옥으로 날려버리겠어요!"

크레이겐퍼톡 수녀의 입이 벌어졌지만, 그건 케이크를 먹으려고도 아니었고 수녀원이 폭발할지도 모른다는 두려움 때문도 아니었다. 메리야 늘 무시무시한 협박을 일삼았으니 말이다. 놀란 건 메리가 사용한 언어 때문이었다.

"메리, 너 그런 식으로 말한 적은 없잖니! 대체 어디서 그런 말버릇을…"

"이 빌어먹을 수녀원을 산산조각 박살내겠다고요!" 메리는 아직도 케이크를 입안에 가득 문 채로 수녀의 말허리를 끊었다. "킬리크랭키 수녀님한테 들어서 아실 텐데요. 통 속의 크래커가 거의 다 없어졌다는 걸요." 메리는 불길하게 말했다.

"아… 이런 맙소사! 오! 오, 저런!" 크레이겐퍼톡 수녀가 벌떡 일어났고, 그 바람에 무릎에 놓여 있던 케이크 접시가 뒤집어져 바닥에 떨어졌다.

메리는 남은 케이크를 입에 넣고 최후통첩을 날렸다. "제 말 기억해요. 내일 저녁 이 시각에 대답을 기다리겠어요." 그는 성큼성큼 문으로 걸어가며 선언했다. 그리고 한 번 더 돌아보았다. "크레이겐퍼톡 수녀님!"

"으, 응…"

"남은 케이크는 제가 가져갈게요!"

크레이겐퍼톡 수녀는 찬장에서 남은 케이크를 가지고 왔다. 케이크는 삼 분의 이나 남아 있었다. 수녀는 메리에게 크래커를 되돌려놓겠다는 약속을 받아내려고 했다. 안 그러면 케이크를 주지 않겠다고 말하려고. 그랬는데 문간에 서 있는 맹폭하고 단호한 꼬마의 모습을 흘끔 보고는 너무 무서워서 케이크를 떨어뜨릴 뻔했다.

수녀는 킬리크랭키 수녀를 불러서 당장 상의를 하고 싶었지만, 메리를 자기 방에 불렀다는 걸 동료가 알게 하고 싶지는 않았다.

다음 날 아침 식사 직후에 두 수녀는 크레이겐퍼톡의 서재에서 만났다. 킬리크랭키 수녀는 소식을 듣고 경악을 금치 못했다. 두 사람은 함께 오만상을 찌푸리고 "아이고, 저런!"을 되뇌었다. 폭사할 생각을 하면 기분이 썩 좋지 않았지만, 아이가 그들을 떠난다는 게 오히려 더 나쁜 일처럼 다가왔다.

"크레이겐퍼톡 수녀님, 정말로 그렇게 할까요? 아이가 폭약을 다 어디에 숨겼을 거라고 생각하세요?"

"그거예요! 수색을 합시다! 우리 수색을 해야 해요!"

그래서 두 사람은 날아가듯 달려가서 다른 수녀들과 긴급회의를 열었고, 그들에게는 쥐 떼가 킬리크랭키 수녀의 크래커를 훔쳐갔다고 말했다. 쥐들이 갉아먹으면 폭약에 불이 붙기 쉬우니 다 같이 크래커가 숨겨진 곳을 찾아야 한다고, 수녀원의 쥐들은 말도 못 하게 똑똑하다고 말이다. 오 분도 안 되어 스무 명의 수녀들은 수녀원 경내를 샅샅이 뒤지기 시작했다. 방, 주방, 아이들. 수색은 헛수고였다.

그런 상황에서 나올 수 있는 결과는 단 하나였다. 메리는 그들이 찾을 만한 곳을 잘 알고 있었다. 수색 과정에서 크래커를 발견하지 못했다는 사실은 메리가 확실히 건물 전체에 폭약을 세심하게 설치해두었다는 증거였다. 어쩌면 바로 수녀들의 침실 바로 밑에 설치하고 메인 퓨즈는 어딘가 자기가 몰래 손댈 수 있는 곳에 두었을 수도 있다! 메리는 그런 일에 천재적일 만큼 기발했다! 결론은 하나뿐이었다. 메리를 자유롭게 풀어줘야 했다.

"크레이겐퍼톡 수녀님." 킬리크랭키 수녀가 말했다. "아, 아무래도 그 아이는 천재 같아요. 그 아이를 세상에 내보내는 게 우리의 신성한 의무일지도 모르겠어요."

"킬리크랭키 수녀님, 우리 커리큘럼으로는 메리에게 최고의 교육을 제공할 수 없다는 말씀을 하시려는 건가요?"

"아니, 아니에요. 크레이겐퍼톡 수녀님." 킬리크랭키 수녀가 대답했다. 정말로 그런 말을 하려던 건 아니었다. 수녀원의 교과 대부분을 자신이 직접 가르치고 있지 않은가. "하지만 어찌 되었든, 메리는 언젠가 남자가 될 거잖아요."

그러자 크레이겐퍼톡 수녀가 울기 시작했다.

점잖은 두 수녀는 반항아를 몰래 내보내기로 마음먹었다. 다른 수녀들에게는 이별의 슬픔에 무너질까 봐 아예 알리지도 않을 작정이었다. 그러다 없어진 메리를 찾으면 도망간 게 틀림없다고 단순하게 말할 생각이었다. 세인트 포더링게이 수녀원에서 그런 사례는 처음이겠지만.

킬리크랭키 수녀와 크레이겐퍼톡 수녀는 마지막까지 최선을 다했다. 수녀원 주방 요리사들에게 세인트 포더링게이 수녀원 역사상 가장 멋진 케이크를 구우라고 한 것이다.

여덟 시가 되자 메리가 크레이겐퍼톡 수녀의 방에 노크도 하지 않고 성큼성큼 걸어들어왔다. 엄한 얼굴의 두 수녀를 봐도 전혀 기가 죽지 않았다. 두 수녀는 사실 늑대의 옷을 입은 양이었고, 그들 앞에 있는 탁자에는 메이플 시럽에 견과류와 오렌지로 장식한 케이크가 탑처럼 우뚝 솟아 있었다.

"결정은 하셨나요?" 메리가 두 보호자의 눈을 똑바로 바라보며 물었다.

"메리." 킬리크랭키 수녀는 감정이 터지기 일보 직전이었다. "이 케이크 정말 멋있지 않니?"

"쳇!" 메리가 한 손을 흔들며 말했다. "나는 언제 자유의 몸이 되나요? 이 시설에서는 참을 만큼 참았단 말입니다!"

"메리." 크레이겐퍼톡 수녀가 말했다. "우리는 네가 우리와 함께 있어주면 좋겠다… 그냥 팔 년만 더… 세인트 포더링게이에 남아서 언행을 고치겠다고 하면, 네 과거 행실에도 불구하고 이 어여쁜 케이크를 네게 선물로 주기로 결정했단다."

"됐어요! 오늘 밤 열두 시 이후에는 세인트 포더링게이 수녀원이 존재하지 않을 겁니다! 시크 셈페르 팀판… 팀…"*

"메리." 킬리크랭키 수녀가 노골적으로 흐느껴 울며 말했다.

“프레스턴팬스 길가에서 너를 찾은 사람이 바로 나란다… 내가 너를 여기 데려와서…”

“아, 그 저주받은 날이여!”

크레이겐퍼톡 수녀가 정신을 차리고 마음을 가다듬었다. “킬리크랭키 수녀님, 우리는 이 아이를 데리고 정문까지 가서 작별 인사를 해야 해요. 인생은 힘든 과업을 떠안기지요, 친애하는 수녀님.”

킬리크랭키 수녀는 크레이겐퍼톡 수녀의 부축을 받으며 문 쪽으로 걸음을 옮겼다.

“잠깐.” 킬리크랭키 수녀가 말했다. “케이크 말이다. 사랑하는 우리 아이… 이 케이크는 너를 위해서 특별히 만든 것이니 네가 가져야지.”

“케이크나 먹는 사람들 같으니라고!” 메리는 경멸조로 말했지만 그래도 그 거대한 구움 과자를 사양하지 않았다. 아이는 수녀들 앞에서 행진하듯 뜰로 나가 거대한 철문까지 걸어갔다.

철문 너머로 난 오솔길은 꺾어져 프레스턴팬스 산길로 이어졌다. 그리고 길 끝에는, 세상이 있었다!

철문이 다시 휙 닫히자 메리는 처음으로 자유의 몸으로 섰다. 그나마 잘한 일이라고 한다면, 케이크를 내려놓고 두 팔로 착한 수녀 둘을 한꺼번에 안아준 것이다. 그러고 나서 메리는 길을

---

* ‘그러므로 언제나 폭군은 이와 같이 되리라’라는 라틴어 경구인 ‘시크 셈페르 티라니스sic semper tyrannis’를 부정확하게 기억한 것으로 보인다.

따라 걷기 시작했다.

세인트 포더링게이 수녀원의 전설은 몇 가지 다른 결말이 있다. 정확히 무슨 일이 일어났는지 아는 사람은 하나도 없다. 그러나 이것 하나만은 확실하다. 메리는 세상으로 나갔지만, 정작 수녀원은 아이의 협박대로 폭발해 산산조각이 되었다는 사실. 생존자는 없었다.

인버라라게이그 산밑에 사는 사람 중에는 킬리크랭키 수녀가 크래커를 발견하고 아이를 잃은 슬픔을 못 이겨 직접 폭파 스위치를 눌렀다고 말하는 이들도 있다. 메리가 긴 퓨즈를 설치해서 문을 빠져나온 뒤 수녀원을 날려버렸다는 이야기도 있다. 그리고 또 다른 파는 메리가 제자들에게 혼란과 잘못된 정보를 주입하는 수녀원을 그냥 두고 보지 않고 수년 후 돌아와 직접 폭파했다고 장담한다.

프레스턴팬스 산길에서 이어지는 기나긴 길을 터덜터덜 걸어가볼 의향이 있다면 오늘날에도 건물 초석의 잔해 속에서 수녀원의 윤곽을 알아볼 수 있다.

그러나 한 가지 사실만큼은 인버라라게이그산 주민들의 생각이 일치했다. 메리가 대학에서 공부했고 훗날 한 세기를 풍미하는 선도적 과학자가 되었다는 것. 세인트 포더링게이 수녀원의 전설과 관련지어 내가 그의 이름을 말하는 건 금기지만, 내가 그 이름을 알고 있다면, 친애하는 독자 여러분, 여러분 한 사람 한 사람 또한 그가 누구인지 알고 있으리라 믿는다.

Ladies

미지의 보물

슬롯머신이 있는 지하철 플랫폼, 어느 기둥 근처에 카키색 다용도 백이 놓여 있었다. 한쪽 다리가 불편한 남자는 〈데일리 뉴스〉 만화면 너머로 그 가방을 일 분쯤 바라보더니 발작적으로 움찔거리다 커다란 머리를 까닥까닥 흔들었다. 느릿느릿 천진하게, 플랫폼에서 열차를 기다리는 예닐곱 명의 사람들 한 명 한 명을 찬찬히 살폈다. 열차가 들어오자 사람들의 구성이 바뀌었지만, 열차가 떠나고 난 후에도 카키색 가방은 여전히 주인 없이 남아 있었다. 조금 더 가까이 다가갔다. 왼쪽 다리를 짚을 때는 심하게 푹 절다가, 반대편 다리를 쓸 때는 큰 키로 다시 우뚝 서면서. 어디 하나 망가진 기계처럼. 이미 잊힌 신문은 그대로 손에 들고.

한 군인이 그 앞으로 휘적휘적 걸어가서 껌 자동판매기에 일 페니를 넣고 기대 섰다. 군인의 신발이 가방 바로 옆에 멈췄다.

바지 색이 가방과 같았다. 장애인 남자는 커다란 발을 옆으로 질질 끌며 슬금슬금 멀어졌다. 다음 열차가 들어왔을 때 군인은 가방을 쳐다보지도 않고 열차에 올랐다.

다시 이 장애인이 앞으로 나서는데 그쪽으로 여유롭게 다가오는 다른 남자가 보였다. 녹색 중절모를 쓰고 로열블루 정장 위로 폴로 코트의 단추를 풀어 걸쳤으며 몸집은 작달막했다. 그의 작은 초록색 눈이 내내 자신에게 고정되어 있었지만, 장애인은 소심한 매혹에 사로잡혀 상관 않고 발을 질질 끌며 앞으로 나아갔다. 두 사람은 소매가 스칠 정도로 가깝게 서로를 지나쳤고, 가방에서 얼마쯤 떨어지자 둘 다 돌아보았다. 한 사람은 느렸고 다른 한 사람은 여우 같았다. 두 사람은 서로를 바라보았다.

키 작은 남자의 시선은 흔들림 없었지만, 쪼글쪼글한 눈가에 면도도 하지 않은 얼굴은 이리저리 돌아갔다. 남자는 장애인을 쓱 훑어보고 그 평면적이고 못생긴 얼굴과 추레한 코트를 눈에 담았다. 남자는 앞을 똑바로 바라보고 카키색 가방 쪽으로 뛰다시피 걸어가 갈색 구두로 가방 측면을 건드렸다. 발굽을 치며 반동을 주자 나무 뒷굽이 시멘트에 부딪혀 두드러진 딱딱 소리를 냈다. 장애인 남자는 몇 미터 후퇴했다. 키 작은 남자는 재빨리 플랫폼 끝으로 가더니 검은 터널을 본 다음 손목시계를 보았다.

키 작은 남자가 다시 돌아보았을 때 가방은 사라지고 없었고, 장애인 남자는 플랫폼을 빠져나가고 있었다. 솟구쳤다 가라앉왔다 하면서 3번가 출구 쪽으로 땅을 박박 긁으며 걸었다. 서두르진 않았지만, 치켜세운 코트 옷깃에 얼굴을 처박고 한쪽 팔로 옆구리 쪽의 공기를 허우적거리며 부지런히 걷고 있었다.

폴로 코트를 입은 남자는 주저했지만, 곧 장애인 남자를 따라갔다. 비탈진 터널에 나무 굽 구두의 탁탁 소리가 메아리쳤다.

장애인은 몸을 힘차게 끌어올려 계단을 올랐다. 밖에는 비가 내리고 있었다. 지치고 성긴 비였다. 아직 여섯 시 십오 분경이었지만 밤이 이미 내리고 있었다. 그는 6번가로 올라가 시멘트 핸드볼 코트를 에워싼 철망, 잔디밭과 일렬로 놓인 벤치들을 지났다. 뒤에서 탁탁 소리가 끊이지 않고 났다. 장애인은 초록색 눈의 남자가 뒤를 따라오고 있음을 깨닫고 막연하게 불편해졌다. 발걸음의 보폭을 넓히고 가방을 다시 겨드랑이에 끼었다.

몇 미터 더 갔을 때 초록 눈의 남자가 불렀다. "어이!" 구부러진 손가락 하나도 쭉 폈다.

장애인은 계속 갈 길을 갔다.

"어이!" 키 작은 남자가 뛰어가서 정신없이 흔들리는 장애인 남자의 팔을 잡고 우악스럽게 돌려세웠다. "당신 갖고 있는 거, 그거 내 가방이야!" 잔뜩 가시가 돋쳐 작정한 얼굴이다.

장애인은 옆구리에 낀 가방을 쳐다본 다음 변함없는 무표정을 지었다. 커다랗고 쪼글쪼글한 입술이 열렸지만 아무 소리도 나오지 않았다.

키 작은 남자는 느린 눈빛, 그리고 허연 이마와 매끈한 턱 사이에 이상하게 누워 있는 코와 입을 보았다. 한쪽 귀는 흑백 체크무늬 캡 모자에 끼어 접혀 있었지만, 다른 귀가 있어야 할 자리에는 실로 묶은 풍선 주둥이 같은 흰 살점밖에 없었다.

키 작은 남자는 장애인의 팔에서 가방을 빼앗아 지퍼를 반쯤 열어 재빨리 속을 보더니 닫았다. 그리고 상대의 차분한 눈을 홱 쏘아보았다. "도둑놈! 머저리!" 멸시하듯 입가를 실룩거렸다. "경찰에 신고할 거야!" 그러더니 가방을 들고 6번가로 올라갔다.

장애인은 키 작은 남자의 뒷모습을, 그 옆구리에 낀 가방을 눈으로 좇으며 점점 작아지는 모습을 지켜보았다. 그러다 몸이 발작하듯 뒤채는 듯하더니, 폴로 코트를 향해 몸을 던지다시피 달렸다. 8번가로 올라가는 긴 블록을 따라. 긴 한쪽 다리로 어찌나 빨리 휘적휘적 걸었던지 불과 십 미터 거리까지 남자 뒤로 바짝 따라붙었는데, 그때 마침 가방을 채간 남자가 술집으로 들어가더니 사라져버렸다.

장애인은 발걸음에 힘을 빼고 술집 겸 음식점 앞에서 멈췄다. 캡 모자의 챙 아래 눈길이 순하게 아련한 실내를 향했다. 주차장 안내판의 미끄럽고 끈적한 봉에 손도 대보았다. 입술에서 하얀 김이 빠르게 비어져나왔다.

창을 반쯤 가린 진갈색 커튼 너머로, 맥주를 홀짝이는 남자의 간간이 숙여지는 초록색 모자가 보였다. 창가로 더 가까이 가자 남자 옆의 등받이 없는 의자에 놓인 가방이 보였다. 잠시 후 바에 앉아 있는 남자가 지퍼를 열더니 안에 손을 넣었다. 장애인은 가슴에서 납덩이가 쿵 떨어지는 느낌을 받았다. 남자는 천천히 지퍼를 닫고 일어나 머플러를 코트 아래 겹쳐 두르고 담배 연기가 눈에 들어가지 않게 고개를 옆으로 기울였다.

장애인은 수줍게 몇 발 양복점 앞 인도로 물러서서 바를 바라보았다.

카키색 가방을 든 남자가 나와서 6번가를 가로질러 똑바로 걸었다. 이윽고 여자 구치소를 지나 그리니치 애비뉴 왼쪽 인도에 들어섰다.

이제 장애인은 키 작은 남자 바로 뒤까지 바짝 와서, 적당히 걷고 있는 상대의 속도에 맞춰 걷고 있었다. 먼저 초록 눈의 남자에게 정확히 뭐라고 할지 생각해야 했다. 그러나 뇌가 딱 막힌 듯 돌아가지 않았다. 적당한 그림도 적당한 말도 만들어내지 못했고, 지금 여기 말고는 다른 한순간을 상상하려 들지도 않았다. 장애인은 눈길을 카키색 가방에 못 박은 채 집요하게 길을 걸었다.

7번가에서 앞서가는 남자는 길을 건넜지만, 장애인은 파도처럼 흐르는 차량에 발이 묶였다. 불현듯 가로등이 켜지더니 삼삼오오 대로를 걷는 사람들을 비추면서 하늘을 한층 시커멓게 만들었다. 장애인은 키 작은 남자가 왼쪽으로 돌아 제인 스트리트로 향했을 때 한 블록 뒤처져 있었다. 거리는 어두웠지만, 장애인은 폴로 코트가 반사하는 창백한 빛을 볼 수 있었고 차고 앞

기울어진 인도에서 시끄럽게 부딪는 구두 굽 소리도 한두 번 정도 들을 수 있었다.

폴로 코트를 입은 남자는 허드슨 스트리트에서 길을 건너 계속 서쪽으로 가다가 그리니치 스트리트에서 북쪽으로 방향을 잡았다.

키 작은 남자의 뒷모습을 따라가던 장애인 남자는 두 블록쯤 떨어진 거리에서 빛이 환하게 밝혀진 교차로를 보았다. 가방을 든 남자가 바로 그곳으로 걸어들어갔다. 장애인은 박차를 가하고 더 힘차게 나아갔다. 돌출된 현관 계단을 지나고, 재떨이 통과 뚜껑을 지나쳐서. 가끔 질질 끌리는 발이 부딪혀서 불쾌한 소음을 냈다.

전차의 차량 모양의, 은빛 금속으로 마감한 현대적인 다이너*에서 빛이 흘러나왔다. 장애인은 아까 술집 겸 음식점에서 그랬듯 이곳에도 천천히 다가섰다. 다이너는 높은 토대에 자리 잡고 있었고, 환하게 조명이 밝혀져 있었다. 김 서린 유리창 너머 커다랗고 반짝이는 커피 주전자 위에 흑백의 메뉴가 한 줄로 쭉 놓여 있었다. 다이너의 긴 측면으로 가자 유리문 안쪽이 들여다보였다. 카키색 가방은 이제 남자의 무릎 위에 놓여 카운터 아래 꼭 끼어 있었다. 노란빛 도는 젖은 구두 한 쌍은 쩍 벌어진 채 스툴 발판에 놓여 있었다.

---

* 간편하게 끼니를 해결하는 미국식 식당. 대로변에 많이 있다.

바람이 강에서 울부짖으며 올라와 빗물이 다이너의 금속 벽을 철썩거리며 때렸고 환풍기에서 나오는 창백한 김을 갈랐다. 버터에 튀겨지는 햄버거 고기, 베이컨, 달걀 냄새가 훅 끼쳐왔다. 위장에서 듣기 싫은 꾸르륵 소리가 가늘게 났다. 쪼글쪼글한 입술이 돌출된 코 밑에서 더 꾹 아물렸고 파란 눈이 깜박였다.

카운터 뒤에 선 남자가 커다란 손짓으로 노란 달걀을 넉넉하게 퍼담더니, 네모난 어깨를 푹 숙이고 앉아 있는 폴로 코트 앞에 접시를 내려놓았다. 오른팔은 달걀을 퍼먹느라 바빴고, 모자 쓴 얼굴로는 버터 바른 삼각 토스트를 쑤셔 넣고 있었다. 달걀이 다 없어지자 냅킨을 뽑아 코를 풀었는데 어찌나 시끄럽게 풀었는지 바깥까지 소리가 희미하게 들렸다. 그는 카운터 아래로 냅킨을 떨어뜨리고 이번에는 파이를 먹기 시작했다.

장애인 남자는 가방을 찬찬히 뜯어보았다. 뭐가 들었는지 끄트머리가 불룩했는데, 키 작은 남자는 전혀 관심도 두지 않았다. 아마 더러운 옷일 거야, 생각하자 심장이 죄어들었다. 아니면 깡통이나 쓰레기일지도 몰라. 아니, 저 안엔 뭔가 더 좋은 게 들어 있어. 아니라면 초록 눈의 남자가 갖고 싶어할 리가 없잖아? 오렌지나 샌드위치, 양말, 아니 어쩌면 돈이 들었을지도 몰라.

드디어 카운터에 앉아 있던 남자가 접시를 밀쳤고, 모자챙 밑에서 한 줄기 연기가 훅 올라왔다. 털 많은 손에 들린 담배는 희고 깨끗했다. 남자는 커피의 마지막 한 모금을 던지듯 해치우고 일어나서 코트 자락을 뒤로 넘겨 바지 주머니를 손으로 찾았다.

장애인 남자는 갑자기 도망치고 싶은 충동을 느꼈다. 그래서 다이너 끝쪽으로 물러섰다. 거기서는 앞쪽을 똑바로 볼 수 있었다. 그는 왼발을 가볍게 인도에 올리고, 어느 쪽으로든 갈 수 있게 자세를 잡았다.

가방을 옆구리에 낀 남자가 담배를 피우면서 문에서 나와 한 발 내려섰다. 모퉁이에 선 형체를 알아보았다. 장애인은 곤욕스러워 몸을 꼬았다.

가방을 든 남자는 미동도 하지 않고 오래 서 있었다. 그러더니 다시 한 발 내려서서 걷기 시작했다. 단차를 미처 보지 못해 발에 충격이 오자 입술에 물고 있던 담배가 뚝 떨어졌다. 휘청거리던 남자는 다시 발을 멈칫하고는 장애인에게서 눈길을 돌리고 똑바로 길을 건넜다. 그리고 다시 그리니치 스트리트를 따라 올라갔다. 남자는 전보다 더 빨리 걸었고 몇 초 후에는 시야 밖으로 사라졌다.

어둠 속에서 뒤따라오는 장애인 남자의 소리를 들은 키 작은 남자는 처음으로 꿈틀거리는 공포를 느꼈다. 발걸음을 재촉하며 가방을 더 높이 추켜들었고 입가를 한쪽으로 휘어올려 웃었다. 괜찮다고 자신을 안심시키려는 것 같았다. 그 가방은 이런 수고를 할 가치도, 이런 공포를 느낄 가치도, 저런 남자한테 쫓길 가치도 없었기에. 게다가 딱 삼 분만 더 걸으면 14번가고 거기 닿기만 하면 금세 모임에 갈 수 있었다.

장애인 남자의 움직임은 낭비가 심했다. 긴 팔은 허공을 마구

잡이로 휘저었고, 걸음걸이도 걷는다기보다는 풀썩 넘어졌다가 간신히 몸을 가누고 일어서는 쪽에 가까웠다. 눈에 띄게 간격을 따라잡자 장애인 남자는 기분이 훨씬 좋아졌다. 가방을 들고 집에 가서 방 침대에 앉아 열어볼 생각마저 하게 되었다. 그러나 먼저 남자에게 말을 해야 했다. "나는 당신이 오기 한참 전부터 플랫폼에 서 있었어요." 장애인은 한껏 올려세운 깃에 대고 이 문장을 연습해보았다. "나, 나, 나는, 한, 한참, 전부터 서, 서…" 큼지막한 달걀 같은 목울대가 위아래로 꿈틀거렸다. "다, 당신보다… 먼저… 서 있었다고요!" 장애인은 숨을 크게 내쉬었다.

이 말을 제대로 해야 했다. 용기가 필요했다. 완벽한 행복을 느꼈던 귀한 한순간을 떠올려보았다. 그날 그 목소리와 그 말에 얼마나 행복했던가. "아치는 썩 괜찮아. 그 친구 일단 말을 하면 아주 괜찮은 얘기를 한단 말이야." 그 말을 한 건 헨드릭스 씨였다. 언제나 웃어주고 말을 걸어주던 헨드릭스 씨. 그런 헨드릭스 씨가 자신의 얘기를 하고 있었다. 아치, 신문 공장에서 짐을 나르는 아치, 자신의 얘기를 하고 있었다. 장애인 아치는 그 말을 들은 상황을 정확히 기억하고 있었다. 엘리베이터 근처에 있었는데, 헨드릭스 씨가 십장인 라이젝 씨와 이야기를 나누고 있었다. "아치는 썩 괜찮아. 그 친구 일단 말을 하면 아주 괜찮은 얘기를 한단 말이야." 그때 얼마나 기뻤는지 모른다. 그 말을 그저 되새기기만 해도 행복해질 수 있었다. 그렇게 말하던 헨드릭스 씨의 목소리가 귓전에 선했다. "아치는 썩 괜찮아…"

강인하고 아주 용감해지는 기분이 들었다. 가방을 든 이 남자를 따라잡고 싶었다. 괜찮은 얘기가 되는 말들을 내뱉고 싶었다.

그러자 이 상황이 그냥 몇 마디 말로 설명할 수 있는 실수라는 생각이 드는 것이었다… 장애인 남자의 발바닥이 연석에 닿아 시끄러운 굉음을 냈다.

폴로 코트를 입은 남자가 등 뒤를 획 돌아보았다. 두려움이 남자의 척추에 더 깊이 내려앉아 비정상적인 힘으로 내달리게 밀쳤다. 폴로 코트를 입은 남자는 14번가 교차로를 가로질러 판판한 판석과 전차 철로를 지나 달렸다. 14번가에는 사람이 하나도 없었고, 두세 블록 동안은 아까 있던 거리만큼 조명이 어두웠다. 다급하게 다시 그리니치 스트리트로 뛰었다. 한동안 발끝으로 걸으며, 자기가 14번가에서 어딘가로 들어가버렸다고 장애인 남자가 착각하기를 바랐다. 그때 발에 챈 무언가가 인도 위로 귀에 거슬리는 소리를 내며 굴러갔다.

"빌어먹을!" 남자는 더러운 이를 딱딱 부딪고는 돌아서서 몸을 팽팽하게 곧추세우며 귀를 기울였다. 긁고 철썩 치고 또 긁는 소리가 가까워져왔다. 이제 뛰다시피 걷기 시작했다. "대, 대체 내가 뭘 하는 거야. 미친놈한테 쫓기기나 하고." 남자는 중얼거렸다. "14번가로 나가서 모임에 갔어야 했는데." 발이 땅에 닿지도 않는 느낌, 어쩐지 뒤로 질질 잡아끌리고 있었다. 키 작은 남자의 마음속에서 장애인 남자는 비현실적인 크기로 부풀어올랐고 도저히 피할 수 없는, 악몽에 나오는 기계 같은 형상이 되었다. 게다가 이제는 장애인 남자가 광적인 복수심에 휩싸여 가방이 아니라 그 자신을 쫓아오고 있다고 믿었다. 키 작은 남자는 가방을 더 세게 움켜쥐고는, 아무리 어두워도 다음 거리에서는 나가서 어딘가 인적이 있는 곳으로 가야겠다고 마음먹었다.

심장이 휘청거리며 무거운 두 발처럼 툭툭 떨어지는 느낌이 들어 바로 발걸음을 늦췄다. 이렇게 서둘러서는 안 된다, 심장이 약한 마당에. 이러다 시궁창에 쓰러져 처박히기라도 하면 어쩌지… "저놈이 밤새 나를 가만두지 않으면 어쩌지! 영원히 나를 괴롭히면 어쩌지! 거지 같은 가방을 들고 미친놈한테 쫓기는 꼴을 강당에 있는 사람들한테 들키면 어떻게 하지!"

남자는 대규모 공제회의 회계 담당이었고 간혹 연설할 기회도 있었다. 이 주 전 밤만 해도 퍼터먼을 비난하는 연설을 했다. 맨 앞줄 이 미터도 못 되는 거리에 앉아 있는 당사자를 저격했다. "동료 회원에 대해 이렇게 말해달라는 요구를 받는 일은 흔치 않습니다." 남자는 손수건으로 입을 닦으며 말을 맺었다. "그러나 제 유일한 걱정거리는 공, 제, 회뿐입니다! …퍼터먼은 면전에서 다 괜찮다고 말하고는…" 그때 남자는 손가락을 쫙 펼쳤지만, 그 손짓은 왠지 그 장애인을 부르는 듯 느껴졌다. "그러고는 윗선에 가서 이 공제회에 대해 헛소리로 고자질했습니다! …신사 여러분, 제가 증거를 확보해 이렇게 제출합니다!" 엄청난 갈채, 퍼터먼은 구두 표결로 축출되었다. 그, 그런데 저들이 이런 상황을 알면 대체 뭐라고

들 하겠…

"어이!" 장애인이 말했다. 지척이었다. "어이!" 장애인이 흐느적거리는 팔다리로 노란 코트를 지분거렸다.

키 작은 남자가 펄쩍 뛰었다. "갖고 싶어? 가져가라고!" 남자는 비명을 질렀다.

"어이! 난 그냥… 난 그냥…"

그러나 폴로 코트를 입은 남자는 이미 멀리 가고 없었고, 탁탁거리는 발소리도 달아나고 있었다. 거리를 벗어나 동쪽으로.

크고 야윈 손이 내려와 인도 위를 더듬거렸다. 장애인은 두 손으로 가방을 찾아 들고 두툼한 코트 팔 안에 꼭 품었다. 아치는 계속 길을 따라 걸었다. 가방을 꼭 안고 있으니 마음속에서 애정이 솟아올라 따뜻하고 행복해졌다. 폴로 코트를 입은 남자는 벌써 마음속에서 흐릿하게 지워져 사라졌다. 장애인은 축축한 카키색 가방의 냄새를 맡아보았다. 옷가지 같은 냄새였다. 쪼글쪼글한 입매가 가만히 길게 펴졌다.

그대로 네다섯 블록을 쭉 걸어 20번가에서 동쪽으로 갔다. 가방에 뭐가 들어 있을지 확인하고 싶은 기분이 들지 않았다. 얼굴이 여느 때처럼 멍하니 생각에 잠긴 표정으로 돌아갔다. 똑바로 앞을 바라보는 눈. 연석의 등불을 하나씩 하나씩 지나칠 때 번지는 자기 그림자, 인도의 기괴한 무늬에 가끔 머리가 일그러지는 그림자는 신경조차 쓰지 않았다.

어느 브라운스톤 주택에 다다른 그는 두툼한 난간을 붙잡고 몸을 끌어올려 올라가서는 열쇠를 꺼내 현관으로 들어갔다. 현관 조명은 천장에 달린 작은 알전구 하나뿐이었다. 흔들거리는 난간을 잡아당겨 계단을 올라 층계참에서마다 머리를 집요하게 찧으며 돌았다. 사 층에서 장애인은 낮고 네모난 문 앞에 멈춰 섰다. 하도 발로 차고 지문을 찍어서 갈색 페인트가 거의 다 벗겨져 있었다. 또 다른 열쇠로 자물쇠를 열었다.

집 안에서 그는 익숙하게 걸어가서 가스버너 옆 방수 천을 덮은 식탁 위의 목이 휘어지는 스탠드를 켰다. 노란색이 감도는 빛에 입방체 모양의 방이 드러났다. 해먹처럼 축 늘어지는 침대, 실패 모양의 다리가 달린 식탁, 반듯한 의자, 뒤집어서 협탁으로 쓰는 궤짝, 낡아빠진 서랍장이 놓여 있었다. 벽에는 작은 메모들이 빙 둘러 붙어 있었다. 똑같은 간격으로 빽빽하게 써서 패턴을 형성하다시피 했다. 자신과 조금이라도 관련이 있는 사람들의 이름, 주소, 전화번호였다. 신문 인쇄소 직원들부터 청소부, 길모퉁이 식료품점, 담배 가게, 드러그스토어 사람들의 이름과 상세한 특징, 과거 몇 달간 광고 우편물을 보낸 잡다한 업자들의 주소까지 다 적혀 있었다.

옷장으로 쓰고 있는 한쪽 구석 천 뒤에 코트를 걸었다. 그는 두상이 상당히 길고 정수리가 판판해서, 옆모습이 메르카토르 도법으로 굴절된 모델의 프로필 같았다. 황금빛의 아주 가는 머리카락이 풍성하게 머리통으로 아무렇게나 흘러내렸다. 방 안에서 그는 우아하게 움직였다. 완벽하게 편안한 상태로, 모든 물건의 위치를 아는 모양새로.

그는 가방을 들고 침대로 가서 울퉁불퉁한 조각보 이불 위에 부드럽게 앉았다. 금색 지퍼가 손가락에 닿자 쾌감이 오한처럼 짜르르 퍼졌다. 그 파르르한 느낌은 풍요의 노래, 기계적 아름다움의 노래였다. 쪼글쪼글 주름 잡힌 입이 더 넓게 벌어졌고, 금빛 눈썹이 기대감에 활 모양으로 휘어졌다. 가방 측면을 열자 어두운 가방 속에서 작은 기둥 모양의 파랑과 금색 종이가 무수히 반짝였다. 빨강과 노랑과 초록과 회색과 연보랏빛과 흰색 종이들도 있었다. 종이들은 각자 다 벽돌 모양이었지만 다 같이 합쳐져 커다란 벽돌 하나를 이루고 있었다. 평범하고 흠 하나 없이 깨끗한 초콜릿과 껌 포장지 수백 장이었다.

달아오르던 열의가 가라앉아 심란하고 믿지 못할 낙심으로 변했다. 동그랗게 휘어졌던 눈썹이 약간 떨어지고 입이 헤벌어졌다. 그러나 이윽고 분광 같은 색채에 마음이 사로잡혔다. 상자에서 열 개, 아니 열다섯 개의 초콜릿 포장 조각을 꺼내 엄지와 검지로 잡고는 힘을 주어 누르며 큰 소리로 웃어대자, 기둥 같은 초콜릿이 뚝 부러져 다리 사이 침대로, 마룻바닥으로 굴러 떨어졌다. 다시 가방에 손을 넣었다. 이번에는 초록색 껌 상자를 최대한 많이 꺼내, 폭포처럼 손바닥을 펼쳐 꼭 붙인 허벅지로 떨어뜨렸다. 초콜릿도 더 많이 꺼내 동전처럼 손가락 사이로 걸러 침대보 위에 떨어뜨렸다. 가방 한쪽 끝에는 동전이 든 추레한 캔버스 자루도 있었는데 대략 이 달러쯤 되었다.

다리가 실패처럼 생긴 탁자를 잡아당겨 그 위에 놓인 알람 시계와 연필깍지를 치우고, 초콜릿 벌판을 만들었다. 짙은 파랑, 연보라, 초록색. 실눈을 뜨고 이 색채의 모둠을 모든 가능한 각도에서 바라보았다. 그라면 아주 귀하게, 그것도 한 번에 하나씩만 샀을 초콜릿이 수백 개나 쌓여 있었다. 그래서 호사스럽게 음미하면서, 한 조각을 골라 포장을 벗기고 까맣고 서늘한 초콜릿을 혓바닥에 올려놓았다. 다시 몸을 벽에 기대고 정수리가 판판한 머리를 돌려 손에 쥔 작은 종이에 빛이 떨어지게 만들었다. 그는 음정도 맞지 않는 콧노래를 부르며, 입안에서 향을 방출하는 물건의 원재료가 무엇인지 읽기 시작했다.

Ladies

최고로 멋진 아침

1

깨끗한 작은 강을 따라 한 시간 넘게 달리던 기차가 숲이 울창한 굽이를 돌아 경적을 울리고는 산기슭에 위치한 아담한 소도시 쪽으로 차분하게 증기를 뿜었다.

객차에 앉아 지나치는 소도시마다 찬찬히 뜯어보던 남자는 불안한 기색으로 창가에 얼굴을 가져다댔다. 남자의 표정이 싹 달라지더니 초조하게 손톱을 씹어 먹던 동작을 뚝 그쳤다. 기쁨의 전율이 오랜 설렘으로 남자의 온몸을 훑었다. 한 번도 본 적 없는 이곳이 자신이 찾던 목적지라는 걸 알았기 때문이다.

우중충한 하늘 아래 좀 추레해 보였지만, 한편으로 우호적이고 친절하다는 인상도 있었다. 원하는 사람은 누구든 편하게 하차할 수 있도록 거주 지역이 철길 옆에 바짝 붙어 자리 잡고 있었기 때문이다. 교회, 법원, 철길을 따라 죽 늘어선 상가가 보였다. 필요한 물건을 파는 상점이 하나씩 들어서 있었다. 손님을 활짝 반기는 이 상가 전면 너머로, 이층집들이 수놓여 있는 푸른 초원이 그보다 더 푸르른, 푸르다 못해 초록으로 물든 산맥으로 녹아들었다. 산맥은 나머지 세상을 모두 뒤덮고 있다 해도 좋을 만큼 웅장했다.

남자는 다 씹어 뜯어 손톱이 거의 남지 않는 통통하고 깔끔한 열 손가락 끝을 창턱에 놓고 고뇌에 찬 교향곡의 마지막 코드를 연주하듯 두드렸다. 승강장에서 "승차하실 분—!"이라는 목쉰 외침이 들렸을 때는, 털썩 무릎을 꿇고 "복되신 주님 감사합니다!"라고 외칠 뻔했다.

그는 겨드랑이에 여행 가방을 꼭 끼고 객차 통로를 황급히 지나가다 계단에서 역장과 부딪쳤다.

"저 내립니다!" 남자는 천천히 움직이기 시작하는 기차에서 뛰어내렸다.

기차는 더러운 창턱 어딘가에 묻은 그의 열 손가락 지문을 싣고 북쪽으로 느릿느릿 기어갔다.

역에서 불과 몇 걸음 만에 타르가 깔린 주도로에 다다랐다. 트리벨리언 대로였다. 영화관의 차양이 눈앞에 나타났고, 상영작 목록을 본 남자는 기분 좋은 기대감에 마음이 설렜다. 남자는 영화를 무척 좋아했다. 길가 이발소의 봉이 신나게 돌아가고 있었고, 카페의 철망문이 철썩 열리더니 어떤 남자가 나왔고, 아이스크림콘을 든 어린 여자아이 둘, 장바구니를 든 주부, 멜빵바지를 입은 농부가 그를 스쳐지나갔다. 모두 무대 위의 등장인물들처럼 호감 가고 예의 발랐다. 그러나 여기는 무대가 아니라 진짜 마을이었고, 아마도 남자가 본 사람들은 거의 모두가 이곳에서 태어나서 이곳에서 살다가 이곳에서 죽을 것이다. 남자는 벌써 마음으로 그들과 동류의식을 느꼈다.

바로 그날 아침 귓전에서 새된 비명을 지르는 고가철도 소리에 잠이 깨 택시 바퀴에 앉아 있던 기억은 잘 떠오르지도 않았다. 오늘 손님을 태웠던가? 손짓하고 휘파람을 불며 그를 부르는 사람들을 못 본 체하고 택시를 운전한 기억은 났다. 언제나 그렇듯 마음이 내키지 않았고 미친 듯 돌아가는 뉴욕 한가운데로 뛰어들 용기가 갑자기 나지 않았다. 그날 아침의 뉴욕은 정말! 여덟 시간의 시차를 두고 돌아보니, 그 응어리진 광란이 질병처럼 느껴졌다. 이 순간 그는 치열하게, 그리고 마지막으로 뉴욕을 생각했다. 그러고는 시끄러운 미식축구를 고래고래 중계하는 라디오를 끄듯 생각의 흐름을 딱 끊었다.

행복, 선의, 낙관주의에 힘입어 발이 땅에서 두둥실 떠오를 것만 같았다. 새로운 마을, 때 묻지 않은 곳, 잠재력—이곳에서는 다시 시작할 수 있었다! 다시 태어난 느낌이었다. 일요일에는 저기 저 우듬지 너머로 보이는, 검은 첨탑에 금색 공과 십자가가 얹어진 교회에 가서 주민들과 함께 신에게 감사를 올리고 싶었다.

배가 고파 꼬르륵 소리가 났을 때 마침 시선이 트리벨리언 대로 이쪽 길 몇 미터 앞에 있는 하얀 건물에 멎었다. 측면에 커다란 검은 글자로 '식사'라고 쓰여 있고 건물 앞뒤에는 '댄디 다이너'라는 작은 네온사인이 걸려 있었다.

문은 밀어도 열리지 않았고, 김이 서린 유리창 너머에서 "옆으로 밀어봐요!" 비슷한 소리가 들려왔다.

애런은 옆으로 문을 밀고 들어가서 아늑한 기분으로 다시 꼭 닫았다. 실내는 따뜻했고 버터에 튀긴 달걀과 갓 구운 햄버거 냄새를 기분 좋게 풍기고 있었다.

"안녕하쇼!" 아까 그 목소리가 말했다. 카운터 너머에 서 있는, 데님 셔츠를 걸친 남자의 목소리였다.

"안녕하세요!" 애런은 사람들 모두에게 일일이 고개를 끄덕여 인사했다. 그리고 등받이 없는 의자에 앉았다.

겉이 연하게 구워진 홈메이드 파이, 그릴에서 구워지고 있는 아찔하게 뜨거운 핫도그들, 그릇에 담긴 밝고 부드러운 버터, 선반 위 접시에 놓인 새롭고 다양한 종류의 스위트번 위로 푸른 눈길이 만족스럽게 미끄러져 스쳤다. 안 그래도 돌출되어 측면에서 보면 고양이처럼 투명하게 보였는데, 지금은 가게 구석구석을 탐색하느라 앞으로 더 많이 튀어나와 있었다. 그는 모자를 벗어 들고 갈색 머리를 의례적으로 가다듬었다. 카운터의 남자가 와플 기계에서 와플을 꺼내 버터를 잔뜩 발라 철도 노동자들이 입는 파랑과 흰색 작업복 차림의 남자에게 주는 모습을 바라보았다.

"시럽?"

"암, 물론이지." 남자는 여러 뜻을 담아 발음을 굴리며 말했다.

카운터의 남자가 시럽 용기를 남자의 접시 옆에 놓아주고는 애런에게 다가왔다. "뭘 드시겠소?"

애런은 손바닥을 꼭 맞댄 다음 발판 옆쪽으로 몸을 살짝 올려세우고는 핫도그, 와플, 복숭아 파이 조각, 스위트번과 커피를 주문했다. 식사가 준비되는 동안 카운터의 남자와 철도 노동자가 주거니 받거니 나누는 대화, 그리고 두 흑인의 웃음 섞인 나직나직한 말소리에 귀를 기울였다.

전기 환풍기의 맥박이 간이식당 안의 세계를 완벽한 전체로 묶어주고 있었다.

전화기가 울렸고 현금 출납기 앞에서 백일몽에 빠져 있던 젊은 여자가 벌떡 일어나 받았다. "자기!" 여자는 미소를 지으며 느릿하게 말을 끌었다. "맥이 오늘은 나 여덟 시 반까지 일해야 한대."

"이런, 내가 보내준다고 해." 맥이 성격 좋게 끼어들었다. "언제는 자네가 일을 했었나?"

와플이 앞에 차려지자 애런은 괜히 신경이 쓰여 자기 턱을 만지작거렸다. "면도 먼저 하고 왔어야 했나 봅니다." 그는 카운터의 남자에게 미소를 지었다.

맥이 미소로 답했다. "아, 괜찮아요. 우리는 까다로운 사람들이 아니거든. 날 좀 보세요.” 그는 너털웃음을 웃었다. “어디서 오셨소?”

“뉴욕이요.” 애런이 머리를 처박고 와플을 먹기 시작했다. 시럽을 적당히 따르고 (자기도 뉴욕 출신이긴 해도 오토매트*에서 봤던 사람들처럼 근본 없이 행동하고 싶지는 않았다. 거기서는 어쩌나 식탐이 과한 사람들이 많은지 시럽과 크림을 소분해 나눠주어야 했다) 한입 베어 물 때마다 고개를 돌려 벽에 붙은 온갖 안내문들을 읽었다.

짝을 지어 오세요, 다 함께 오세요!
윌리 워커의 유명한 칠인조 밴드
입장료 커플당 일 달러 오십 센트

브라이튼 레크리에이션 홀
버몬트주 브라이튼

날짜는 한 달 전이었다. 아까 그 젊은 여자가 오늘 밤 저런 댄스파티에 가려는 건지 궁금해졌다. 여기 써 있는 도시 이름들은 하나도 들어본 적이 없었다.

---

* 자동판매기로 간단한 식사를 판매했던 식당. 20세기 초중반 미국 도시를 중심으로 유행했다.

그때 이런 안내문이 눈에 들어왔다.

방 있음
호플리 부인의 가구 완비 편안한 하숙집
주 또는 월 단위로 계약

N. H. 클레먼트
플레전트 스트리트 17번지

"플레전트 스트리트가 어디 있습니까?" 그는 맥에게 물어보았다. 이 마을이 혹시라도 클레먼트가 아닐까 봐 너무 겁이 나서 차마 그 질문을 먼저 하지는 못했다.

맥이 뒷목에 대고 있던 손을 들어 식당 한쪽 구석을 가리키더니 길을 가르쳐주었다. 애런은 너무 흥분해서 제대로 듣지 못했다. 마음이 앞서가서 그 집의 모습, 그가 살게 될 방의 모습을 이미 그리고 있었다. '플레전트'라는 이름의 거리를 찾아내다니 자신의 행운이 놀라울 따름이다. '클레먼트'만 해도 달콤하게만 들리는데 말이다.* 기억 속 어딘가 종을 울려 볕이 내리쬐는 풍경 속 소풍 장면을 건져올리는 이름이었다.

---

* '플레전트'는 '기분 좋은'이라는 뜻이고, '클레먼트'는 '온화한' '자애로운'이라는 뜻이다.

"여기 좀 계시려는가 봅니다?" 계산서를 내밀자 맥이 물었다.

"그러면 좋겠는데요." 애런이 미소를 지으며 일 달러를 카운터에 두고는 문 쪽으로 물러났다. "정말 맛있게 먹었습니다."

"또 오세요!"

"안녕히 가세요!" 여자가 말했다.

애런은 손가락 끝이 가리켰던 방향을 따라 약국 교차로를 돌아서는 길로 향했다. 그리고 교차로에서 잠시 서서 소박한 전쟁 기념비를 감상했다. 삼각 유리 위에 세운 시멘트 기둥으로, 수백 명의 이름이 금속 명판에 새겨져 있었다. 온갖 전쟁에 참전한 클레먼트 참전 군인들. 애덤스, 바버, 바턴, 버크, 차일드… 호플리가 있을까? 있다. 재커라이어 P. 호플리와 윌리엄 J. 호플리가 있었다. 호플리 부인에게 그 이름들을 보았다고 말을 꺼내볼 수도 있겠다.

그는 발걸음을 재촉하면서, 나무에 기대 서 있던 맨발의 삐죽머리 꼬마 여자아이에게 인사 대신 웃어주고, 반들반들 윤나게 닦은 갈라진 구두를 신고 빳빳하게 다려 칼라를 세운 구부정한 노신사에게 "안녕하십니까!" 하고 인사를 건넸다.

"안녕하시오!" 노인이 대답했다.

대체로 비탈진 길을 올라가니 플레전트 스트리트가 나왔다. 안으로 굽어 우듬지가 모여 있는 커다란 느릅나무들이 양쪽으로 늘어서 있었다. 이 녹음의 터널에 들어가자마자 해가 나더니 수천 장의 잎사귀 사이로 햇살이 금빛 빗줄기처럼 쏟아져 내렸다.

커지는 숫자를 불안하게 헤아리다 보니 어느새 17번지 앞에 서 있었다. 포치 양편을 타고 오른 풍성한 초록 넝쿨에 반쯤 가려진 노란빛 도는 이층집이었다. 이 도시를 알아보았듯 그 집을 알아보았다. 이런 고향을 원하고 바랐다! 금이 간 갈색 페인트 벽, 포치의 울타리를 떠받친 홀쭉한 검은 기둥, 나무로 만든 계단 난간의 우아함. 대칭으로 한쪽 앞발을 들고 옆으로 선 검은 개들의 철제 부조가 시멘트 보도로 경계 지어진 격식 없는 앞뜰을 지키고 있었다.

"누구 찾으십니까?" 포치에서 어떤 목소리가 외쳤다.

애런은 보도를 따라 걷기 시작했다. "방을 찾고 있습니다."

그네에서 끽끽 소리가 났고, 광택 나는 마닐라풍 바지와 셔츠를 입은 땅딸한 남자가 애런 쪽으로 왔다. "방은 한두 개 있는 것 같은데요." 남자는 웃으며 애런을 살폈다.

"방을 찾는다고?" 이번에는 차양 문 뒤에서 목소리가 들려왔다. "방금 하나 났는데. 내키면 이리 와서 직접 한번 보세요."

그는 여자를 따라 복도를 거쳐 계단을 올라 또 다른 복도로 갔다. 여자는 커다란 창이 셋이나 난 넉넉한 방의 문을 열었다.

"운이 좋으세요." 여자가 말했다. "바로 어제 누가 방을 뺐어요. 직업을 바꾸고 베닝턴으로 갔지요. 이 마을에는 방이 널려 있긴 해요."

방에 홀딱 반한 그는 고개를 끄덕였다. "제가 쓰겠습니다."

그는 일주일 방세로 칠 달러를 주고 나서 혼자 남아 각각의 창에서 보이는 전망을 살펴보았다. 한쪽에서는 산이 보였고, 다른 창밖으로는 앞뜰에서 자라는 커다란 나무의 잎에 손이 닿았다. 유용하고 정돈된 것들에서 오는 기분 좋은 감각을 즐기며 여행 가방의 소지품을 서랍장에 옮겨 넣기 시작했다. 신문지를 깔아둔 깊은 서랍에 넣으니 얼마 없는 옷들이 초라해 보였다. 맨 아래 서랍에 판판하게 깔린 셔츠 네 장도 외로워 보였다. 양말이며 손수건을 그 위에 듬성듬성 흩뿌려 보았지만 별 도움이 되지 않았다. 마지막 서랍에는 넣을 게 없어서 깔린 신문지의 기사를 좀 읽었다. 마지막으로 여행 가방을 옷장에 넣고 서랍들을 닫고 만족스럽게 방 안을 둘러보았다. 한편으로 원탁에 놓아둔 면도 도구 말고는 자기가 이곳에 왔다 해서 달라진 사실이 아무것도 없다는 생각이 들기도 했다. 뭐, 예전 옷들과 가구 딸린 방을 꾸미기 위해 그 오랜 세월 모았던 장식품들을 다 두고 뉴욕을 떠나왔을 때 어차피 그렇게 된 거지, 그는 생각했다.

문을 두드리는 소리가 났다.

"들어오세요."

호플리 부인이 들어왔다. "수건을 좀 가져왔어요." 부인의 말투가 아까보다 따뜻했다. 심지어 내밀하게 공모라도 하는 듯한 말투라 애런은 정신을 똑바로 차리고 눈을 껌벅이며 부인을 바라보았다. 부인은 목욕 수건 두 개, 보통 수건 두 개와 행주를 각각 따로 놓고는 허리를 펴고 웃으며 그를 보았다.

"좋네요! 당장 필요하던 참인데." 그는 예의 바르게 대답했다. 면도를 못 한 건 그날 아침뿐이었지만. "기차를 오래 타고 와서요."

호플리 부인은 고개를 끄덕이고 두꺼운 안경 너머 커다란 갈색 눈으로 그를 바라보면서 헐렁하게 늘어진, 약간 때가 탄 원피스 앞자락을 만지작거렸다. 튼실한 몸집에 걸쳐진 원피스는 뒷자락도 마찬가지로 헐렁하게 늘어져 있었다. "어디 출신이에요?"

"뉴욕이요." 그는 불안하게 웃었다. 맥의 다이너에서 느꼈던 것과 똑같은 기분, 이 작은 마을 사람들이 의심스러운 눈으로 자기를 지켜본다는 느낌이 들었기 때문이다.

"으흠…" 부인의 시선은 느리지만 쉼 없이 움직였고, 그와 방 안에 번갈아 머물렀다. 망가진 술방울이 달린 낡아빠진 검은 실내화 한 짝이 발끝에 걸려 있었다. 부인은 앞으로 이어질 탐문을 자신의 매력으로 상쇄하려는 듯 보였다. "여기 무슨 볼일이 있어요?"

그는 머뭇거리다가 미소를 지었다. 클레먼트라는 기분 좋은 마을과 관련된 일이라면 그저 웃음만 나왔다. "글쎄요, 꼭 그런 건 아닙니다. 휴가가 필요했는데 이 마을이 아주 좋아 보였다고나 할까요."

"휴가차 왔으면 여기서는 별로 할 일이 없을 텐데요."

"평범한 휴가를 말하는 게 아닙니다." 그는 입술을 축였다. "그러니까, 저는 뉴욕의 택시 운전사거든요. 신경이 너무 날카로워졌다고 할까요. 그래서 일단 손을 놓고 새로운 곳을 찾기로 했지요."

"아주 말인가요?"

"그럴 수도 있죠. 그렇게 되면 좋겠네요. 이 마을이 정말 마음에 들어서요."

부인은 잠시 생각에 잠겼다. "여기는 택시 운전사가 별로 필요 없는 마을인데."

"오, 택시 일은 안 할 거예요! 그건 할 만큼 했으니까요."

부인은 고개를 끄덕였다. "그럼 무슨 일을 하실 생각인데요?"

애런은 자기 손에 닿는 부인의 눈길을 느끼고 쥐었던 주먹을 풀며 웃음을 띠었다. "아직 모르겠는데요? 좀 알아봐야겠네요." 그는 겸손하게 덧붙였다. "모아둔 돈이 좀 있거든요."

"으흠." 부인은 검지로 코를 대충 쓱쓱 긁었다. "뭐, 행운을 빌어요."

수상쩍은 구석이 있었지만 마지막 말에서는 정이 느껴졌다. 그는 미소를 띠고 고맙다고 인사했다.

부인은 좀 더 편하게 말하기 시작했다. 제일 맛있는 식당들이며 일자리를 찾을 만한 곳을 알려주고, 하숙하는 사람 중에 가죽 공장에서 무두질 하는 이가 있는데 뉴욕에서 한참 살았다고 하니 이야기를 나눠보라는 말도 했다.

애런은 그 말을 잘 듣고 고개를 끄덕이면서 무슨 일이 있어도 그 사람은 피해 다녀야겠다고 결심했다.

"암요, 우리도 아주 좋은 마을이라고 생각하지요." 호플리 부인은 건성으로 맞장구를 치면서 방을 나갔다.

애런은 긴장감을 털어내고 잠시 후 복도 끝 욕실로 가서 황동 수전이 달린 세면대에서 면도를 했다. 그런 다음 깨끗한 셔츠와 양말을 차려입고 어스름 깔린 밖으로 행복하게 나갔다.

저녁 시간은 마을을 탐색하며 보냈다. 새집을 탐색하는 개처럼 새로운 거리 곳곳을 헤매고 다녔다. 지표가 될 만한 건물들을 기억하고 건축과 지형의 세부적 특징을 눈여겨보았다. 수고스러운 일이지만 즐거웠다. 토착 주민 못지않게 클레먼트를 샅샅이 알아야 할 것 같은 의무감을 느꼈기 때문이다. 어둠이 내리고 대대로 내려온 편안한 집들에 불이 별자리처럼 띄엄띄엄 켜질 때까지 열심히 구경하며 돌아다녔다.

강과 철길 사이에 있는 마을 남동쪽 언덕에 올랐을 때는 꽤 어두워져 있었다. 그는 자잘하게 산 물건들이 든 봉지를 발 사이에 놓고 앉았다. 기차에서 본 것과 거의 비슷한 각도로, 저 아래 클레먼트를 내려다보았다. 그러나 지금은 얼마나 더 친근한지. 그 모든 가능성이 얼마나 더 현실적으로 다가오는지! 교회의 모습도 알고, 나무 사이로 삐죽 솟은 탑이 무엇인지도 알고, 북쪽 고속도로 이정표에 뭐라고 쓰여 있는지도 알았다. 기차에서는 보지 못했던, 강을 가로지르는 지붕 덮인 긴 다리도 직접 가서 살펴보았고 다리 창가에 오래도록 서서 행인들의 대화에 귀를 기울였다.

내일은 뭘 할까? 아직 계획을 짜느라 마음 쓸 필요는 없었다. 검은 여행 가방 안감에 사백 달러 넘는 돈이 꿰매어져 있어서 그 돈으로 천천히 여유를 두고 생각할 수 있었다. 열 개 넘는 직업을 새로 시작해볼 수도 있었다. 한동안은 외곽의 농장들에서 일할 수도 있고, 마음 내키면 농장을 하나 살 수도 있었다. 가게 같은 데서 자리를 잡았다가 마을에서 사람을 만나서 사업을 시작할 수도 있다. 운명이 그의 무릎에 명령을 뚝 떨어뜨릴 때까지 몇 주일쯤은 그냥 빈둥거리며 살기만 해도 되었다.

상상이 미치는 범위에 스스로 놀라 벌떡 일어난 그는 주먹을 꽉 쥐고 가슴에 대었다. 긴장된 얼굴을 마을 쪽으로 돌리고 제 삶의 궤적이 클레먼트 안에서 모습을 나타내리라고 온 마음을 다해 믿었다. 자신이 영웅적인 다큐멘터리 회화에 나오는 인물이 된 기분이 들어, 결연한 의지와 고귀한 목표 의식으로 자세를 바로 했다.

"안녕하세요?" 작은 목소리가 들려왔다.

그는 크게 놀라서 돌아섰다. 검은 원피스 차림에 맨발인 깡마른 여자아이였는데, 치맛자락이 바람에 날려 허벅지에 찰싹찰싹 휘감겼다. 흐릿한 어둠 속에서도 끝단의 커다란 무늬가 원래 원피스의 것이 아니라는 걸 알아챌 수 있었다. 기억났다. 그날 오후 호플리 부인의 집으로 가는 길에 보았던 여자아이였다.

"누구세요?" 아이가 물었다.

가슴에 대었던 주먹을 천천히 내렸다. "너는 누구니?" 장난

섞인 어른의 말투로 대꾸했다.

"프레야."

"프레야. 성은?"

"프레야 울스트넘."

"응?"

"프레야 울스트넘이요."

"뭐라고?"

아이는 한숨을 쉬었다. "울스트넘이요. 울, 스, 턴, 홈."

그는 처음 몇 글자는 속으로 맞추어보았지만, 나머지는 그저 귀를 스쳐 떨어졌다. 뉴욕에서도 여러 번 있었던 일이다. 승객이 주소를 알려줄 때도 들은 소리를 마음으로 이해하지 못할 때가 있었다. 묻고 되묻고도 결국 실수를 해서 택시를 돌릴 때면 마구 울리던 경적 소리. 그 시절의 기억이 새삼 되살아나 그는 어둠 속에서 몸을 뒤틀고 한 손 엄지로 입을 쓸어내렸다.

"누구세요?" 아이가 되물었다.

"애런 벤틀리라고 해."

잠시 후 아이가 돌아서더니 그와 마을 사이에 난 언덕 사면을 따라 천천히 걸어내려갔다. 바람에 날려 눈을 가리는 가늘고 검은 머리카락을 양손으로 꼭 잡고 뭔가를 찾는 것처럼 땅바닥을 살피고 있었다.

애런은 아이가 마을로 내려가는 길이라고 생각하면서 다시 앉아서 무릎을 껴안고 깍지를 끼었다. 그러나 아이는 가지 않고 근처를 서성댔다. 그가 외쳐 물었다. "집이 어디니?" 자신감을 회복하려는 마음이 가장 컸다.

아이는 눈을 들지도 않고 그저 팔을 치켜들었다. "저기요."

검은 숲밖에 보이지 않았다. 그는 다시 아이를 보았다.

아이는 발을 들어 슬로 댄스를 추듯 우아하게 옆으로 움직이면서 키 큰 풀숲을 갈랐다. 자세가 어쩐지 뻣뻣했다. 자의식이 아니라 집중력 때문에 몸이 굳은 느낌이었다. 아이는 움직이면서 자신의 아주 작은 동작까지 눈여겨보고 있는 것 같았다.

이제 아이는 빙빙 돌며 언덕을 올라 그를 향해 다가왔다. 아이가 멈추자, 두 사람의 머리 높이가 엇비슷해졌다. 아이의 눈길을 웃으며 받던 그는 어둠 속에서 잘 보려고 눈에 힘을 주다가 일자로 다문 아이의 입매를 보고 놀랐다. 슬프고 긴장되고 나이가 들어 보였다. 흩날리는 머리칼 가닥 너머로 아이의 눈은 번진 회색으로만 보였지만, 왠지 그 눈길에서 적의가 비쳤다. 별안간 황망한 낙심과 열등감이 덮쳐왔다. 뉴욕에서 느꼈던 것과 비슷한 감정이었는데 아이와 그 등 뒤의 마을 때문에 훨씬 더 강렬하고 짙었다. 아이가 자기를 얕보기 때문에 호플리 부인처럼 따져 묻지조차 않고 자기 땅을 침범한 외부인처럼 마주보고 있다는 느낌이 들었다.

그는 손으로 더듬거리며 발 사이에 놓인 종이봉투를 열었다. "내 케이크를 같이 먹을 생각은 없는 거지?"

"네." 아이는 말했다. "가야 해요." 아이는 천천히 산등성이를 돌아 걸었다.

그는 일어나서 아이의 형체가, 그 연한 치마 끝자락이 어둠 속으로 사라질 때까지 바라보았다. “안녕!” 그는 희망을 담아 인사를 했다.

답이 없었다.

그는 케이크를 다시 봉투에 쑤셔 넣고 피난처 같은 자기 방을 향해 걷기 시작했다.

2

그는 미친 듯 조바심을 내며 씻고 옷을 입었다. 지금껏 보지 못한 최고로 멋진 아침이 창문을 뚫고 밀어닥치고 있었다.

다급하게 창가로 가서 창턱을 부여잡고는 초록색 땅을 가로질러 펄떡이고 휘청이며 떠오르는 생각 깊은 해를 바라보았다. 태양은 우듬지에, 지붕 처마에, 날아가며 노래 부르는 새들의 날개에 걸려 불타올랐다. 그는 창밖으로 손을 내밀어 나뭇잎을 손끝으로 쓸면서, 탐욕과 원망이 없고 상업의 때가 묻지 않은 세상을 둘러보았다. 잃어버린 형제애의 낙원을.

그는 회색 카펫 위에서 빙글빙글 돌며 머리 위로 손뼉을 치고 기쁨에 겨워 너털웃음을 터뜨렸다. 맑은 공기를 마시며 푹 자면서 원기를 회복해서 그런지 소처럼 힘이 세고 전사처럼 날

렵해진 기분… 또 바로 지금 입을 헤벌리고 보고 있는—한 마리는 이쪽 창가 또 한 마리는 저쪽 창가에서—날개를 파닥이는 나비처럼 홀가분하고 자유로웠다.

트리벨리언 대로를 향해 성큼성큼 걷고 있자니 열린 창밖으로 갓 끓인 커피와 튀긴 햄의 아침 향기, 가족들의 목소리가 흘러나왔다. 그는 황홀경에 가까운 만족감에 젖어 발길을 멈추고, 인도로 삐져나온 장미 꽃봉오리를 사랑스러운 눈으로 감상했다. 너무나 섬세한 초록빛으로 물들어 감히 손끝으로 들어보지도 못했다.

"이 꽃잎이 벌어질 때는 내가 뭘 하고 있을까?" 그는 자기 자신에게 소리내어 물었다.

폐에 공기를 한껏 채우다 문득, 기차에서 내린 후로 담배 생각을 한 번도 안 했다는 걸 깨달았다. 뉴욕에서는 종일 연달아 피우고도 모자라 침대에 누워서도 피웠는데. 마을의 정화력이 대단하다는 확실한 증거였다. 오늘부터는 손톱도 기르겠다고 마음먹었다.

"햄과 달걀?" 맥이 저쪽 시끌벅적한 손님 무리 사이에서 그를 보고 인사했다. "오늘 아침에는 특등급 햄이 있소."

애런은 고개를 끄덕였다. 말을 섞고 싶은 생각은 없었다. 뉴욕에서 정신없이 뛰쳐 들어가 커피와 도넛을 포장해 나와 길가에 세워둔 택시를 한 눈으로 흘끔거리며 선 채로 정신없이 먹던 아침과 너무나 달라서 기분이 이상했다. 다른 기사들은 그저 무심했지만, 그는 끝까지 그렇게 되지 못했다. 아마도 일에서 본전을 최대한 뽑아내야 했기 때문이었으리라. 어머니를 부양하며 생계를 책임지려고 학교를 그만두고 나서는 미친놈처럼 일만 했다. 여러 곳을 전전하며 소다수 판매원, 벨보이, 웨이터로 일했고 지난 사 년간 택시를 몰았다. 모두 서비스가 좋으면 팁을 받는 직업이었지만, 일자리를 계속 옮겨 다니다 보니 신경이 너덜너덜해져서 멀쩡하게 몸이 남아 있는 게 신기할 지경이었다. 결혼은 시간이 없어서 생각도 못 했다. 수중에 남은 돈 이십오 센트가 없어서 여자를 영화관에 데려갈 수도 없었다! 어머니가 돌아가신 후에도 버릇처럼 일만 열심히 했다. 그리고 지난 몇 달 외로움과 우울증으로 정신적 위기에 다다른 그는 목적지를 향해가듯 저축을 했다. "목적지가 있어야 해!" 밤에 마지막으로 택시 문을 닫으면서 혼잣말처럼 내뱉어 말하곤 했다. 온종일 사람들을 목적지로 데려다주면서, 정작 그는 가구 딸린 허름한 셋방 말고는 갈 곳이 없었다. 작은 마을과 마음의 평화, 이것이 목적지일지 모르겠다는 생각이 들었다. 충분했다. 서른넷이니 아직도 삶에서 뭔가 이룰 시간이 있었다.

바 저 아래쪽 스툴에 앉은 누군가 호탕하게 너털웃음을 터뜨렸다.

애런은 미소를 지었다. 십칠 년 동안 느긋하게 쉬어본 적이 없는 기분이다. 괜히 멋을 부리며 포크를 천천히 스크램블드에그 밑으로 밀어 넣었다.

아침 식사 후에는 트리벨리언 대로를 활보했다. 박물관 소장품을 구경하듯 상점 유리창을 곰곰 살폈다. 이발소 유리창의 스포츠 사진들을 빠짐없이 다 보고 나서 면도와 이발을 하러 가게로 들어갔다.

빨강 머리 이발사 피트 맥너리는 수다스러운 친구였다. 두 사람은 열 가지도 넘는 주제를 섭렵하고도 모자라 이제 개인적인 이야기까지 막 시작한 참이었다. 하지만 딱 그때 피트가 달콤한 냄새가 나는 흰색 파우더를 머리에 뿌려주며 애런의 머리를 마무리해주었다.

"저, 이 근처에 일손이 필요한 농장을 몇 군데 아는데요." 피트가 애런에게 둘러주었던 턱받침을 커다란 몸에 대고 정교하게 접으며 제안했다. 피트는 황소처럼 몸집이 큰 남자였지만 분홍빛 손은 정교했고, 몸을 우아하게 쓸 줄 알았다. "거기 농장주들을 금세 만날 것 같지는 않지만, 언제 오후에 가게 문 닫고 같이 가서 얘기해봅시다. 관심 있으면 말만 해요."

"좋아요." 애런은 반색했다. "감사합니다."

그러나 이 정도로 탐험을 끝낼 수는 없었다. 한참을 더 빈둥거리며 소일하고 싶었다.

초록빛 초원과 숲으로 사라지는 트리벨리언 대로 끝에 애런이 본 가장 매력적인 길들이 있었다. 오후가 무르익을 때까지 느긋하게 배회했다. 잠시 발길을 멈추고 앞뜰에 묶여 있는 가정집 동물 정강이를 만져보기도 하고, 문을 열어둔 주방에서 블루

베리 통조림을 만들고 있는 주부와 한담을 나누고, 건초가 흩뿌려진 헛간 문턱에 앉아 염소 일곱 마리의 젖을 짜는 광경을 구경했다. 싱싱한 풀을 몇 주먹씩 가져와 열렬히 받아먹는 염소 입에 골고루 나눠주었다. 제일 젖이 많이 나는 염소의 품종, 시장가, 지방 함유량과 염소젖의 부산물에 대해서도 배웠다.

"이제 전부 다 알게 됐으니 한번 맛보면 좋아할 거요." 염소 치는 농부는 주방에서 브라운 치즈 한 덩어리를 흰 빵에 얹어 내어왔다.

빵은 따뜻하고 손안에서 말랑말랑 휘었다. 이렇게 맛있는 건 먹어본 적도 없다. 염소 농장에서의 그 순간들이 변화를 완성하는 것만 같았다. 실제로 그는 너무 들떠서 생각할 힘도 없었지만, 한 가지는 확실히 깨달았다. 그는 이제까지 자신이 존재한다는 사실 그 자체를 만끽해본 적이 없었다.

3

가죽 공장의 열두 시 경적이 흰 숨을 내뿜으며 비명을 지르면 마을 전체까지 쉽사리 퍼졌다. 강가 조용한 길을 걷던 애런은 이 소리를 위장 삼아 입을 열고 행복을 외쳤다. 경적이 첩첩 산중에서 메아리치고 또 메아리치다가 동그란 반경이 그의 감각 범위 너머로 팽창하더니 사라졌다.

남자 다섯이 공장 헛간 속 검은 그늘에서 걸어 나왔다. 파란색 작업 셔츠와 시커멓게 더러워진 바지 차림에 야구 모자를 쓰고 있었다. 남자들은 미끈거리는 비탈을 천천히 올라 트리벨리언 대로로 이어지는 교각 아래 도로로 성큼성큼 걸어갔다.

"안녕하시오!" 한 남자가 애런에게 큰 소리로 인사하자 다른 사람들도 따라서 큰 소리로 인사하며 손을 흔들었다.

애런은 잡화상 벽돌 후면에 기대 서서 그 남자들을 질투와 경이 섞인 눈길로 바라보았다. 이 땅을 뒤덮은 공장 노동자들의 대군을 당당히 대표하는 사람들. 그들은 점심 도시락을 싸서 다니지도 않고 번잡한 카페테리아에서 밥을 먹지도 않는다. 바로 모퉁이만 돌면 집이 있고, 집에서는 아내가 집밥을 차려놓고 있을 테니까. 그는 길의 정점에서 거인처럼 우뚝 서 있던 그들이 흩어져 사라지는 모습을 바라보며 불거진 눈을 껌벅거렸다.

4

"안녕하세요."

교각 창에서 돌아본 애런은 나무 바닥에 서 있는 프레야를 보았다. "안녕." 그는 미소를 지었다. 그 아이를 만나서 진심으로 기뻤다. "잘 지냈니?"

"네."

아이는 그가 서 있는 창을 통과해 떨어지는 햇살 안으로 맨발채 들어왔다. 보드라운 팔에 난 까만 솜털, 가늘고 뾰족한 코를 가로질러 흩어진 주근깨가 보였다. 눈은 컸고, 투명한 우윳빛 회색 동공을 보니 시각장애가 있는 것 같았다. 아이는 밑단이 넓은 라벤더색 딸기 무늬 원피스 차림 그대로였다.

"집에 데려다줄까?" 그가 물었다.

"아니요." 아이는 앞팔로 몸을 지탱하며 창턱으로 올라갔다.

거대한 굴뚝 꼭대기에서 경적이 울렸다. 워낙 가까워서 귀가 찢어질 듯한 굉음이었지만 프레야는 미동도 없이 아래 강물만 바라보았다.

애런은 다섯 사내를 바라보는 것조차 잊었다. 그는 열두 시와 네 시를 알리는 경적을 때맞춰 듣는 습관을 들인 터였다. 달리 시계에 좌우되는 일이 없어 보이는 이 마을에서 정확한 근무 교대 장면을 구경하는 게 기분 좋았기 때문이다. 그러나 지금은 어린 여자아이한테서 눈을 뗄 수 없었다. 첫날 저녁 이후로는 아이를 잊고 있었는데, 지금은 굳이 다가와 말을 걸어준 아이가 고마웠다.

"저기가 내가 제일 잘 놀러 가는 집이에요." 아이가 말했다.

아이 손가락이 가리키는 곳을 보니 숲 가장자리 후미진 데 자리 잡은, 전에 미처 못 본 집이 있었다. 보랏빛 지붕이 얹힌 하얀 집이었고, 창문은 그늘이 져 암회색으로 보였다.

"저기? 누가 사는데?"

"아무도 안 살아요."

"오."

"가서 볼래요?"

"좋지."

아이는 창턱에서 팔짝 뛰어내렸다. 그는 아이를 따라 공장을 지나 비탈진 풀밭을 올랐다.

갓 지은 신축이었지만 하얀 벽은 여기저기 빗물 자국으로 얼룩져 있고 풀이 아래층 창턱 높이까지 웃자라 있었다. 창문을 올려다보며 걷는 여자아이 옆에서 애런은 만족스러운 기분으로 풀밭을 터덜터덜 밟았다.

마침내 아이가 빨간 현관 앞에 멈춰섰다. "이제 들어가도 돼요."

두 사람은 페인트와 폐쇄성의 냄새를 풍기는 휑한 집에 들어갔다. 광택제를 칠한 바닥은 흙먼지로 찍힌 작은 맨발 자국이나 있을 뿐 흠 없이 멀쩡했다. 프레야는 어느 방이 어느 방인지 속삭여 말해주었다. 위층에 올라가서는, 남편과 함께 이 집에 살러 들어온 아름다운 아내가 살해된 침실이라며 손으로 가리켰다.

"그 '살인자'는 지금 여기 살아요. 지하실에서요!" 프레야가 속삭였다.

"그래?" 애런은 부드럽게 물었다. 한순간 진짜로 믿었던 것 같다.

"그래서 조용히 해야 하는 거예요. 아무리 집 주위로 원을 세 번 그렸어도 말이에요."

그는 아이를 따라 다락방으로 들어갔다.

"저기 창문 보이세요? 아내가 살해당한 바로 그날, 여기서 남편이 소리 질러 도움을 청했어요. 하지만 너무 겁에 질려서 목소리가 나오지 않았고, 아무도 못 들었지요."

애런은 창문을 보았다. 정신 나간 남편이 미친 듯이 비명을 지르지만 아무 소리도 나오지 않는 광경이 눈에 선했다. 남편은 연한 색 승마 바지 비슷한 바지를 입고 잘생긴 두상에 난 숱 많은 검은 머리칼을 넘긴 모습이었다. 그는 다시 프레야를 보았다.

"그리고 잠이 든 남편은 끔찍한 꿈을 꾸다가 벌떡 일어나 산 너머로 도망쳐서 다시는 돌아오지 않았어요." 아이의 입매는 언덕에서 본 그날 밤처럼 준엄하게 굳었고, 눈에는 그 비극의 슬픈 기억이 서려 있었다. "이제 가는 게 좋겠어요."

그는 아이를 도와 빽빽한 현관문을 닫았다. 둘은 깊은 풀밭을 지나 마을로 들어오는 길목에 들어섰다. 아이는 이제 그에게 아무 말도 하지 않았고, 그의 기척조차 상관 않는 눈치였지만, 애런에게는 아이가 동행을 받아들여주었다는 사실만으로 충분했다. 함께 걷다 보니 동행자의 연대감이 마음속에서 생겨났다. 그리고 감정의 저울추를 맞추려는 듯 외로움의 자각도 함께 덮쳐왔다. 두 감각이 다 좋았다. 심장에 더해지는 감정들이었다.

트리벨리언 대로에서 프레야는 더 천천히 걸으며 상점 진열장을 구경했다.

"마음에 드는 게 있니?" 아이가 보석 가게 진열장 앞에 서자 그가 밝게 물었다.

"아니요."

아이는 다시 걷기 시작했고 그는 옆에서 나란히 걸으며 보석 가게로 돌아가 작은 선물이라도 사다 줘야겠다고 생각했다.

아이는 영화관 차양 아래서 멈춰 스틸 사진 패널을 쳐다봤다. 뉴욕의 극장 차양 밑에서 애런의 마음을 설레게 했던 그 퀴퀴하고 체취 같고 희미하게 달콤한, 세상 모든 극장 공통의 향이 지금 클레먼트 올림피아 극장의 열린 문에서 흘러나오고 있었다.

"들어가자!" 그가 말했다.

늘 어쩔 수 없이 돌아가야 했던 진부한 일상에서 해방된 지금, 낯선 세상에 대한 흥분과 펼쳐지는 서사의 놀라움을 아이와 나눈다면 굉장히 기분 좋을 것 같았다.

"별로 안 가고 싶어요." 프레야가 차분하게 말했다.

애런은 침을 꿀꺽 삼키고, 다시 걷는 아이의 뒤를 불안하게 따랐다.

드러그스토어가 있는 사거리에서 아이가 멈춰 서서 그를 올려다보았다. "그럼 나는 집에 갈래요."

막상 그 순간이 오자 그는 좀 황망해졌다. "소다 같은 거라도 마시고 가지 않을래?"

"싫어요." 아이는 머리카락을 뒤로 휙 넘겼다. "나 그 집만큼 놀러 가기 좋은 곳을 알고 있어요."

"어딘데?"

"강 상류예요."

그쪽을 바라보았지만, 다리 너머로 건물 같은 건 하나도 보이지 않았다.

"내일 같이 가든지요." 아이는 연석에서 내려섰다. "안녕, 애런."

그는 아이가 자기 이름을 부르는 바람에 정말로 놀라버렸다. 그 이름을 기억했다는 사실 때문에. 넋 나간 미소를 띠고 아이의 뒷모습을 눈으로 좇을 수밖에 없었다.

그가 돌아서서 떠나는데, 사람 형체가 어슬렁거리며 앞길을 막았다.

"안녕하쇼!"

조지 슈미드였다. 애런이 호플리 부인의 집에 왔던 날 포치에 있던 남자.

"안녕하세요." 애런이 인사를 받았다.

조지가 그의 옆으로 다가들었다. "새 친구가 생겼나 봐요."

"네?" 애런이 조지의 경계심 많은 파란 눈을 내려다보았다. 미소 띤 시선이 그에게 못 박혀 있었다.

조지는 그 말을 되풀이했다. 두꺼운 아랫입술을 연신 축이면서 입가를 리라 모양으로 휘었다. "알잖아요, 거 같이 있던 애."

"아, 프레야."

"맞아요." 조지가 미소를 지었다.

그들은 플레전트 스트리트로 돌아들었다. 부슬부슬 비가 내리기 시작했지만 나뭇잎이 지붕처럼 빗물을 튕겨내 한 방울도 맞지 않았다.

"오늘은 어디로 탐험을 갔어요?"

애런은 다시 그를 홱 쳐다보았다. 호플리 부인이 하루를 어떻게 보냈느냐고 물었을 때, 자기가 '탐험'을 했다고 대답했던 기억이 났다. 한데 지금은 도저히 조지의 말을 예사롭지 않게 귀담아들을 수 없었고 이러나저러나 개의치 않았다. 동행을 원하기에는 지금 너무 행복했다. 애런은 애매하게 정중하다 만 미소를 띠고 시멘트 인도에서 돌아 보폭을 넓혀, 여전히 웅얼거리고 있는 조지와 헤어졌다.

5

그날 이후로 애런에게는 프레야와 보내는 몇 시간이 하루 중 가장 행복한 시간이 되었다. 두 사람은 거의 날마다 마을 어딘가에서 만났다. 시간이나 장소를 정하는 법이 없었기 때문에, 만남은 항상 부담 없는 놀라움이었다. 두 사람은 바로 방 하나를 가로질러 만난 사람들처럼 인사했다. 클레먼트가 그 방이었다. 거창한 가구와 흥미로운 장식품, 마술 카펫으로 가득 찬.

프레야가 말했던 강 상류의 장소는 버려진 칼 공장이었다. 좁은 널판으로 지은 길고 낮은 건물로, 한때는 붉은 페인트로 칠해져 있었다. 후면의 지주들이 주저앉고 전면의 지주들이 뻗혀나간 모양새는 흡사 건물이 강으로 뛰어들어 자살하는 데 반쯤 성공한 꼬락서니였다. 애런과 프레야는 낡은 사다리를 가져와 옆문으로 들어갔다.

"녹이 예술로 슬었네!" 둘이 함께 건물에 발을 들이며 애런은 몇 번이나 말했다. 자신의 달변이 흡족했다. "기적 같은 폐허야!"

두 사람은 완전히 죽어 끽끽 소리조차 내지 않는 썩은 마룻널을 밟고 경사진 바닥을 타고 내려가, 강물이 막힌 공간에 갇혀 철썩거리는 무너진 후면 벽으로 갔다. 그들은 여기서 한쪽 귀퉁이를 가로지른 채 꽉 끼어 있는 커다랗고 편안한 뗏목에 앉아, 깨지고 부서져 얽히고설켜 있는 거대한 기계들을 조망하곤 했다. 햇살의 손가락은 지붕과 벽의 틈새로 들어와 주목하라는 듯 어떤 지점들을 가리켰다. 그곳은 두 사람만의 사적인 장소였다. 그 누구도 이곳을 침범하지 않았다. 눈길 한번 주지 않고 언급 한번 하는 법이 없었다.

프레야는 여기 오면 대체로 진지하고 말수가 없어졌다. 애런은 뗏목에 앉아 발을 흔들며 불거진 눈과 어리벙벙한 미소를 띠고 있었다. 그는 이곳을 윙윙거리고 시끌벅적하고 빛을 발하는 모습으로 상상해보곤 했다. 시끄러운 기계 소리를 뚫고 외치는 남자들 소리, 생산의 정점에 달한 공장, 그리고 쇠락, 그러다 공장주가 공장을 매각하거나 가슴앓이로 죽어버리고, 건물은 버려져 퇴락이 고요히 시작된다. 가끔은 갈라진 벨트, 녹이 슨 톱니바퀴, 바닥에 널려 있는 칼 부품 들을 빤히 바라보며 아무 생각이나 마음에 들락날락하도록, 아니 생각 하나 들락날락하지 않아도 그대로 두었다.

프레야는 발밑의 고인 물속으로 반쯤 가라앉아 녹이 잔뜩 슨 물체를 가리키기도 했다. "봐요!" 아이 목소리는 헐떡이는 숨소리 반 알아들을 수 있는 말소리 반이 섞여 있었다. "저렇게 오래된 걸 상상이나 할 수 있나요?"

애런은 말없이 바라보곤 했다. 꼬리를 잇는 그의 생각들이 아이의 생각과 부드럽게 어우러졌다. 그 어디도 그 무엇도 이처럼 오래되지는 않았다.

그런가 하면 그곳이 말도 못 하게 웃기게 느껴질 때도 있었다. 두 사람은 인간과 자연이 합심한 파괴의 증거를 보면서, 교회나 장례식에서 낄낄거리고 웃는 아이들처럼 킬킬 웃곤 했다. 애런이 잡화점에서 산 싸구려 사탕 봉지를 가지고 왔던 어느 날 오후에도 그랬다.

애런은 프레야를 부축해 뗏목에 올려주었고, 두 사람은 메시지가 담긴 하트 모양 사탕, 감초 막대 사탕, 태피 사탕을 까서 오물오물 먹었다. 갈색과 노란색 포장지는 두 사람의 발밑 물위에 떠다녔다.

"우리 춤춰요!" 프레야가 말했다.

애런은 널찍한 뗏목 위에서 아이의 손을 잡고 몸을 빙글빙글 돌렸다.

그때 애런이 누군가의 인기척을 의식했다. 기울어져 올라간 문간을 바라보니 사람의 실루엣이 보였다. 프레야를 돌려서 그의 몸에 딱 붙여 동작을 멈추게 했다. 아이의 가벼운 체중 정도로는 균형을 잃을 리 없었다. 문간의 남자는 피트 맥너리였다.

"안녕하시오!" 피트가 숨죽인 놀라움을 담고 말했다.

"안녕하세요!" 애런이 거의 동시에 소리쳤다. 그는 프레야를 놓아주고 약간 웃었다. 창피하기도 하고 짜증스럽기도 했다. "여기서 뭐 하세요?"

피트는 여전히 꿈쩍도 하지 않았다. 어슴푸레한 얼굴이 잘 보이지 않았다. "집으로 가고 있었지요. 뭐 하십니까?"

애런은 피트가 거기 있다는 사실이, 이곳에 누군가 들어와 자신과 프레야가 함께 있는 모습을 볼 수 있었다는 사실이 아직 잘 실감나지 않았다. "별로 하는 일은 없어요." 애런은 대답했다. 여전히 웃음기를 띠고. 그러고는 프레야 쪽으로 눈길을 건넸는데, 아이는 손을 등 뒤에 모으고 뗏목에 서서 허물어진 벽에 기대고 있었다. 처음 본 날 오후 나무에 기대고 있던 모습이 새삼스레 떠올랐다.

"사람 목소리가 들려서요. 무슨 일인지 몰라서." 피트는 변명하듯, 하지만 어쩐지 자기가 옳았다는 듯 말을 이었다.

"오, 우리는 가끔 여기 와요." 애런이 말했다.

피트는 애런을 바라보았다. 애런 역시 흔들림 없는 눈으로 시선을 받았다. 둘 다 아무 할 말이 없었다. "뭐, 나는 집에 가야겠어요."

애런은 사다리를 천천히 내려가는 발소리를 들었다. 그가 손을 내밀자 프레야가 잡았다.

6

애런이 거듭거듭 물어보자 프레야는 자기가 열 살이고, 빨래와 다림질을 하는 엄마를 돕느라 한 번도 학교에 간 적이 없다고 말해주었다. 그러나 애런이 아는 한 프레야는 어머니 일을 돕겠다고 놀다 가는 일이 한 번도 없었고, 먹고 잘 때 말고는 집에서 보내는 시간이 없어 보였다. 프레야의 어머니가 세탁소에서 일하는 모습을 애런은 아예 짐작조차 못 했고, 그런 현실 때문에 프레야가 괴로워하는 것 같지도 않았다. 두 사람은 각자 마음속의 상에 너무 몰두하고 있었고, 그건 애런이 영화에서 본 것들을 훌쩍 뛰어넘었다. 프레야는 결코 그와 영화관에 가려 하지 않았고, 애런도 같이 가자고 조르다가 그만두었다. 영화를 보고 싶다는 욕구 자체가 전보다 덜했다.

그들은 종종 애런이 처음 온 날 저녁 올랐던 그 언덕에 올랐다. 근사한 마을의 전망을 볼 수 있었다. 몇 마디 말만으로 혁명 시대 클레먼트의 세계를 둘이서 재현할 수도 있었다. 테일코트를 입은 남자들과 허리를 조이는 드레스를 입은 여자들로 가득하던 시절, 칼 공장에서 내구성 있고 근사한 칼들을 만들어 강을 따라 운송하던 시절을 상상할 수도 있었다. 그리고 물론 프레야와 함께 사는 백일몽 속에서 사람들의 운명을 좌우하는 일은, 굳이 분발해서 살기를 꺼리는 애런에게 퍽 만족감을 주었다. 양지바른 언덕마루에서 안온함이 그를 포근하게 감쌌다. 애런은 인형극을 구경하듯 트리벨리언 대로로 다니는 몇 안 되는 차들과 행인들을 바라보면서 눈에 보이는 모든 것과 자신이 조화롭게 어우러진다고 느꼈다. 기차들이 장난감처럼 역으로 덜컹거리며 들어오면 어쩐지 이 우주가 선하고 완벽하다는 실감이 들었다. 이런 감정을 프레야에게 설명해보려 했지만, 아이가 알아들었는지는 알 수 없었고, 또 알아들었다 해도 아무 내색 없이 옆에 앉아 무심하게 마을을 바라보기만 했다.

두 사람 사이의 유대는 공기보다 가벼웠다. 완벽하게 개인적이고 상호적인 자유의 연대였다. 심지어 서로에게 해줘야 할 하찮은 심부름이나 의무 같은 부담감도 없었다. 그러나 자신들이 클레먼트에서 선택된 사람들이고 눈에 보이는 모든 것은 그들의 즐거움을 위해 존재한다는, 두 사람만 아는 마음이 있었다. 기쁨이 그들 머리에 앉아 있었다. 두 사람은 함께 있을 때나 따로 있을 때, 걸어가다가 어떤 오만한 순수의 눈빛으로 사물을 볼 때, 그럴 때만 무심결에 그런 의식을 드러냈다.

7

"그 울스턴홈네 여자애를 많이 만나고 다니나 봐요?"

애런은 눈을 껌벅거렸다. 방금 욕실에서 나온 그는 복도에서 하마터면 부인과 부딪칠 뻔했다.

"아, 네." 그는 미소를 지으며 솔직히 말했다. 방금도 프레야와 헤어진 지 삼십 분도 되지 않았다. "같이 산책을 아주 많이 하죠."

호플리 부인은 고개를 끄덕이더니 B라는 글자 모양이 있는 애런의 혁대 버클을 바라보았다. "당연히 해로운 일은 아니겠지만, 다르게 생각하는 사람들도 또 있는 모양이에요."

"해로운 일요?" 손에 든 비누가 미끄러져 계단 쪽으로 날아갔다.

"그럴 수도 있죠. 암, 그리 좋아 보이지는 않아. 남자하고 그렇게 어린애가 같이 다니는 거." 부인은 재빨리 말을 뱉었다.

애런은 몇 계단 내려가서 비누를 주웠다. 카펫 보푸라기가 잔뜩 들러붙어 잡고 있자니 역겨웠다. 호호 불어 털고 행주를 펼쳐 비누를 가운데 놓았다. 올려다보니 호플리 부인의 눈이 커다랗고 추했다.

"사람들이 왜 그렇게 신경 쓰는지 내가 모르겠다는 건 아니고." 부인은 경멸조로 덧붙였다.

"뭐에 신경을 써요?"

호플리 부인이 그를 노려보더니 말을 고르듯 마루를 흘긋 바라보았다. 혼자서 의견을 피력하듯 씁쓸한 목소리였다. "울스턴홈네 식구 같은 쓰레기들이야 어찌 되든 다들 관심도 없지만!"

"뭐라고요?"

"그래요, 쓰레기. 그 아비가 술집 시비에 휘말려 사람을 죽였어요. 그 집 어미도 다를 바 없는 쓰레기고. 무가치한 인간들, 마을을 욕보이는 망신거리들이지."

"아버지가 사람을 죽여요? 여기 클레먼트에서요?"

"이 마을에는 술집이 없다우."

애런은 입을 다물었다.

"여기서 일자리를 구할 거죠?"

애런의 소용돌이치는 생각들이 갑자기 딱 멈추더니 자신의 게으름에 초점을 맞췄다. "네, 그래요." 애런은 다시 설명해야 하나 잠시 고민했다. 바로 이런 식으로 휴가를 보내기 위해 돈을 모았던 거라고.

"그럼, 내가 알아봐주지요." 부인의 눈이 계단으로 향했다. 그 시선에 부인이 끌려가는 것 같았다.

애런은 수치심과 죄책감으로 뻣뻣하게 굳었다. 지체하지 말고 일자리를 알아봐야겠다.

8

"안녕하세요, 피트!"

피트는 열쇠를 만지작거리며 가게로 들어가고 있었다.

애런의 입술이 다시 한번 "안녕하세요"라고 말하려 열리는 순간 충격이 덮쳐왔다. 피트는 그와 말을 섞지 않았다. 당연히 인사를 들었을 터였다. 심지어 얼굴도 봤을지 모른다. 피트는 그를 못 본 체 무시했다!

애런은 피트가 돌아서서 창밖을 내다보기 전에 이발소 앞을 지나치려고 빨리 걸었다. 그날 아침 일자리를 구하러 나가기 전에 면도를 받을 생각을 했었다. 자기가 워낙 천천히 걷고 있었으니 인사를 놓친 건 아마도 그냥 우연이었으리라. 그래도 이발소에 차마 들어설 용기가 나지 않았기에 마음이 심란해졌다.

남은 오전 시간은 그가 사랑하는 길들을 산책하며 보내고 싶었다. 호플리 부인의 말 때문에 올라온 짜증도 달래고, 피트의 행동을 이성적으로 생각해보면서. 하지만 발길은 우울하게 가죽 공장 쪽으로 향했다. 일자리가 있을 만한 곳 중에서 제일 가깝다는 단순한 이유였다. 건물은 흉물이고 마음에 드는 구석이 하나도 없었다. 호플리 부인이 했던 말은 이렇게 나태하게 사는 애런의 양심을 찔렀다기보다는, 무슨 일이라도 곧 하지 않으면 마을에서 아무짝에도 쓸모없는 인간으로 찍힐지 모른다는 속뜻을 넌지시 흘렸다. 그렇다면 혹시 피트도 그를 쓸모없는 백수라고 생각해서 말을 섞지 않았던 걸까?

무슨 일을 하고 있었는지 기름때로 범벅이 된 손으로 불려나온 십장은, 지금은 일손이 필요한 자리가 하나도 없다고 말했다. "어쨌든 이쪽 일을 좀 알아야지. 안 그러면 짐짝이나 포장하는 일 말고는 어차피 시킬 일이 없어요."

"그렇군요. 그렇겠죠."

십장은 또 뭔가 다른 말을 해주면서 다른 곳으로 가라고 설명했다. 그러나 애런은 이미 듣고 있지 않았다. 십장의 팔뚝만 물끄러미 바라볼 수밖에 없었다. 인사를 나누는 지인에서 백수와 고용자로 끔찍하게 바뀐 관계가 애런을 괴로움에 몰아넣었다.

십장이 말을 잠시 멈추자 애런이 말했다. "정말 감사합니다." 그리고 도망치듯 언덕길을 올랐다.

지붕이 덮인 교각에 들어서서 공장에서 먼 쪽 창가로 갔다. 팔뚝을 창턱에 걸치고 고개를 숙인 채 엄지손가락을 잡아 뜯기 시작했다. 자기 자신을 최대한 잘게 부숴 조각내버리고 싶었다.

십장과의 면담이 진행된 이 분 동안, 그는 지난 사 주 동안 살았던 세계를 완전히 바꿔버리고 말았다. 자신과 마을의 관계를 추하고 불편하고 오로지 금전적인 관계로 바꾸어버렸다. 오염되지 않은 낙원의 느낌을 스스로 추방해버렸다. 일자리를 찾다니, 게다가 거절당하다니!

창가에 딱 붙어 웅크리고 있는 사이, 별안간 그를 둘러싼 마을이 차갑고 적대적으로 떠오르는 것 같았다. 초자연적인 무언가를 맞닥뜨린 듯 몸이 떨렸다. 익숙한 강둑이 무서워지고 나무 위로 우뚝 솟은 교회 첨탑과 지붕만 간신히 보이는 헛간도 무서워졌다. 염소들을 보러 자주 가던 곳이었는데. 우체국장의 아내 쿨리지 부인이 보이자 움찔거리며 창가로 더 바짝 붙었다. 부인은 반대쪽 끝에서 다리로 들어오고 있었다. 애런은 그녀가 자기한테 말을 걸지 궁금했다. 지난 일요일 교회에서는 그를 보고 웃어주었다. 다들 그에게 웃어주었고, 다 같이 일어나서 찬송가를 부를 때는 찬송가집의 책장을 펼쳐서 건네주었다. 그러나 그들의 미소에 처음부터 냉소나 연민이 묻어 있었던 건 아닐까?

애런은 몸을 돌려 살짝 고개를 숙이며 억지로 입 밖에 내어 인사했다. "안녕하세요, 쿨리지 부인!"

"안녕하세요!" 부인은 놀라서 갈라진 목소리로 대답했다. 그러고는 마른 침을 삼키더니 보속의 변화 없이 지나갔다.

애런이 부인을 눈으로 좇는 사이 파도 같은 불확정성이 그를 훑고 지나갔다. 방금 부인의 행동은 무슨 뜻이었을까? "안녕하세요"는 무슨 뜻이었을까? 애런은 창턱을 꽉 붙잡고 매달렸다. 부인을 쫓아 달려가서 대답을 요구하고 싶은 충동을 억누르기 힘들었다.

그는 멍하니 앞을 바라보며 얼굴을 찌푸리고 손톱을 잡아 뜯기 시작했다. 호플리 부인을 생각했다. 문간의 피트를 떠올렸다. 어젯밤 맥이 싸늘해 보였던 것도 생각났다. 어젯밤 철도 스위치맨 윌리도 인사랍시고 기껏 손만 흔들었다. 프레야에 대해 이것저것 따져 묻던 조지 슈미드의 씩 웃던 입매도 기억났다. 사람들의 목소리에서 시들시들 사라져가던 진정성도 생각났다. 면전에서 무시당한 때도, 심지어 아예 투명인간 취급을 받는 것 같았던 때도 기억났다. 마을 전체가 그를 악인으로 의심한 걸까? 그와 프레야의 관계를? 당연히 그가 프레야와 다니는 모습을 다들 한 번쯤 보았을 것이다! 누가 자기한테 프레야나 울스턴홈 가족 이야기를 해줬나 기억을 되살려보았다. 정말 너무 나쁜 사람들이라 입에도 담지 않았던 건가? 마을은 그가 악인이라고 의심했던 걸까, 아닐까? 그랬다면 어째서 터놓고 말하지 않았을까?

등 뒤에서 총소리 같은 폭음이 들렸다. 애런이 돌아서자 교각 바닥의 널판이 허허롭게 덜컹거리며 제자리에 꽂혔고, 자동차 한 대가 그를 향해 달려왔다.

9

그냥 자동차일 뿐이라는 안도감과 함께 마음속에서 뭔가가 툭 부러지면서 긴장이 풀렸다. 가서 소지품을 챙겨 마을을 떠나야겠다는 생각이 서서히 감정 없이 마음속에서 형태를 갖췄다.

트리벨리언 대로를 타는 대신 철도와 강을 따라 나란히 뻗은 조용한 길을 선택했다. 이 길로 가면 플레전트 스트리트가 나올 터였다. 한 노인을 지나치고 젊은 여자도 지나쳤다. 둘 다 모르는 사람들이었고 그에게 일말의 관심도 주지 않았다. 하지만 애런은 사람이 보일 때마다 마음속에서 작은 충격을 받았다. 자신감을 몸으로 표현하기 위해 팔을 흔들기 시작했더니 마음이 편해지는 것 같기도 했다.

이제 한 블록 거리가 남았을 때, 조지 슈미드가 호플리 부인네 집 진입로에서 나와 반대 방향으로 돌아 들어갔다. 쭈그린 뒷모습, 견딜 수 없을 만큼 익숙한 등을 보니 이제 됐다는 생각이 들었다. 애런은 별안간 아는 사람들의 얼굴을 똑바로 볼 수 없다는 걸 깨달았다. 호플리 부인, 짐짝 포장 노동자, 하숙집 사람들 전부. 그런데도 여전히 조지를 쫓아가서 해명하면 어떨까 생각이 들었다. 자신을 위해서도 프레야를 위해서도 아니고 마을 전체를 위해서. 그러나 해명을 한다 한들 그날 아침 마을에 일어나버린 일을 바꿀 수 있을까? 그리고 한다 한들 어떻게 설명할 수 있을까? 해명할 일이 대체 뭐가 있단 말인가?

생각이 어지러웠지만 어떤 감정인지 당장 파악할 수가 없었다. 대체 무슨 죄를 지은 걸까? 어떤 면에서 부족했던 걸까? 그의 어디가 잘못됐기에 최선을 다했는데도 마을에 녹아들지 못한 걸까? 수수께끼 같은 치욕은 뉴욕 시절보다도 훨씬 이전으로 거슬러 올라가는 것 같았다. 자기가 통제할 수도 파악할 수도 없고, 자기 안에서 추방할 수도 없는 오류 같았다. 다음 순간, 찰나의 순간에, 어설픈 비전은 뚝 끊기고 죄책감과 그 원인에 다시금 사로잡혔다.

주변을 둘러보고는 빠르고 힘없는 걸음으로 걷기 시작했다. 공장까지 거의 다 가서 길을 틀었고 강물을 따라 북쪽으로, 클레먼트에서 멀어지는 그 조용한 흙길로 돌아갔다.

뼈아픈 건 어차피 거의 불가피한 일이었다는 절감이었다. 떠나는 행위 바로 그 자체에 내포된 파멸의 감각이었다. 한 발 한 발 내디딜 때마다 마을이 허물어져내렸다. 트리벨리언 대로의 상점가, 댄디다이너 식당, 집들 사이로 자라는 나무들, 호플리 부인의 집과 그의 방, 어쩐 일인지 그가 망쳐버린 모든 멋진 것들. 그리고 프레야, 그의 단짝 친구. 다시는 프레야를 보지 못한다는 생각에 그는 술 취한 사람처럼 머리를 흔들어댔다. 강, 철로, 공장에서 느린 걸음으로 비탈을 성큼성큼 올라가는 남자들, 정오의 경적, 맥이 차려준 맛있는 식사, 커다란 방에서 보낸 아침과 존재의 기쁨과 영원한 가능성의 감각.

강이 사라질 때까지, 해가 위치를 바꿀 때까지, 마을이 등 뒤에 있다는 것 말고는 아무것도 모른 채로 걷고 또 걸었다. 키 큰 풀밭을 헤치며 발이 음침하게 쉭쉭 소리를 냈다. 그러다 발이 걸려 넘어졌다. 너무 지쳐서 몸을 가누지도 못했다. 적막은 감미로웠다. 강, 철로, 트리벨리언 대로의 상점가가 눈앞에 그림처럼 스쳐갔다. 반백의 노인, 교회와 찬송가, 철로, 프레야, 칼 공장, 장미 덤불의 꽃봉오리, 영원한 가능성과 영원한 무의 아침들이.

모빌 항구에
배들이 들어오면

제럴딘은 손에 클로로포름 병을 들고 뒤쪽 현관 포치에서 잠들어 있는 남자를 물끄러미 바라보았다. 깊은 잠에 빠졌다는 걸 소리로 알 수 있었다. 수염을 통과해 휘파람 소리를 내는 짧은 숨, 한낮까지 일어나지 않을 때 쉬는 숨. 남자는 새벽에 들어와서 내내 자고 있었고, 밤새 술 마시고 들어온 날은 무슨 수를 써도 오전에 깨울 도리가 없었다. 확실히 때는 지금이었다.

실크 스타킹을 신은 발로 부엌 찬장 밑 행주 서랍으로 달려가서 낡은 행주를 크게 찢어내고 작은 조각도 조금 뜯어냈다. 커다란 누더기를 네모로 접고는 잠시 뜸을 들인 뒤 개수대에서 물에 적시고, 손이 떨리는 바람에 좀 힘들어하면서도 다려 입으려고 막 꺼내놓은 드레스의 천 벨트로 천 뭉치를 묶었다. 그리고 혹시 필요할 때를 대비해 연장 서랍에서 노루발장도리를 꺼내 뒷문 포치로 나갔다. 이제 의자를 침대에 바짝 붙이고 앉아서 병뚜껑을 열고 작은 헝겊을 흠뻑 적셨다. 그리고 헝겊을 그의 가슴 위에 몇 초쯤 들고 있다가 천천히 코 쪽으로 가져갔다. 클라크는 움직이지 않았다. 뭔가 약효가 있기는 한 것 같다고, 그녀는 생각했다. 냄새가 났다. 장례식 조화처럼, 죽음 그 자체처럼, 달콤하고 역한 향이었다.

등 뒤에서 레드독이 하품을 늘어지게 할 때 항상 내뱉는 칭얼거리는 소리를 냈다. 집 측면의 서늘한 자리에서 뒤척이며 돌아눕는 개의 끙끙 앓는 소리도 들렸다. 그녀는 생각했다. 다들 클로로포름은 레드독을 위한 거라고 생각해. 하지만 저기 밖에서 자고 있는 개는 지난 십사 년을 통틀어 지금 가장 팔팔하게 살아 있는걸.

클라크는 동의하듯 머리를 위아래로 주억거렸고, 그녀의 손과 뻣뻣하게 굳은 그녀의 몸이 그의 신체 일부처럼 그 코를 쫓아갔다. 그녀 안에서 어떤 목소리가 비명을 질렀다. 다른 길이 있었다면 이런 짓은 꿈도 꾸지 않았을 거야! 하지만 이 사람은 나를 집 밖에도 나가지 못하게 하잖아!

레드독을 안락사시키겠다고 말했을 때 트렐로니 부인이 좋은 생각이라는 듯 고개를 끄덕거리던 것도 생각났다. 낯선 사람들이 근처에 오면 레드독이 하나 남은 송곳니로 물어버리니 안전하지 않다는 이유를 대면서.

제럴딘은 클라크의 관자놀이에서 뛰는 맥박을 흘끔 보았다. 헤어라인을 따라 돋은 쭈글쭈글한 초록색 핏줄이 저 밑에서 뛰고 있었다. 그 핏줄을 볼 때마다 미시시피강 지도가 떠오르곤 했다. 그때 헝겊이 클라크의 코끝에 부딪히면서 그가 고개를 옆으로 돌렸지만, 그녀의 손은 거두고 싶어도 그럴 수 없다는 듯 그 코를 계속 따라갔다. 검은 속눈썹은 미동도 없었다. 그녀는 한때 클라크가 얼마나 눈에 띄는 미남이라고 생각했는지 기억이 났다. 높고 좁은 이마 양옆에 푹 팬 관자놀이, 그 위로 야생 덤불처럼 무성한 검은 머리칼, 구식 수제 양복 재킷과 앞굽이 네모난 장화처럼 구식 스타일이지만 클라크에게 어울렸던 숱 많은 검은 콧수염.

선반에서 이 모든 걸 지켜보고 있던 회색 알람시계로 눈을 돌렸다. 이제 약 칠 분이 지났다. 얼마나 걸렸을까? 그녀는 병을 열어 손바닥이 시원해질 때까지 액체를 콸콸 쏟은 후 다시 코밑에 갖다댔다. 맥박은 여전히 뛰고 있었지만 숨은 점점 짧고 희미해졌다. 팔이 너무 아팠다. 그녀는 포치 차양문 너머 먼 데를 바라보며 다른 생각을 하려 했다. 새날이 밝듯 수탉이 외양간에서 우렁차게 울고 있네, 노래 한 곡을 되새겼다. 그리고 시계가 스무 번 재깍거릴 때까지 세었다. 한 해에 한 번씩, 그녀의 나이만큼 세고 나서 시계를 보니 이제 십이 분이 지났고, 다시 보니 맥박은 끊겼다. 속아서는 안 돼. 그녀는 생각하며 꿈쩍도 하지 않는 그의 코털을 더 열심히 노려보았다. 코털은 원래도 움직임이 없었을지 모른다. 하지만 아무 소리도 들리지 않았다. 그녀는 일어나서 잠시 다시 생각해보다 헝겊을 검은 콧수염에 붙여두었다. 시트 위에 늘어진 팔을 노려보았다. 털북숭이였지만 잘생긴 손이라고 늘 생각했었다. 새끼손가락에 낀 금반지는 자기 어머니의 결혼반지라고 했었다. 바로 저 왼손이 그녀를 그토록 많이 때렸다. 아무래도 맞을 때 금반지가 느껴졌던 것 같다. 그녀는 이유도 모른 채 그 자리에 몇 초쯤 서 있다가 다급히 부엌으로 들어가 앞치마와 집에서 입는 옷을 벗어던졌다.

클라크와 있을 때 일부러 자주 입지 않은 꽃무늬 여름 원피스를 입었다. 모빌*에서 보낸 가장 행복했던 나날을 떠올리게 하는 옷이었다. 익숙하지만 거의 잊고 있던 어깻짓으로 짧은 러플 소매를 탁탁 정리하자 다시 과거의 자신이 된 느낌이 들었다. 원피스 섶을 여미지 않은 채 까치발로 포치로 달려나가 아직 그의 입에 헝겊이 붙어 있는지 확인했다. 확실히 해두기 위해서 병 속의 남은 내용물도 헝겊에 쏟아부었다. 그러고 보니 노루발장도리가 이제 좀 우스워 보이네? 그녀는 장도리를 다시 서랍에 가져다 넣었다.

옷을 다 차려입고 이제 화장만 남았을 때 얼굴을 닦은 수건을 최대한 활짝 연 창문 아래 받쳐두었다. 화장대 거울에서 몇 걸음 물러서서 초조하게 제 모습을 살폈다. 그리고 다시 다가가서 활처럼 휜 윗입술을 빨간색으로 도톰한 곡선을 그리고 사방으로 폈다. 뺨의 굴곡까지 그리고 나니 나도 못 알아보겠네, 그

* 미국 앨라배마주의 도시.

녀는 생각했다. 나는 그렇게 뚱뚱하지 않아. 딱 좋아. 그녀에겐 여전히 유혹적인 관능성과 꽃 피는 젊음의 풋풋함이 어우러진 매력이 있다고, 다들 말했다. 그런 매력이 있는 여자애가 몇 명이나 되겠는가? 몽고메리 시절의 그녀처럼 목사 아들에게 청혼을 받고 모빌에서는 선원들의 총아로 날렸던, 그런 삶을 살아본 여자가 몇이나 될까? 그녀는 거울 속 자신에게 도도하게 웃어주었다. 소리는 내지 않았지만, 소리내어 웃었다 한들 들을 사람도 없었다. 그리고 손바닥으로 갈색 도는 금발을 가볍게 톡톡 쳤다. 오늘 아침 클라크가 들어온 후 고데기로 머리를 말았는데, 평생을 통틀어 가장 훌륭하게 머리가 말아졌다. 클라크에게 무슨 짓을 할지 손질하는 동안 이미 알고 있었는데도 말이다. 그런데 고데기는 짐 챙길 때 넣었던가?

낡고 검은 여행 가방을 개수대 밑 커튼 뒤에서 끌고 나와 보니 고데기가 맨 위에 잘 놓여 있었다. 그녀는 침실로 다시 들어가 핸드백을 찾았다. 담배도 가져가야지. 주방에 들어가서 비누 받침 옆에 있는 럭키스트라이크 담뱃갑을 챙겼다. 한순간 벌어진 아랫입술을 앞니로 깨물었고, 연필로 그린 눈썹이 개탄하듯 떨리며 치켜올라갔다. 찬장 테두리를 꾸미려고 붙여둔, 그러나 클라크는 알아보지도 못한 빨간 지그재그 장식 리본을 마지막으로 바라보고는, 돌아서서 뒷문 포치를 가로질러 밖으로 나갔다.

레드독이 그녀를 보고 칭얼거리며 울자, 그녀는 여행 가방을 툭 떨어뜨리고는 텅 빈 개밥 그릇을 들고 다시 집 안으로 들어가 빵 보관함에서 오래된 옥수수빵을 한 덩어리 꺼내 부스러기를 낸 다음 프라이팬의 기름을 긁어 붓고, 무모한 허세를 부리며 비프스튜 남은 것도 다 부었다. 아침 열한 시에 이런 먹이를 주면 레드독이 놀라지 않을까? 레드독은 너무 놀라서 벌떡 일어났고, 수탉 깃털처럼 얇고 깔쭉깔쭉한 늙은 빨간 꼬리를 흔들어댔다.

제럴딘은 붉은 물이 고인 웅덩이들을 폴짝 뛰어 피해가며, 회색 도마뱀 가죽 하이힐을 신은 채 민첩하게 달려 길에 팬 바퀴 자국을 따라 서쪽 초원을 가로질렀다. 최고의 구두를 신고 나오니 이 아침 기분이 종달새처럼 행복했다. 오픈 토에 굽도 높아 여행용으로는 하나도 실용적이지 않았지만, 마음만은 날아오를 듯 들뜨게 해주었다! 잡목 숲의 끝에 다다르자 그녀는 돌아서서 농장을 다시 돌아보았다. 하루 중 제일 좋아하는 시간은 아니었다. 그녀는 일몰 직전과 일출 직후가 좋았다. 태양이 만물의 우듬지에 딱 걸려 있고, 평평한 전원에 반짝이는 초록색 작은 섬들이 점점이 박혀 있고, 풀 뜯는 소들의 반듯한 등줄기에 붉은 빛살이 드리우는 때. 크리스마스트리처럼 초록색 빨간색이네, 열네 달 전 클라크와 여기 함께 살러 왔을 때 그녀는 말했다. 빛의 소나기가 내리다 막 그치고 방금 해가 뜬 것처럼 언제나 서늘하고 푹푹한 이 땅. 지금부터는 늘 크리스마스일 거야, 클라크. 그녀는 말했었다. 영화의 마지막 장면 같은 느낌이 들었다. 자기 연민에 젖은 달콤한 한순간, 그녀는 또다시 윗니로 입술을 서글프게 깨물었다. 기다란 갈색 집아, 안녕. 외양간과 암탉 우리와 작은 야외 변소도 안녕!

북부행 버스는 거의 한 시간은 기다려야 지나갈 테고, 그래서 고속도로를 건너 반대편 숲 지대로 넘어가서 흐르는 시냇물 가에 앉아 휴지로 구두 굽에서 붉은 진흙을 닦아냈다. 그녀의 담배에서 피어오르는 연기는 스패니시 모스와 똑같은 색이었다. 담배 연기는 천천히 끊김 없이 피어올랐다. 어디 그럴듯한 실내에서 이야기라도 나누고 있는 느낌이었다. 자동차 소리에 벌떡 일어났지만, 뉴올리언스에서 오는 대형 유조차였다. 그때, 모퉁이를 돌아오는 버스의 툴툴거리는 소리가 들렸다. 유조차 소리와는 확연히 달랐다. 이번에는 그 소리에 온 세상의 행복이 달려 있다는 듯 심장이 펄쩍 요동쳤기 때문이다. 그녀는 자기도 모르는 사이에 벌써 도로에 나와 팔을 흔들고 있었다.

버스에 올라타자 버스 바닥이 덜컹거리며 발밑에서 흔들렸다. 북쪽으로 달리고 있었다.

"어디까지 가세요?" 기사가 물었다.

그녀는 하마터면 모빌이라고 말할 뻔했지만, 웃음을 터뜨리며 무마했다. "버밍엄이요." 언니가 사는 곳이었다. "하지만 먼저 알리스테어로 가고 싶어요." 알리스테어는 루이지애나 북부의 작은 도시였다. 어렸을 때 부모님과 함께 하룻밤 묵은 적이 있었다. 버밍엄으로 가는 길에 그곳에 한두 시간 들렀다 가기로 미리 계획을 세워두었다. 그녀는 그날 아침 클라크의 호주머니에서 슬쩍한 십 달러짜리 지폐로 버스비를 냈다. 그 돈 말고도, 클라크가 트렐로니 부부와 같이 에티엔 역까지 갈 수 있게 해줬을 때 장을 보던 돈에서 모아둔 구 달러가 있었다.

버스에 사람이 많아 서너 명이 서 있었지만, 그녀가 통로로 걸어가자 파란색 오버롤을 입은 청년이 벌떡 일어나 자리를 양보했다. "감사합니다." 그녀가 말했다.

"뭘요." 청년은 이렇게 말하고 그녀 옆 통로에 섰다.

옆자리에 앉은 여자의 무릎에 어린 남자아이가 잠들어 있었다. 아이의 머리가 제럴딘의 허벅지를 동그랗게 눌렀다. 잠시 여자에게 아이에 대한 질문을 하나 하고 싶다는 생각이 스쳤지만, 아직은 무엇을 물어야 할지 몰랐다. 목에 두른 인조 모피를 풀면서 (청년의 팔 밑에 있는 검푸른 반점을 보고서야 사실 오늘 날씨가 몹시 덥다는 사실을 깨달았다) 제럴딘은 자리에 편안히 기대앉아 여행을 즐기기 시작했다. 청년을 올려다보고 미소를 지었더니 청년도 미소를 돌려주었다. 그녀는 생각했다. 버스에 참 좋은 사람들이 타고 있구나. 저 사람들도 나를 보고 나 역시 그만큼 좋은 사람이라는 걸 알잖아. 게다가 클라크가 따라오지 않으니 얼마나 안심이 되는지 몰라. 자리를 양보받았다는 이유만으로 파란 오버롤을 입은 청년과 자고 싶은 거냐고 비난을 퍼부었을 텐데! 그녀는 진절머리가 난다는 듯 고개를 흔들었고, 귓가의 곱슬머리 한 가닥이 풀려 흘러내리는 느낌이 들어 아무렇지 않게 귀 뒤로 넘겼다. 또 트렐로니 씨에게 추파를 던진다고 뭐라고 했지. 트렐로니 부인이 내 절친한 친구고 시내로 드라이브할 때는 항상 따라간다는 걸 세상 사람들이 다 아는데. 그때가 트렐로니 씨를 보는 유일한 시간이고.

"동시에 남자 열 명과 자는 여자들은 절대로 임신을 하지 않는다고!" 클라크의 목소리가 야외 변소에서 쩌렁쩌렁 울리고 변소 문을 쾅 때려 여는 소리가 귀에 선했다. 제럴딘은 조바심을 치며 옆자리 여자 쪽으로 몸을 기울이고 물었다. "자녀가 많으신가요?" 그러자 여자는 한참 동안 이상하다는 듯한 눈길로 물끄러미 그녀를 바라보았다. 제럴딘은 하마터면 여자가 대답하기 전에 웃음을 터뜨릴 뻔했다.

"넷이에요. 충분하죠."

제럴딘은 고개를 끄덕거렸고, 자기 옆에 서 있는 청년을 흘끗 올려다보았다. 청년은 자세를 바꾸며 그녀를 내려다보고 웃어 보였다. 분홍색 잇몸과 커다란 흰색 치아가 드러났는데 위쪽 어금니 하나가 빠지고 없었다. 젊고 수줍고 외롭고, 제럴딘은 생각했다. 잘하면 모빌의 젊은 선원들만큼 괜찮을 뻔했는데. 그렇게 미남은 아니지만 말이야. 제럴딘은 청년으로부터 슬금슬금 떨어져 거리를 두었다. 파란 오버롤이 자꾸 어깨에 비벼대는 느낌이 마음에 들지 않았기 때문이다. 아니면 자기도 모르게 클라크만큼 쌀쌀맞게 된 걸까? 그래, 혹시 사람들이 묻는다면 클라크가 얼마나 새침 떠는 꼰대인지 말해줄 것이다. 결혼의 의무조차 제대로 이행하지 못하면서. 솔직히 그녀는 개의치 않았지만, 그 이유만으로 이혼 소송을 하는 여자들이 많다고 들었다. 그러면서 아기를 못 갖는다고 그녀를 비난하다니! 에티엔 교구 사람들은 누구나 클라크가 이상하다는 걸 알고 있었다. 젊었을 때는 동업자에게 사기를 쳐서 교도소에서 복역했고, 사람들은 기억 못 하지만 얼마 전에도 종교를 설파해서, 그것도 미친 사람처럼 종교를 강요하며 자기 말에 동의하지 않은 사람을 죽일 뻔해서 감옥에 갇혔던 적이 있다. 제럴딘은 다리를 꼬고 치맛자락을 잡아내렸다.

버스에 타고 있으니 안전하고 강해진 느낌이 들었다. 산 한가운데 있는 느낌, 아니 끝없이 계속되는 좀 묵직하고 기분 좋은 꿈 한가운데서 눈을 뜨고 있는 느낌이었다. 돈이 없어질 때까지 계속 타고 있다가 내려서 어디 일자리를 구할 수도 있겠다. 그녀는 본명인 제럴딘 앤 루이스로 돌아갈 생각이었다. 간단하고 소박한 이름. 그리고 그 이름으로 가구 딸린 작은 아파트를 빌려 종종거리며 저녁마다 이것저것 요리를 해 먹고 일주일에 한 번 정도는 영화를 보러 가고 일요일 오전에는 교회에 가고 친구를 사귈 때는, 특히 남자 친구를 사귈 때는 아주 신중하게 고를 것이다.

남자아이의 머리가 제럴딘의 허벅지를 더 세게 눌렀다. 버스가 방향을 꺾자 어느 소도시로 진입하고 있는 게 보였다. 모르는 곳이야. 그녀는 들떴지만, 사실은 아는 도시였다. 돌턴이었다.

누군가 관심을 보이며 그녀에게 왜 그런 짓을 저질렀느냐고 묻는다면 처음부터 끝까지 다 말해주겠다고, 여행 가방을 들고 통로를 걸어 나오며 그녀는 생각했다. 클라크가 사랑한다고 결혼하자고 하며 뉴올리언스 북쪽 에티엔 역 근처에 있는 자기 집에서 같이 살자고 했던 일부터, 요리하고 청소하고 자기가 아는 최고의 아내 노릇을 했던 일, 몇 달이 지나면서 클라크가 사실은 그녀를 정말로 미워했고 오로지 트집을 잡기 위해 결혼했다는 걸 알게 된 일(지금 생각하면 너무나 명백한 일이었다)까지. 클라크는 일부러 스타 호텔 같은 곳에서 아내를 골랐던 거다. 그걸 약점으로 쥐고 흔들며 우월감을 느끼려고. 그녀는 우유갑 구멍에 빨대를 꽂았다.

"어이, 뭐 혹시 아예 말을 못 해요, 아가씨?" 씩 웃으며 내려보는 사람은 파란 오버롤 차림의 청년이었다. 갑자기 터져나온 목소리에 그녀는 아버지와 도리깨질을 구경하러 갔던 밀밭에서 그녀에게 뭔가 말하려고 허리를 굽혔던 남자를 먼저 떠올렸고, 다음에는 모빌의 선원들 목소리를 생각했다. 그러자 툭 떨어진 두려움이 바늘처럼 그녀를 찔렀고, 그간 한 번도 생각난 적 없는 밀밭이 왜 떠올랐는지 미처 고민할 새도 없이, 자기 것인지 남자 것인지조차 잘 모르는 채 요금대에 십오 센트를 내려놓고 돌아서며, 이상하게 숨찬 소리로 대답했다.

"그냥 지금은 말을 할 수가 없어요!"

몇 분인가 한참 버스가 달려간 후에야 청년이 타고 있지 않다는 사실을 깨달았다. 청년이 돌턴에서 여자를 사귀고 있다면 좋은 여자이기를 빌었다. 그냥 가족에게 돌아가는 길인지도 모른다. 왜 굳이 여자한테 간다고 생각하는 걸까? 클라크에게서 충분히 멀리 도망치면 이런 식으로 생각하는 버릇은 그만둬야겠다. 클라크는 이제 트렐로니 부부와 에티엔 역까지 드라이브를 하지도 못하게 했을 것이다. 트렐로니 부부를 마지막으로 따라갔던 때의 이야기를 사람들에게 할 수도 있겠다. 클라크가 이틀 동안 어딘가로 가서 집 안에 음식이 떨어졌었다. 클라크는 그녀가 두 팔로 들고 있던 장본 거리를 보더니 마구잡이로 쳐서 떨어뜨리고 한마디도 없이 그녀의 따귀를 때렸다. 앞뒤로 철썩철썩. 결국 그녀는 장거리 위로 쓰러져 심장이 다 부서져버릴 것처럼 울었다. 그때 벨트 버클에 흉터가 생겼으니 여차하면 그 상처도 보여줄 수 있었다.

그녀는 손등에 있는 U자 모양의 흉터를 보지도 않고 주물렀다. 버스에 탄 후로는 잠시도 손을 가만두지 못했다. 뒤로 휘어지는 긴 손가락들을 핸드백 귀퉁이에 대고 대칭을 이루며 만지다 보드라운 손바닥을 꾹 누르고는 다른 자리를 찾았다. 사진을 찍기 위한 완벽한 자세를 잡으려 계속 애쓰듯이. 도마뱀 가죽 하이힐은 진동하는 바닥에 똑바로 나란히 놓여 있었다.

다음에 휴식을 취할 정류장은 알리스테어였다. 이름 말고는 별로 기억나는 바가 많지 않은 도시였다. 아니, 아마 도시 자체도 십 년 동안 퍽 많이 변했을지 모르겠다. 그래도 이름만으로 충분했다. 여름 휴가 때 가족과 함께 민박집에서 행복하고 근심 걱정 없는 며칠 밤을 보냈다는 사실만으로도. 지금도 이미 해가 진 후라 그날 밤은 그곳에서 묵고 다음 날 일찍 출발하기로 마음먹었다. 가족 여행을 할 때면 아버지가 차에서 입버릇처럼 말했듯이. "우리 오늘은 어디서 잘 것 같아요?" 그녀나 동생 글래디스가 뒷좌석에서 묻곤 했다. 뒷좌석에는 카키색 담요들과 점심 도시락, 어딘가엔 수박 한 통이 끈으로 묶여 처박혀 있었는데 동생 옆 좁은 자리에 기어들어가는 것만도 기분이 좋았다. 아버지는 "누가 알겠니, 아가"라거나 "제리, 오늘 밤에는 도리스 숙모네 집에 도착할 것 같구나. 너희 도리스 숙모 기억나니?" 같은 말을 했다. 그러면 새로운 민박집에 가는 것처럼 설렜다. 이전 해에 갔던 숙모 집을 그때쯤엔 십중팔구 까맣게 잊어버렸으니까. 일 년 후에 클라크의 집도 그렇게 잊을 수 있으면 좋지 않을까? 그러나 어른이 되고 나면 기억이 그런 식으로 작동하지 않는다는 걸 그녀도 알고 있었다. 십사 개월이 지났지만 스타 호텔은 지나치게 또렷하게 기억났다. 늘 병원처럼 소독약 냄새가 났던 갈색과 흰색 로비, 바닥의 육각형 타일 하나하나가 선하게 떠올랐다. 호텔 입구 위에 걸려 있던 밝은 유리 별, 그녀 방 창문에서 보이던 그 풍경도.

버스 정류장에서 멀지 않은 곳에서 앞마당 잔디에 하숙인 모집 안내판이 내걸린 집을 찾았다. 주인 여자는 처음에는 그녀에게 차가 없다고, 다음에는 남자와 동행하지 않았다고 좀 수상해하는 눈치였지만 (남자가 없는 게 왜 수상할 일이람?) 그래도 얼마 후엔 깨끗하고 아주 멋스러운 가구가 갖춰진 앞방을 독차지할 수 있었다. 제럴딘은 복도의 욕실에서 타월을 든 채 물이 팔다리를 애무하듯 타내려가게 두고 생각했다. "이렇게 나 혼자 있는 게 얼마나 오랜만인지!"

나이트가운을 걸치고 곧장 침대로 갔다. 어둠 속에 누워서 생각하고 싶었다. 사흘 동안은 아무도 클라크를 발견하지 못할 거야. 클라크가 만든 치즈들이 내일 에티엔 역에 도착하겠지만, 폭음하면 하루 늦게 찾으러 가는 데 다들 익숙하니까. 그리고 오늘은 목요일이니까 트렐로니 부부도 시내에 가는 토요일까지는 들르지 않을 테고. 시내에 가지 않을지도 모르고.

"난 당신을 도우려고 결혼했지만, 진실함이 당신에게는 없어. 당신은 내가 만난 인간 중 가장 사악한 영혼이고, 당신과 결혼한 건 내가 받은 영원한 저주야!"

그녀는 시트 밑에서 불안하게 다리를 벌렸다가 가위처럼 닫았다. 그녀를 감싼 빳빳한 새 홑청이 천둥 같은 소리를 내며 바스락거렸다. 손가락 끝을 허벅지에 더 세게 박고 꾹 눌렀다. 몽고메리에 살던 시절 엄마는 입버릇처럼 말했다. "그것 봐, 이만큼 커서 보기 좋게 살집이 올랐잖아. 그렇지, 아가?" 제럴딘은 옆으로 돌아누워 눈물 몇 방울을 떨어뜨렸다. 눈물이 콧대를 타고 베갯잇에 떨어졌다. 어머니가 돌아가신 지 이제 일 년이 다 되어가고 있었다. 바람이 한숨을 쉬자 커튼 밑자락이 부풀어올라 한순간 그녀 쪽으로 뻗어오더니 망토처럼 휘리릭 돌았다. 그녀는 메리앤과 살던 모빌의 아파트와 처음 배 무리가 들어왔을 때 그들이 얼마나 젊고 함께 행복했는지 생각하며 몇 방울 눈물을 더 흘렸다. 아, 저들이 묻고 싶어한다면, 모빌에 대해서도 다 털어놓으리라. 부끄러울 일은 하나도 없었다. 부끄러움은 이 나라의 입법자들과 그 일로 돈을 번 경찰들의 몫이었다.

그러나 더그 이야기는 하지 않을 것이다. 그의 잘못이 아니었으니까. 그녀 자신도 달리 묵을 곳이 없어서 어쩌다 보니 스타 호텔에 가게 되었다고 말할 것이고, 그건 사실이었다. 반백의 준엄한 판사에게 그 이야기를 하면서 그럼 자기가 할 수 있는 일이 또 뭐가 있느냐고 묻는 제 모습을 떠올렸다. 여기 이 낯선 민박집에 이렇게 누워 있게 된 지금까지 뭘 어떻게 해야 했느냐고. 그럴 수밖에 없었다고 안심시켜주는 판사의 목소리가 들렸다. 그녀는 고등학교를 졸업하고 몽고메리에서부터의 친구 메리앤 휴스와 함께 모빌에 갔었다. 공장에 취업하려 했지만, 공장 일자리가 나기 전까지는 웨이트리스로 일해야 했다. 그녀는 메리앤과 작은 아파트에서 함께 살았고, 일주일에 십오 달러를 고향의 어머니에게 보낼 수 있었다. 두 사람이 거기서 살게 된 지 얼마 안 돼 배들이 들어왔다. 큰 배는 아니고 그저 수리 목적으로 잠시 정박한 순양함과 구축함 몇 척이었다. 도시는 갑자기 선원과 장교로 가득 찼다. 모든 것이 밤낮으로 전속력으로 돌아갔다. 메리앤은 매일 아침 여섯 시 십오 분 전에 고래고래 소리를 질러 그녀를 깨우곤 했다. “침대에서 나와, 우리 꿀단지. 모빌 항구에 배들이 잔뜩 들어왔단 말이야!” 이제 어른이 되고 보니 바보같이 들리는 말이지만 열여덟 살이고 바람처럼 자유롭던 시절에는 그 말만 들으면 백만 달러 같은 기분으로 침대를 박차고 일어날 수 있었다. 실제로 아무리 피곤해도 깔깔 웃었고 넘치는 에너지에 간질거리고 짜릿짜릿했다.

그녀와 메리앤은 커피도 마시지 않은 채 웨이트리스 옷을 걸치고 레스토랑으로 황급히 달려갔다. 거리를 지나가다 보면 그 시간에도 선원들이 가득했다. 일찍 일어난 선원들도 있었지만, 아직 외출했다 들어가지 않은, 아마도 술에 취했을 사람들도 있었다. 그러나 대체로 그들은 그녀가 만나본 가장 멋지고 깔끔한 청년들이었다. 레스토랑에는 늘 선원들이 몰려와서 아침을 먹었고, 그녀와 메리앤은 손님들에게 오 주 후면 해병대 군수물자 공장에서 일하게 될 거라고 말했다. 그러면 선원들은 십중팔구 데이트 신청을 했고, 특히 잘생긴 남자들이 그러면 그들은 청을 받아주었다.

그러다 메리앤이 해군 중사와 결혼해서 그녀는 아파트를 포기해야 했다. 그 무렵 그녀는 코네티컷 출신의 의무 병장인 더그 엘리슨과 약 삼 주째 사귀고 있었고, 서로 사랑한다는 게 확실해지면 결혼할 생각이었다. 그녀는 아직 아파트를 구하지 못해서 더그가 스타 호텔의 방을 하나 구해 일주일 치 방값을 대신 내주었다. 그리고 이삼 일 동안 그녀와 함께 지냈다. 그녀가 어떤 식으로든 관계를 맺은 첫 번째 남자였다. 메리앤을 비롯해 모빌의 여자들은 대부분 다 이런 식으로 흘러갔다. 더그의 배는 그 주말에 출항해서 한 달 후에는 돌아올 예정이었고, 그때 두 사람은 결혼하기로 했다.

그달에 공장 일자리가 날 예정이었지만 나지 않았다. 그리고 (설상가상으로) 레스토랑에서도 잘리고 말았다. 해병대 군수물자 공장에서 구조조정을 하는 바람에 거기서 일하던 여자애가 돌아왔다면서. 말은 그랬다. 갑자기 실직자가 너무 많아졌고, 하루 세 끼를 먹여주는 조건으로 설거지하는 일자리마저 씨가 말랐다.

몽고메리로 돌아갈 채비를 마쳤을 때 스타 호텔에서 앞으로 며칠은 지하실에 있는 그녀의 트렁크를 꺼내줄 수 없다고 하면서, 방값을 두 배로 올려 그녀가 도저히 낼 수 없게 만들어버렸다. 그래서 경찰을 부르겠다고 하자, 호텔 측에서는 그러면 그녀를 감옥에 처넣겠다고 협박했다. 그래도 경찰에 신고하려고 문밖으로 나섰더니 도어맨이 앞을 막아섰다. 스타 호텔이 성매매하는 데라는 걸 몰랐단 말이야, 그가 말했다. 오, 스타 호텔에서 별별 일이 다 일어난다는 건 알고 있었죠. 배가 부두에 정박 중인데 당연하지 않겠어요. 하지만 이렇게 노골적인 매춘 구역인 줄은 몰랐네요. 그러자 갑자기 얼굴도 모르는 사람들이 잔뜩 나타나 그녀를 에워싸더니 그녀도 그런 여자라고 당연히 생각해버리고, 더그 엘리슨이 약혼자라고 아무리 말해도 비웃기만 했다. 그들은 어디 경찰에 신고만 해보라면서, 경찰이 그녀를 잡아 십 년 동안 가둬둘 거라고 말했다. 그녀는 겁에 질리고 말았다. 거기 있는 다른 여자들은 자기네들도 같은 신세라면서, 하지만 이제는 개의치 않는다고 말했다. 밖에 나가 봤자 어차피 일자리도 없잖아요, 그리고 일을 많이 하느니 이편이 쉬워요. 이 말에 그녀는 방금 먹은 저녁 식사를 게워내고 말았다. 뭘 먹지도 못하고 잠도 거의 못 자는 와중에 저들은 그녀의 방으로 계속 선원들을 들여보냈다. 더그 엘리슨 이후로 그녀가 선원들과 특별한 관계가 되었다는 듯이. 그러나 막상 더그에게서는 편지 한 통 오지 않았다. 또 그곳의 여자인 코니가 편지가 오면 꼭 갖다주겠다고 약속했기 때문에 알았다. 저들이 여자들의 우편물을 감시한다는 것을. 특히 밖으로 보내는 편지들을 감시했기 때문에, 어머니에게는 여전히 '카터스 레스토랑'에서 일하고 있으며 아주 행복하다고 쓰면서 어머니가 행간의 의미를 읽어내기를 바랄 수밖에 없었다. 그러나 어머니는 암 투병 중으로 그 무렵 상태가 나빠지고 있었고, 끝내 속뜻을 읽지 못했다. 스타 호텔에 오는 선원들은 설사 꽤 괜찮게 생겼다 해도 역겹기만 했다. 아침마다 메리앤이 외치는 소리를 들을 때마다 들떠했다는 생각만 해도 속이 거북해졌다. 그리고 손주들에게 자기 인생에서 가장 흥분되는 시기에 대해 이야기해줄 생각을 하면 더 속이 뒤집어졌다. 그 이야기들은 이렇게 시작될 것이다. "배들이 모빌 항구에 들어왔을 때 나는 막 열여덟 살이 된 참이었지…"

그녀가 끝내 굴복하고 말았다는 이유로 누군가 첫 돌을 던진다면, 그녀는 저들이 그녀의 식판에 놓이는 음식의 양을 줄이고, 여자들 모두가, 심지어 코니 스테그먼까지도 저들은 그녀의 목숨을 지푸라기만도 못하다고 생각하니 차라리 그냥 협조해 푼돈이라도 벌라고 조언했다는 이야기를 다 털어놓을 것이다. 그러나 저들은 그녀가 돈을 숨겨 모으고 있다는 걸 알아내고는 찾아내 빼앗아갔다. 저들은 뇌물 수수에 관한 한 자기네 호텔 도어맨도 믿지 못했기 때문이다. 그녀는 자살하겠다고 윽박질렀는데, 실제로 진심이기도 했다. 그래서 저들은 그녀를 다른 두 여자와 함께 차에 태워 채터누가 지역으로 보냈다. 거기에 스타 호텔 매니저의 배우자가 소유한 호텔이 있었다. 누구든 그녀 말을 믿지 않는 사람이 있다면, 채터누가로 가서 직접 블랙스톤 호텔을 찾아보라고 할 것이다. 호텔 안에 들어가서 둘러보라고 할 것이다. 그녀가 블랙스톤에서 만신창이로 지쳐버리자 그들은 그녀를 다시 스타 호텔로 보냈다. 일은 이런 식으로 돌아가고 있었다. 남부 전역에 신디케이트가 형성되어 있어 어디든 사업이 잘되는 곳이면 저들이 여자들을 배송했다. 그리고 어떤 여자애가 사고를 칠 것 같다 싶으면 아는 사람이 아무도 없는 곳으로 보내버렸다.

제럴딘은 문을 두드리는 소리에 일어나 앉았다.

"필요한 건 다 있나요?" 하숙집 여주인이 여리고 높은 목소리로 물었다.

"네…" 그녀는 헛숨을 삼켰고 심장이 미친 듯 뛰었다. "감사합니다."

"서랍장 위 물통에 얼음물이 있어요. 아직 잠든 거 아니었죠? 불빛이 안 보여서."

"아니에요. 안 잤어요." 제럴딘은 미소를 머금었다.

"아직 엄청 일러요." 여자가 유쾌하게 말했다. 돌아서며 하는 말소리 같았다.

"네, 맞아요." 제럴딘은 뭔가 더 친절한 할 말이 있으면 좋겠다고 생각했다. "안녕히 주무세요." 그녀는 큰 소리로 말하고, 여전히 웃음을 띤 얼굴로 벌러덩 드러누웠다.

그리고 클라크. 클라크가 스타 호텔에 처음 네 번 찾아왔을 때, 그가 뱉은 모든 말을 낱낱이 털어놓을 것이다. 그리고 알아서 판단하라고 할 것이다. 처음 그녀 방으로 들어섰을 때 클라크가 정확히 어떤 모습이었는지 아직도 눈앞에 선히 그릴 수 있었다. 반듯한 허리와 묵직한 검은 눈썹과 콧수염, 대단히 인상적인 외모의 남자였다. 앞코가 네모난 부츠를 신고 바짓단을 장화 속에 넣고 검정에 가까운 긴 재킷을 걸치고 있었다. 그녀는 무슨 정치가나 남북전쟁 시대의 배우 같은 모습이라고 생각했다. 그는 조용하고 격식을 차렸고, 문밖으로 나갈 때까지 말을 거의 하지 않았으며 심지어 그녀를 쳐다보지도 않았다. 그녀는 다른 누구와도 닮지 않은 그 표정을 기억했는데, 이유는 너무 무서웠기 때문이다. 그때 본능을 따랐더라면 얼마나 좋았을까? 그는 열린 문의 손잡이를 잡은 채 어깨 너머로 그녀를 돌아보았다. 깜박 잊은 게 있는 얼굴, 아니면 그녀가 정말 싫어서 기억해두고 싶다는 듯한 얼굴이었다. 좋은 구석이 하나도 없는 사람이었기에, 며칠 후 그가 왔을 때는 그냥 나가달라고 말하려 했다. 그러나 그는 그냥 앉아서 시가에 불을 붙이더니 이야기를 시작했다. 그녀의 모든 걸 알고 싶어했다. 몇 살인지, 어쩌다가 여기 있게 됐는지. 그의 갈색 눈은 몹시 상냥했고, 이런 말을 하는 게 모독이 아니라면 아버지 같은 느낌이었지만, 쓸데없는 호기심이 너무 기분 나빠서 대답도 잘 해주지 않았다.

세 번째에는 사탕을 가지고 왔고, 네 번째에는 리본 묶은 꽃을 선물로 주었다. 그 네 번째 방문 때 그녀는 그간의 사연을 모두 털어놓았고 옆에 앉은 그의 어깨에 얼굴을 묻고 울었다. 아무에게도, 심지어 코니 스테그먼에게도 그렇게 많은 이야기를 한 적은 없다. "내 아내가 되어달라고 한다면 뭐라고 할래요?" 그는 청천벽력 같은 질문을 던졌다. "내가 돌아올 때까지 곰곰이 생각해봐요. 일주일 뒤에 다시 오겠소." 그를 믿지는 않았지만 당연히 생각은 해보았다. 뉴올리언스 북부 평원에 있다고 묘사한 농장을, 밥벌이로 만든다고 했던 고급 치즈들, 사방의 사냥꾼들에게 만들어 파는 오리 소리 내는 나무 기구들을 생각했다. 뚜껑이 달린 작은 상자로, 긁으면 오리 울음 같은 소리를 냈다. 그는 하나를 가져와서 그녀에게 보여주었다. 그가 얼마나 특별한 종류의 농부인가도 생각했다. 흙 묻히고 일하는 농부가 아니라 교육을 받은 신사였다. 또 호텔의 여자들은 그녀가 엄청난 행운아라고 생각했다. 클라크 리더는 마흔이 넘고 좀 구식이긴 하지만 훌륭한 남자였다. 호텔 매니저 마거릿은 그런 식으로 좋은 남편을 찾은 여자들이 얼마나 많은지 모른다고, 그 남편들이 나중에 다시 와서 정말 좋은 아내를 찾았다고 얘기하는 일이 왕왕 있다고 말했다. 그래서 그녀는 농장의 여주인이 되어서 밭을 핀처럼 정갈하게 가꾸고 좋은 먹거리로 가득 채우는 생각을 했지만, 당연히 자유로워진다는 것에 대해 더 많이 생각했고 다음번에 그가 왔을 때 청혼을 수락했다. 그리고 새장에서 풀려난 새처럼 처음에는 마냥 행복해서 이대로 죽어도 좋을 것만 같았다. 클라크가 제안한 신혼여행마저 원치 않았고, 그저 집에 정착하고 싶기만 했다. 그녀는 요리하고 바느질하고 집 안을 일 센티도 남기지 않고 쓸고 닦으며 기쁨에 넘쳤다. 아니, 들어봤자 상상도 못 할 텐데 뭐 하러 이런 얘기를 털어놓는담? 다시 인간처럼 대접받는 기분이 얼마나 좋았는지 말해봤자 알까? 클라크가 트렐로니 씨에게 했던 그 말투. "허버트, 우리 아내한테 인사하게." 그러면서 자신의 손을 잡고 여왕처럼 소개했었는데.

회상 속 뒷문 계단 쪽에서 펌프로 물을 길고 있었는데 펌프가 좀 이상하게 작동했다. 물이 콸콸 쏟아져 나올 때마다 쿵 쾅 쾅 굉음을 내면서, 양동이를 채우는 게 아니라 밖으로 마구 흘러넘쳤다. 심지어 레드독도 잠에서 깨 고개를 들어서 보았다.

그때 그녀는 기억 밖으로 나와 눈을 뜨고 창밖에서 들려오는 소리가 뭔지 깨달았다. 군악대였다! 퍼레이드 아니면 서커스야, 그녀는 메리앤이 깨워주던 때처럼 신나게 침대를 박차고 일어났다. 음악은 한두 블록 떨어진 공원에서 흘러나오고 있었고, 공원은 축제처럼 색색의 조명으로 꾸며져 있었다. 그녀는 빙글 돌며 나이트가운을 훌렁 벗었다.

클라크!

그는 콧수염에 헝겊을 붙인 채로 여태 뒷문 포치에 누워 있을 것이다. 산들바람에 헝겊이 날려 없어지지만 않았다면. 그녀는 몸을 흔들며 거들을 추어올렸다. 뭐, 그렇게 있으라지. 잡아먹으려고 동물을 죽인다든가, 자유로워지기 위해 감옥 창살을 톱질해 자른다든가, 그렇게 어쩔 수 없이 해야 하는 행동들이 있지 않나. 클라크의 집은 스타 호텔보다 하등 나을 것 없는 감옥이었다. 자기한테는 너무 더러운 여자라면서 그녀 몸에 손도 대지 않는다는 점이 다를 뿐이었다. 클라크는 같이 사는 내내 자기가 그녀를 구원해줬는데 그녀는 그를 일부러 괴롭힌다고 했다. 그녀가 그녀 자신을 괴롭히고 그도 괴롭혔단다. 대체 말이 되는 얘기인가? 그녀는 윗입술에 빨간색 산을 두 개 그렸다. 클라크는 매춘부 같다고 했지만, 그녀처럼 생긴 입술은 그렇게 해야 훨씬 예뻐 보인다. 그리고 아직 남은 컬을 빗어 짧은 단발로 풀어내렸다. 그녀는 핸드백을 홱 주워들고 복도로 나가다가 잠깐 생각에 잠기더니, 돌아와서 일 달러만 빼고 남은 돈을 옷장에 걸린 코트 주머니에 넣어두었다.

인도에 들어서자 줄무늬 천막의 꼭대기며, 불이 밝혀져 돌아가고 있는 대관람차 같은 것이 보였고, 스피커로 소리치는 남자 소리도 들렸다. 그 어떤 소리보다 더 시끄럽게 쿵쾅쿵 소리를 내는 밴드 연주도 들려왔다. 그녀는 〈성조기여 영원하라〉를 알아듣고 기분이 좋아졌다. 그녀는 위태로운 하이힐을 신은 채 발밑을 내려다보면서 어두운 길을 건너가는 일에 집중했다. 심장이 엄청난 속도로 뛰는 바람에, 한 발 내딛기 전에 멈춰서 숨을 골라야 했다. 입구에 걸린 현수막을 보니 행사는 교회의 자선행사일 뿐이긴 했다. 〈제일감리교회 연례 복지의 밤〉이라나.

"입장료는 단돈 이십오 센트!" 단음의 목소리가 우렁차게 외쳤다. "그리고 정말로 하늘나라에 들어가고 싶다는 생각이 들면 주머니를 뒤져서 이십오 센트 동전을 하나 더 찾아보세요!"

제럴딘은 드높은 창으로 돈을 밀어 넣었다. "이십오 센트 두 개 낼게요."

"한 사람입니까?" 소리가 쩌렁쩌렁 외쳤다.

"한 사람이요."

그녀가 들어가자마자 음악이 멈췄다. 알고 보니 밴드는 없었다. 음악은 회전목마 중앙에서 계속 돌아가는 드럼과 심벌즈 기계에서 나오는 소리였다. 마지막 '쿵쾅' 소리가 작게 흔들리며 침묵이 채워졌고, 제럴딘은 나무 링크를 타는 롤러스케이트처럼 속이 텅 빈 울림을 내는 플랫폼 위에서 말들이 펄쩍펄쩍 뛰는 모습을 집중해서 쳐다보며 서 있었다. 왠지 엄청나게 흥분이 되었다. 회전목마 지붕은 테두리가 금박 가리비 모양으로 꾸며진 왕관 모양으로, 가리비마다 파랑이나 빨강 조명이 하나씩 박혀 있었다. 갑자기 무엇 때문인지 울컥 복받쳐올라 흡 소리가 났다. 무엇 때문인지 눈물이 차올라 눈앞이 흐려졌다. 예전에 바로 이 자리에 서 본 적이 있었다. 어렸을 때 바로 이 회전목마를 타봤다. 가족과 이 도시를 잠시 들렀던 그 시절에. 그러고 보니 똑같은 민박집에 묵었을 수도 있겠다. 그 옛날에도 나무 아래 대관람차가 있었고, 연석이 빙 둘린 주차장에 아버지의 큰 차가 서 있었고, 커다란 아이스크림 가게가 있었다. 분홍색 솜사탕을 파는 별도의 부스에 정자처럼 주변이 탁 트인 포치가 얹힌 가게. 그녀가 기억하지 못하는 오랜 옛날 어느 날 밤과 다 똑같았다. 그녀는 자조적으로 웃으며 서둘러 회전목마 표를 사러 달려갔다.

가차 없이 쏟아지는 새하얀 불빛을 받으며 플랫폼에 올라서자 완전히 벌거벗은 느낌이 들었지만, 탑승하는 다른 어른들도 많았다. 오랜 세월 후에 다시 돌아온 그녀 같은 이들도 있으리라. 그녀는 자의식을 잊고 니켈 도금된 봉들의 미로를 거침없이 헤치고 원하는 분홍색 말로 갔다. 쿵 쾅 쿵 소리가 시작되면서 귓전에 끔찍한 굉음이 울렸고 음악이 너무 시끄러워 말소리를 알아들을 수도 없어서 웃음만 나왔다. 분홍색 말은 이제 천천히 올라갔다 내려갔다. 몸이 가라앉는 느낌을 받으며 눈을 감았다. 점점 더 빨라지는 리듬에 몸을 맡기자 밖으로 내쳐질 듯 기울어 양손으로 봉을 꼭 잡아야 했다. 너무 행복해서 울음이 터질 것만 같았다. 왜 그럴까, 그녀는 생각했다. 귓전을 때리는 음악과 봉을 잡은 두 손과 작게 올라갔다 작게 추락하는 이 움직임이 세상 무엇보다도 근사한 이유는 뭘까… 목이 딱딱하게 죄어들어 눈을 뜨자 흐릿하게 번진 검은 나무들과 점점이 미끄러지는 빛들과 어둠 끝에 서서 올려다보며 웃고 있는 몇몇 사람의 형체들이 보였다. 그녀의 부모님은 어디 있었더라? 그들에게 손을 흔들고 싶었다. 그러자 세게 맞은 것처럼 그녀의 어깨가 허물어지면서 눈물이 후두둑 떨어졌다. 그토록 근사했던 건 오로지 어린이였다는 것, 부모님이 손을 흔들며 꼭 붙잡으라고 소리쳐주었다는 것, 짧은 원피스 차림으로 목마에 걸터앉아 있었다는 것, 그리고 한 시간도 못 되어 잠자리에 들고, 까치발을 해도 침대 밑에 발이 닿지 않고, 내일이면 일어나 자동차 뒷좌석에서 "우리 오늘 밤에는 어디서 자요, 아빠?"라고 물었던 것 때문임을, 잘 알고 있었다. 그리고 그건 모두, 다 영원히 사라지고 없었다. 그저 눈물을 흘리기엔 너무 엄청난 비극이다. 얼굴이 일그러지는 느낌이 들어서, 둘러서서 회전목마 중심을 바라보는 사람들로부터 일부러 고개를 돌렸다. 회전목마 중앙에 그려진 사진들은 '스위스 전통 가옥 샬레' '파이크스 피크' '베네치아' 같은 풍경이었다. 그녀는 저들이 뭐라도 질문을 던지면 뭐라고 대답해야 할까 재빨리 생각했다. 클라크가 자신에게 점점 더 역겨운 짓을 한다며 비난을 쏟아부었다고, 자기가 상상할 수 있는 최악의 죄를 덮어씌웠다고, 이런저런 핑계를 대고 남자들을 집으로 데려와서는 나중에 뭐 하나라도 그녀를 비난할 거리를 만들려 했다고.

"괜찮아요?" 그녀 옆의 말에 탄 남자가 물었다. 자기가 퍽 이상한 표정으로 그 남자 쪽을 노려보고 있었다는 걸 깨달은 제럴딘은 재빨리 미소를 지으며 말했다.

"아, 아주 괜찮아요. 감사합니다."

그래서 그녀는 고개를 치켜들고 평생 이렇게 신나본 건 처음이라는 듯 이리저리 눈길을 돌리며 구경했다. 회색 정장의 젊은이가 회전목마 반대편에서 그녀를 향해 손을 흔들었다. 하마터면 그녀도 답으로 손을 흔들어줄 뻔했지만 그러지는 않았다. 어쩌면 그 젊은이는 그녀를 향해 손짓한 게 아닐 수도 있었다. 하지만 지금 보니 확실히 그녀를 보고 손을 흔들고 있었다. 그리고 그녀도 아는 사람이었다. 몽고메리의 고등학교에서 알았던 남자애였다! 이름이 프랭키 맥어쩌고였다는 기억도 났다.

그는 다시 그녀에게 손을 흔들었고, 그녀도 살짝 손을 흔들어 답했다. 앞에 뭔가를 손등으로 치듯이 소심하게. 하지만 그가 더 활짝 미소를 짓자 그녀는 보았다. 그 마른 뺨에 두 줄로 잡히는 주름, 그리고 예전처럼 수줍게 슬그머니 시선을 피하지 않고 반짝이는 갈색 눈으로 똑바로 그녀를 바라보는 것을. 프랭키가 어른이 됐구나! 분명 그녀와 말을 섞고 싶은 눈치였다. 어쩌면 아이스크림 가게에서 소다를 마시며 다시 친해질 수도 있다. 어쩌면 동화처럼 프랭키가 다시 그녀와 사랑에 빠질지도 모른다. 프랭키는 한 학기 동안 그녀를 짝사랑했지만, 워낙 수줍음도 많고 멀리서 지켜만 보는 유의 남자아이여서 아무 일도 일어나지 않았다. 글쎄, 이제 그녀는 남자의 마음을 편하게 해주는 법을 알고 있다.

목마의 속도가 느려지자 그녀는 프랭키가 말에서 내리는 모습을 지켜보았다. 그는 훤칠한 장신으로 자랐고 정장에 넥타이를 맨 차림이 깔끔하고 단정했다. 그녀도 자기 말에서 미끄러져 내렸다. 플랫폼은 롤러스케이트장처럼 허허로운 소음을 내면서 점점 더 느려지고 있었다. 이 이상한 한순간 그녀는 갑자기 가을처럼 슬프고 우울해졌다. 평생 이토록 슬펐던 적은 없는 것처럼 그렇게 슬펐다. 그래서 목마에서 내리며 억지로 웃음을 띠고 그녀에게 손을 내미는 프랭키를 바라보았다.

"이름이 제, 제럴딘이죠?" 그의 물음에 그녀는 웃음이 터져나왔다. 그는 여전히 그렇게 수줍었다.

"그래. 그쪽은 프랭키?"

그는 미소를 띠고 고개를 끄덕이며 부드럽게 그녀를 데리고 나갔다. "맞아."

"어, 몽고메리는 요즘 어때?" 그녀가 물었다.

"아, 다 좋아. 그간 어떻게 지냈어?"

"뭐, 한동안 모빌에서 취직해서 일했어. 내가 모빌에 있을 때

배가 들어왔는데, 우리는 선단이라고 했지만 사실 말만 거창했지. 그냥 순양함 한두 척과 구축함 한 척이 수리하러 정박한 거였어. 근데 정말 신났어!" 그녀는 고개를 젖히고 프랭키가 잡고 있는 손을 흔들었다. 프랭키의 콧대에는 작은 흉터가 나 있었다. 그녀는 자기 손등의 흉터를 생각하며, 그 흉터에 대해서는 절대로 묻지 말아야겠다고 생각했다. 삶은 우리 두 사람 모두에게 자국을 남겼구나, 그녀는 생각했다. 아직 우리는 이렇게 젊은데.

"담배 피울래?"

"지금도 그때처럼 수줍음이 많아, 프랭키?" 그녀는 불쑥 말했다. 담뱃불을 붙여주는 그의 손이 떨린다고 생각했기 때문이다. 하지만 그녀의 손 역시 떨고 있었다.

프랭키는 미소를 지었다. "차가운 음료 한 잔 어때, 제럴딘?"

"좋아!"

두 사람은 아이스크림 가게의 야외 포치로 나가서 테이블을 하나 차지하고 앉았다. 프랭키는 수줍게 그녀 뒤쪽을 쳐다보았고, 그녀는 방금 그가 누군가에게 고갯짓을 했다는 생각이 들어 등 뒤를 돌아보았다. 그러나 다가오는 사람은 웨이터일 뿐이었다. 두 사람은 블랙 앤드 화이트 소다를 주문했다.

"지금 여기 살아?" 프랭키가 그녀에게 물었다.

"아니이. 그냥 들렀어. 하지만 여기가 정말 마음에 들어." 그녀는 황급하게 덧붙여 말했다. "그냥 여기서 살까 봐. 오늘 밤에 여기 와서 깨달은 건데, 옛날 어렸을 때 이 공원에 와본 적이 있는 거 있지? 아, 우리가 서로 알게 되기 오래전 일이긴 해!" 그녀는 웃음을 터뜨렸다. "지금 여기 살아?"

"으흠." 그가 여전히 너무 불편하고 뻣뻣해 보여서 제럴딘은 저도 모르게 웃음을 띠었다.

그녀는 아무 말도 하지 않고, 눈알을 굴려 포치 처마를 따라 자라는 인동덩굴을 올려다보았다.

"넌,"

"응?" 제럴딘이 추임새를 넣었다.

"뉴올리언스 북부 작은 마을에 살았지? 맞지, 제럴딘?"

그는 어머니한테 그녀의 안부를 묻기까지 했구나! "어머, 맞아." 그녀가 말했다. 그녀는 어두운 정장 차림으로 그녀의 팔꿈치 옆에 서 있는 남자를 흘끗 올려다보았다. 그녀 오른편, 포치 난간과 그녀 사이에, 또 다른 남자가 있었다. 그녀는 영문을 모르겠다는 듯 웃으며 프랭키를 보았다.

프랭키가 말했다. "내 친구들이야, 제럴딘. 같이 갈까?" 그러더니 자리에서 일어섰다.

"나 아직 다 마시지 않았," 왼편의 남자가 그녀의 팔을 잡았다. 다시 프랭키를 보니 그의 입매가 그녀가 전혀 모르는 모습으로, 일자로 굳게 다물렸다. 다른 남자가 그녀의 다른 쪽 팔을 잡았다. 프랭키는 그녀를 도와주려는 움직임을 보이지 않았다. 심지어 그녀 쪽을 쳐다보지도 않았다! "당신, 당신 프랭키가 아니군요!"

프랭키가 코트 안쪽 호주머니에서 무언가를 꺼내 그녀에게 들어 보였다.

루이지애나주 경찰. 제럴딘은 지갑에 꽂힌 명함을 읽었다. 비명을 지르고 싶었지만 입은 힘없이 툭 떨어져 헤벌어질 뿐이었다.

프랭키처럼 보였던 남자는 그대로 거기 서서 그녀를 물끄러미 바라보면서 지갑을 다시 호주머니에 넣었다. "괜찮아요." 그 언성이 너무나 나직해서 그녀는 하마터면 못 들을 뻔했다. "남편 분은 돌아가시지 않았어요. 그냥 우리한테 부인을 찾아달라고 부탁하셨습니다."

그때 마치 바로 그 말을 기다리고 있던 것처럼 그녀의 비명이 터져나왔다. 비명이 공원의 까마득한 저 끝까지 가 닿았다. 저들이 탁자를 돌아 그녀를 잡아끌고 가려 했지만, 그녀는 또 한 번 숨을 들이쉬고 비명을 내질렀다. 비명이 모든 나뭇잎을 박살내고 그녀의 몸을 박살내도록 내던졌다. 그 사이 내내 그녀는 회색 정장의 남자를 그가 프랭키가 아니라는 이유로 노려보았다. 그러자 남자의 얼굴과 불빛들과 공원이 꺼져버렸다. 그녀는 너무나 잘 알고 있었다. 자신이 여전히 비명을 내지르고 있다는 것을. 가린 두 손 아래 두 눈을 빤히 뜨고 있다는 것을.

Ladies

공 튕기기
세계 챔피언

"엘리, 아침 먹어라." 엄마가 엘스퍼스의 등 뒤에서 말했다. 어쩐지 딴 데 정신이 팔려 있을 때 나오는 목소리였다. "오늘 아침에는 크림이 얼마나 꾸덕꾸덕한지 좀 보렴."

"으응." 엘스퍼스는 예의상 중얼거리며 무릎 위에서 깍지 낀 손을 쥐어짜면서 아직 김이 오르는 오트밀을 내려다보았다. 오트밀은 호수 한가운데 회색 성채처럼 크림에 둘러싸여 있었다.

엄마는 오늘 아침 크림이 진해진 게 우연이라는 듯 말했지만 엘스퍼스는 속지 않았다. 크림이 진한 건 그들이 뉴욕에 있기 때문이었다. 오늘 아침에 먹는 건 모두 돈 주고 샀고 또 몹시 비쌌다. 커피에서는 매끄러운 블랙커피의 향이 났고, 공기 중에는 베이컨 냄새가 떠다녔다. 그러나 아침 식사 냄새 아래 깔린 방 자체의 냄새가 있었다. 여성용 향수와 분, 카펫과 커튼과 라디에이터의 뜨거운 페인트 냄새 같은 것들이 뒤죽박죽 섞인 불쾌한 냄새였다. 그들 전에도 이곳에 다른 사람들이 여럿 살았다는 게 엘스퍼스에게도 티가 났다. 특정한 사람들의 집에서 맡아본 딱 정해진 냄새가 아니었다.

"엄마, 이 집은 교회예요?" 엘스퍼스는 불안하게 물었다.

"아니야. 아파트란다."

어젯밤 그들이 도착했을 때 엘스퍼스는 졸음 속에서도 아래층 현관문 창에 달린 색유리를 기억해두었다. "교회에 딸린 건물도 아니에요?"

"아니야, 엘리. 왜 그런 생각을 했을까? 그냥 커다란 아파트일 뿐이야. 뉴욕에는 이렇게 커다란 건물이 아주 많아."

엘스퍼스는 기가 죽어 고개를 돌렸다.

고향에서 뉴욕이라는 이름을 처음 들었을 때의 흥분감이 떠올랐다. 엄마 아빠가 북부 이사 얘기를 할 때마다 바보처럼 팔짝팔짝 뛰면서 "어서, 지금 당장 뉴욕에 가고 싶어요!"라고 외치곤 했다. 단짝 친구들인 프랜시 팻과 조디에게도 자기는 이제 북부로 가서 온갖 모험을 하고 그 애들은 상상도 할 수 없는 온갖 것들을 보게 될 거라고 자랑했다. 엘스퍼스는 이제 철이 들었는지 그때의 자신이 부끄러워졌다. 어젯밤에는 세계에서 제일 높은 건물인 엠파이어 스테이트 빌딩을, 그 빌딩을 올랐다 내려갔다 할 생각을 하며 잠이 들었다. 하지만 이제는 가고 싶지 않았다.

꼭 맞잡은 두 손으로 무르팍을 더 깊이 파고들며 눈길을 내리깔았다. "미안해, 뉴욕. 미안." 속삭임조차 못 되게, 입술은 달싹거렸다.

"시어스 부인에게 포켓북 주셔서 감사하다고 편지를 써야지, 엘리. 작별 선물까지 챙겨주시다니 마음도 깊으셔라."

"으응."

엄마가 등 뒤에 서서 원피스의 동그란 칼라 위로 멋대로 흘러내린 힘없는 노란 갈색 머리를 정리해주었다. 자신의 턱 밑으로 슬며시 손을 넣으며 흥얼거리는 엄마의 콧노래와 손길에 기운을 받아, 엘스퍼스는 엄마의 몸에 등을 꼭 기대고 천천히 그리고 걱정스럽게 방 안을 둘러보았다.

방은 이상하게도 공용 공간처럼 느껴졌다. 가족의 소지품들은 대기실의 꾸러미들처럼 놓여 있었다. 벽은 차가운 회백색이었다. 엘스퍼스는 카펫의 번진 얼룩과 오래된 반점들은 알지 못하는 이들의 흔적임을 알았다. 목욕탕에는 제대로 된 다리가 달린 긴 욕조가 있었고, 물이 신나서 속살거리는 사람들처럼 소름끼치는 소리를 내며 흘러 떨어져 수도꼭지 밑으로 갈색의 줄무늬 얼룩이 죽죽 그어져 있었다. 어젯밤에 잠을 잔 구석의 간이침대에서도 그 물소리가 들렸다. 지금도 커피포트가 칙칙 소리를 멈추자 간간이 들려왔다.

"아빠는 왜 또 나가셨어요?"

"신문을 찾으러 나가셨어. 금방 오실 거야."

커다란 서랍장 위에서 그들이 가져온 시계가 여기에서는 의미 없는 시간을 가리키고 있었다. 열 시 삼십 분. 고향에서는 일요일 열 시 삼십 분이면 드레스가 구겨지지 않도록 포치 그네에 똑바로 앉아서 주일학교에 차로 실어다줄 존 삼촌과 레티 숙모와 사촌 폴리를 기다렸다. 재미있는 신문을 읽을 때도 있었지만, 주일학교가 다 끝난 다음에 읽으면 얼마나 더 재미있을까 생각하며 늘 눈을 반만 뜨고 대충 읽곤 했다.

"여기는 신문 배달 안 해줘요?"

"오지. 여기 오래 살면 배달해주지. 하지만 우리는 바로 어제 왔잖니, 엘리. 우리가 신문을 받고 싶어한다는 걸 과연 알까?" 엄마는 엘리를 웃게 하려고 허리를 굽히며 웃어댔다.

엘스퍼스는 입을 짧은 일자로 굳게 다물고 있었다. 그들이 일요일 신문을 받는지 아닌지 아무도 모르고 신경 쓰지도 않는다는 사실에는 웃기는 구석이 하나도 없었다. 갑자기 엘스퍼스 주위로 슬그머니 기어 다니던 섬뜩한 느낌이 와락 덮쳐왔다.

"엄마, 이 집은 뭐가 문제예요?" 목소리가 울먹이며 날카롭게 쉿소리로 나왔다.

"다 괜찮아, 아가! 무슨 말이니?"

엘스퍼스는 당혹스러워 고개를 푹 숙였다. 보아서는 안 될 것을 보아버린 느낌이었다. 순간 엄마도 안다는 걸 알아버린 것이다. 이 집과 이 아침의 시간은 어딘가 통째로 잘못되어 있었다. 느끼고 듣고 맛보고 냄새도 맡을 수 있는 불편한 무언가가 있었다. 눈으로 볼 수 없을 뿐이었다. 그 무언가가 엘스퍼스로 하여금 웅크리고 앉아 숨을 죽이게 하고, 엄마에게 감정을 전달할 정확한 단어를 찾을 수 없게 만들었다. 엄마가 그 무언가에 대해 말을 꺼내지 않는다면 아마 말해서는 안 되기 때문일 것이다. 과연 이 감정이 사라질까? 엘스퍼스는 생각했다. 아니면 뭔가 일이 터지고야 말까?

두 개의 높은 창으로 들어오는 빛은 희미하면서 동시에 이글거렸고, 가장 먼 방구석까지 닿았다. 엘스퍼스의 엄마는 말도 안 되게 강렬한 햇빛으로부터 오래도록 피부를 보호해왔기에 아직도 살결이 창백했고, 낯선 빛은 새로 돋아난 풀잎을 통과하듯 그녀를 통과해 지나치는 듯 보였다. 아직 이십 대, 심지어 나이보다 어려 보였다.

창문을 바라보며 깊은 생각에 잠겼던 그녀는 드디어 고개를 돌리고 베이컨 불을 줄였고, 얇은 베이컨 아래로 뒤집개를 밀어 넣어 다섯 조각을 깔끔하게 뒤집었다.

새 출발이 새삼 고독하고 경건하게 실감났다. 이게 내가 뉴욕에서 처음 요리한 식사야. 이게 첫 베이컨 조각들이야. 그리고 지금 황당하게도, 이게 내가 처음 뒤집은 뉴욕 베이컨이야, 라는 생각이 들었다. 그날 아침 세 사람이 했던 평범한 일 하나하나에 품격 높은 드라마와 시작의 의례가 깃들어 있었고, 이제 단둘이라는 외로움의 실감이 없었다면 아마 소리내어 웃었을 것이다. 그녀는 이 일요일에 느낀 감정을 평생 기억할 것이다.

북부 전역이 그러했듯 그들의 존재에 전혀 관심이 없는 이 방, 야외의 윙윙 울리는 소음은 지상철이라고들 하는 덜컹거리는 소리로 한 번씩 절정에 달했고, 복도의 축음기 소리는 대중가요 한 곡을 틀고 또 틀고 또 틀었다.

도저히 믿을 수 없었지만, 그녀는 온 감각으로 깨달았다. 이 날 아침과 이 도시는 그녀에게 너무나 커다란 일부로 자리 잡을 것이고, 그녀가 알고 있던 다른 아침들과 다른 도시는 낯설어지고 역시 두려움의 색채를 띠게 될 거라는 사실을. 기억이 떠오를 때마다 덜컥 내려앉는 심장으로 이 방 이 순간의 감각을 정확하게 다시 포착할 것이고, 이 기억은 번번이 떠오를 것이다.

그녀는 커피 불을 삼 단계로 조정하고, 다시 천천히 다른 버너에 불을 붙였다. 남편 에이제이는 진한 커피를 좋아했다. 그날은 일요일에 고향 집에서 먹었을 법한 진짜 아침 식사를 요리하고 싶었다. 직접 요리해서 가족이 식사한 지가 너무나 오래되었다. 기차를 타기 전 엄마가 차려준 성대한 목요일 만찬이 끝이었다. 당근을 설탕에 졸여 직접 식탁으로 가져왔던 일이 까마득하게 느껴졌다. 그리고 그들은 여기 이렇게 뉴욕 아파트에 있다. 호텔에 오래 묵을 형편은 아니었기에, 누추하지만 이곳을 찾은 건 행운이었다.

이날 아침에는 아직 가스가 연결되지 않았고, 관리인은 월요일까지는 고쳐줄 수 없다고 말했었다. 그녀는 거기 서서, 무례한 요구를 고집하는 자신이 부끄러워 어쩔 줄 몰라 하며 계속 말했다. "하지만 꼭 연결되면 좋겠는데요. 해주실 수 없을까요." 결국 관리인은 매정한 태도로 그녀의 수치심에 마지막 대못을 박고 나서 경비를 불러왔고, 그녀는 식료품점에 장을 보러 간 에이제이가 돌아오기 직전에 가스를 연결하는 데 성공했다. 하지만 에이제이에게는 말하지 않았다. 둘 다 알게 될 소소한 난관은 앞으로도 충분히 많이 있을 테니까. 그저 관리인을 설득하는 데 성공한 스스로가 기특했다. 북부에 가면 끈질기게 자기 주장을 해야 한다고 다들 말했었다. 그래야 사람들이 좋아한다면서. 내일 일자리를 찾으러 가면 에이제이도 그런 식으로 해야 할 것이다. 완강하게 고집을 부리는 남편은 잘 상상이 되지 않았지만, 포트폴리오가 알아서 할 말을 해줄 것이다. 버밍엄에서 최고의 글씨를 자랑하는 필경사였으므로, 뉴욕 어디서든 일자리를 찾을 것이다. 문득 그녀는 자신이 남편에 대해 거의 무한한 신뢰를 품고 있음을 깨달았다. 신기하게도, 뉴욕에 온 지금은 고향에서 상경을 의논할 때보다도 신뢰감이 더 깊어졌다. 두 사람은 몇 번이고 이야기를 나누었다. 가야 하는 건지, 언제 가야 할지, 둥지에서 처음 날아가는 새들처럼 겁에 질려서. "진짜 야심을 가진 사람이라면 말이야," 그 시절 에이제이는 입버릇처럼 말했다. "뉴욕에 가길 원하는 법이야, 레이." 그러나 새로 의논을 하고 나면 어김없이 일 초의 침묵이 뒤따랐다. 둘 다,

엘리까지도, 마천루와 무수한 사람들과 모두를 위한 더욱 행복한 삶이라는 구체적인 그림을 보았지만, 그 그림에서 그들은 막상 갔을 때 뉴욕 주민으로서 자격이 충분치 못할까 봐 두려운 마음으로 얼어붙어 있었다. 하지만 우리는 여기 왔어, 레일라는 생각했다. 첫 번째 난관은 지나왔어. 예를 들어 그날 아침 관리인만 해도 막상 겪어보니 첫인상처럼 막막한 돌벽은 아니었다. 용기와 끈기만 있으면 다 된다고, 그건 셋 다 자신 있다고, 레일라는 생각했다.

옷장 안쪽에 걸려 있던 새 검은담비털 코트가 눈에 들어오자 종류가 다른 추억에 가슴이 뛰면서 설렘이 온몸을 훑었다. 엄마와 레티와 리브스 오빠가 목요일 밤에 선물로 준 옷이었다. 그녀의 다른 옷들과 비교하면 지나치게 고급이었고, 지나치게 새것이었고 아무튼 다 지나쳐서 그녀 것 같지가 않았다. 미지의 북부에 입고 갈 갑옷으로 쓰라고, 모든 낯선 타인에게 그녀와 가족의 품격을 주장하라고 준 선물이었다. 이 방과 달리 저 모피 옷에는 서서히 정을 붙이게 될 것이다. 그러나 이런 감정은 이제 느껴지지 않을 것이다. 바로 다음번 볼 때도 느끼지 못할 것이다. 그녀 자신의 젊음과 취약함과 자긍심을 바로 이 순간처럼 절실하게 실감하는 일은, 영영 다시 없을 것이다.

엘리베이터가 복도에서 덜컹거리며 닫히고 에이제이의 발소리가 돌바닥에 울렸다. 레일라는 그 소리에 미소를 지으며 돌아서서 머리를 가다듬고 남편의 손이 손잡이에 닿기도 전에 먼저 문을 열었다.

야위었지만 퍽 진중한 남편의 얼굴에 문득 미소가 번졌다. “나 왔어, 레이!” 그는 두툼한 신문 다발을 한아름 안고 말했다. 신선한 바깥 공기가 코트와 짧은 금발 생머리에 걸려 있었고, 신문에서는 갓 찍은 잉크 냄새가 났다. “음식 냄새 좋은데! 어이, 엘리. 늘 그랬지만 기다려줬구나.”

엘스퍼스는 또 양손을 쥐어짰지만, 이번 건 기쁨의 표현이었다. “그럼요!” 기다리길 정말 잘했다는 생각이 들었다.

“아, 정말 기다렸어?” 그는 딸을 놀렸다.

레일라는 남편을 눈으로 좇았다. 그는 코트를 옷장에 걸고 레일라가 처음 만난 날 눈여겨보았던 그 단정하고 조심스러운 태도로 커프스를 정리했다. 방금 문을 열었을 때 그가 보여준 웃음은 영영 잊지 못할 것이다. 내가 벌써 이 방을 그이의 집으로 만든 거야, 그녀는 생각했다. 그가 나가서 혹시라도 무슨 일을 당했을까 봐 두려움에 떨었다는 이야기는 그에게 결코 하지 못하리라는 것도 잘 알았다.

“〈뉴욕 타임스〉를 찾으러 한참 걸어가야 했지 뭐야. 구인 광고를 봐야 해서.” 그는 긴 식탁에 앉으며 미소를 지었다. 부실한 식탁 다리에 부딪지 않도록 조심하면서. “글쎄 있잖아, 레이, 식료품점 직원이 ‘스위트밀크’라고 했더니 못 알아듣는 거야. ‘뭐요?’ 그러더라고.” 에이제이는 엘스퍼스 쪽으로 목을 길게 빼고 딸을 웃겼다.

"아, 설마!" 레일라가 재미있을 때 그러듯 눈을 반쯤 감으며 고개를 돌렸다. 하지만 지금은 자신이 재미있어할 거라고 에이제이가 기대하고 있다는 이유가 컸다.

"나중에야 내가 일반 우유를 찾는다는 걸 그 친구가 알아차렸는데, 그러고도 또 묻더라고. 단맛 나는 건 없다는 거야. '그럼 버터밀크를 좀 줘요.' 내가 말했지. '우리 가게에는 버터밀크도 없어요.' 그러더라니까." 에이제이는 손을 뻗어 토스트 한 조각을 집어들었다. 소리내어 웃고 있었지만, 그의 푸른 눈동자에는 그늘이 져 있었다. 그 뒤에 따라 들어온 세 명의 손님, 카운터 점원과 그가 버벅거리며 나누는 대화를 보던 그들의 조바심 가득한 미소, 자기가 그들과는 딴판으로 언어를 쓴다는 자각. "아무튼," 그는 살짝 얼굴을 붉히며 말을 맺었다. 바랐던 만큼 레일라와 엘리를 웃기지 못했다는 느낌이 들었다. "뉴욕에 스위트밀크는 없어. 그냥 우유 아니면 버터밀크뿐이야."

엘스퍼스는 처음으로 억지웃음을 조금 내뱉고 한마디 거들었다. "진짜 웃겨요." 갑자기 자기 말이 굉장히 어른스럽게 들렸다. 그저 착하게 굴려고 한 말이었기 때문이다. 사실은 가게에서 아빠도, 여기 방에서 엄마와 자기가 느꼈던 것과 똑같은 무서운 불안을 느꼈다는 걸 알고 있었다. 엘스퍼스는 부끄러워졌다. 고개를 푹 숙였고, 식탁에서 일어나 밖으로 뛰어나가고 싶어졌다. 하지만 여기서는 밖으로 나갈 수도 없었다.

“엄마, 커피 좀 마셔도 돼요?” 엘스퍼스는 무리한 요구를 했다.

“당연하지, 아가!” 엄마는 미소를 지었고 엘스퍼스는 엄마가 아빠와 대화를 나누는 동안 컵에 커피가 반 이상 차오른 걸 지켜보았다.

엘스퍼스는 작은 우유병을 축소한 듯한 작은 병에 든 크림을 커피에 따르고는, 진하게 소용돌이치며 커피를 갈색으로 담갈색으로 바꾸는 크림을 보았다. 천천히, 경계를 늦추지 않고 설탕을 티스푼으로 세 번 퍼 넣고, 당장이라도 누군가 자신을 말리길 바랐다. 그러나 아무도 눈치채지 못했다. 엘스퍼스는 커피를 젓고 또 젓다가 홀짝홀짝 마시기 시작했지만, 갑자기 입술이 일그러지더니 컵과 입 사이에 틈이 생겨버렸다. 아이는 잔을 내려놓으려다 울음이 비져나와 커피를 쏟고 말았다.

“엘스퍼스!”

“왜 그러니, 엘리?”

엘스퍼스는 고개를 점점 더 깊숙이 떨구었다. 정확히 무엇인지는 몰라도 모든 게 잘못된 게 분명했다. 커피를 마시고 싶은 건 아니었다. 집에서라면 커피를 못 마시게 했을 것이다. 증거가 하나 더 생겼다.

“얘가 피곤해서 그래.” 엄마가 말했다.

“아니, 아니에요!” 엘스퍼스는 떨어뜨린 깊이만큼 높이 고개를 쳐들고 항의했다. 울면서도 의젓하게 식탁에서 일어나 아무 소리 내지 않고 천천히 창가로 걸어갔다. 아무렇지도 않게 그냥 배가 고프지 않을 뿐이라고 말하고 싶었지만, 아무래도 말이 잘 나올 것 같지가 않았다.

"어서 와서 다 먹어야지." 아빠가 식탁에서 불렀다. "그리고 우리 다 같이 신문을 보자. 이렇게 웃기는 코너가 많은 신문은 너도 처음 볼걸. 재밌는 만화가 실린 신문을 세 부나 사왔단다."

엘스퍼스는 웃기는 신문이 있어도 전혀 보고 싶지 않다는 걸 깨달았다. 고개를 비틀어 얼굴을 돌리고 또다시 숨죽여 울기 시작했다. 웃기는 신문이 이렇게 하찮게 느껴지다니, 뭔가 정말로 끔찍하게 잘못된 게 틀림없다. 엄마 아빠가 자기를 두고 얘기하는 소리를 들었지만 듣고 싶지 않았다.

아이는 창가에 서서 길 건너 더러운 황회색 빌딩들을 멍하니 바라보았다. 창턱은 두꺼웠고 분홍빛 도는 돌로 다져져 있었다. 정문 현관에는 인도까지 내려오는 파란 차양이 드리워져 있었다. 끝쪽의 구멍, 그리고 양쪽 측면에 하나씩 뚫린 문이 보였다. 검은 정장을 입은 뚱뚱한 남자가 한쪽 옆문으로 들어가서 다른 쪽 옆문으로 나오는 모습이 보였다. 오려서 구멍을 낸 상자 속으로 굴러들어갔다 나오는 공깃돌 같았다.

조금 흥미가 동해 길거리를 바라보기 시작했다. 어린 여자아이가 아파트에서 나와 차양 근처 인도에서 공을 튕기기 시작했다. 아이는 규칙적인 간격을 두고 다리를 한쪽씩 치켜들어 튕겨낸 공을 넘었다. 어떤 남자가 밀치고 지나갔는데도 실수 없이 계속 공을 튕겼다. 몸집은 엘스퍼스와 비슷했고 다만 조금 더 통통했다. 초록색 멜빵 원피스 차림에 모자는 쓰지 않고 검은 머리를 여러 갈래로 아름답게 땋아 늘인 채였다. 이제 공을 집 벽에 튕기기 시작한 아이는, 공이 인도를 한 번 치고 돌아올 때 고무줄이 달린 것처럼 자기 손에 딱 붙게 했다.

그리고 몸 앞에서 공을 튕기더니 한꺼번에 두 다리를 공 위로 뛰어넘었다! 느닷없이 외경심에 벅찬 엘스퍼스는 그 작은 여자애가 공 튕기기 세계 챔피언일지 모른다는 생각이 들었다. 챔피언이라면 틀림없이 뉴욕에 살 것이다.

"엘리?" 등 뒤에서 가만히 엄마가 불렀다.

엘스퍼스는 발은 꼼짝도 않고 몸을 빙 돌렸다. "창밖을 보고 있어요." 어린 여자애의 움직임을 하나도 놓치기 싫었다. 엄마가 창가로 다가오자 엘스퍼스는 말했다. "봐요."

"어머, 딱 네 또래구나. 같이 놀아줄 친구가 되어줄지도 모르겠네."

"맞아요." 갑자기 수줍어하면서 엘스퍼스가 대답했다. 감히 어떻게 공 튕기기 세계 챔피언과 같이 놀 수 있을까?

"내려가서 인사하지 그러니, 엘리? 틀림없이 저 아이도 같이 놀 상대가 필요할 거야."

"그러고 싶지 않아요." 엘스퍼스는 조용히 말했다.

"그럴 리가 있니. 어서 내려가서 친해져봐. 저 아이는 뉴욕에 대해 다 말해줄 테고 너도 고향 이야기를 들려줄 수 있잖니. 그러면 좋지 않을까?" 엄마는 문 쪽을 가리키며 엘스퍼스를 토닥거렸다. "우리 집은 팔 층이란다. 길 건널 때 조심해."

엘스퍼스는 침울하게 엘리베이터로 걸어가서 용기가 끌어모아질 때까지 기다리지도 않고 버튼을 눌렀다. 엘리베이터는 거의 바로 도착했다.

"잘 다녀와, 우리 아가." 엄마가 인사했다. 복도에서 메아리치는 엄마의 목소리가 너무 다정하게 들려서 엘스퍼스는 가고 싶지 않아졌다.

엘리베이터 안에서 내리깐 엘스퍼스의 눈에, 엘리베이터맨의 제복 바지 말고도 남자와 여자의 발이 보였다. 여자는 길고 마른 발에 뾰족한 검은 구두를 신고 있었다. 엘스퍼스는 그 발의 표정을 영영 잊을 수 없을 것 같다고 생각했다. 그 발 위에 달린 딱딱하게 노려보는 얼굴들을 상상할 수 있었기에 올려다보고 싶지 않았다.

곧장 로비를 가로질러 색유리 문까지 갔더니, 한쪽 문이 열리고 어떤 남자가 들어왔다. 온 세상이 어서 밖으로 나가 공 튕기기 세계 챔피언과 만나라고 부추기는 느낌이 들었다. 심지어 교차로에서 길을 건널 때도 지나가는 차 한 대가 없었다.

인도에서 한쪽 다리를 훽 들었다가 다른 다리를 치켜들고 사이사이 살짝살짝 춤도 추면서 통통 튕기는 공과 리듬을 완벽하게 맞추어 다리를 치켜들락 말락, 통통한 여자아이는 기막힌 공연을 이어갔다. 아마도 엘스퍼스가 머리가 빗겨지고 모자가 씌

워져 지금 여기 인도로 떠밀려 나올 때까지 한 번도 멈추지 않았을 것이다.

“안녕.” 엘스퍼스는 속삭이며, 혼자 목소리를 가다듬어보았다.

그리고 조심스레 소녀가 공을 튕기고 있는 건물 가까이 살그머니 다가갔다. 엘스퍼스는 황회색 벽돌에 등을 꼭 붙이고 눈을 들어 부모님이 있는 건물을 올려다보았다. 끝없이 늘어선 창문의 대열이 만든 패턴에 시야가 어지러워져 심장이 격렬하게 뛰기 시작했다. 저 위 어딘가에 엄마 아빠가 서서 내려다보고 있었다. 다시 눈을 내리깔고 바닥부터 하나, 둘, 셋, 하고 여덟까지 셌는데 머리카락에 눈이 가려 그만 팔 층이 어딘지 놓칠 뻔했다.

거기 그들이 있었다. 회색으로 보이지만 흰색인 얇은 커튼이 드리워진 창가에. 엄마 아빠는 딸이 찾을 때까지 오랫동안 손을 흔들고 있었던 듯 천천히 손을 흔들었다. 엘스퍼스는 손을 흔들기 시작했지만, 괜한 이목을 끌고 싶지 않아 퍼뜩 두 손을 내렸다. 엄마와 아빠는 엘스퍼스가 공 튕기기 세계 챔피언에게 다가가 말을 걸기를 기다리고 있었다. 그러니 해야만 한다.

엘스퍼스는 마음을 추슬렀지만 행동을 시작하는 건 고역이었다. 고개를 푹 숙이고 여자애에게 다가가면서 생각했다. 뉴욕에는 상을 주는 다양한 분야가 있을 테니까, 틀림없이 이 꼬마 여자애는 인도에서 공 튕기기 부문에 출전해 수상했을 거라고.

이제는 불과 삼 미터 거리에 있었지만, 고무공은 엘스퍼스가 있다는 사실조차 모르는 듯 여전히 튀어오르고 있었다. 엘스퍼스는 목이 바짝 타는 바람에 목소리가 나올까 걱정스러웠다.

"폭- 폭- 폭!" 작은 고무공은 통통 튀어오를 때마다 작게 씩씩대는 바람 소리를 먼저 냈다.

엘스퍼스는 가만히 서 있었다. 너무 가까워서 어린 소녀의 통통한 다리에 난 솜털도 보였다. 너무 가까웠다. 너무 멀리까지 왔다. 이제는 상대 소녀의 차례라는 느낌이 들었다. 공 튕기기를 그만두고 엘스퍼스를 바라봐야 했다. 하지만 그러지 않았다. 엘스퍼스는 아무것도 하지 않고, 최대한 그 자리에 오래 서 있었다. 그러다가 문득 자기 입에서 나온 소리가 들렸다. "안녕."

공은 여자아이의 손에 홱 빨려 들어가더니 사라져버렸다. 엘스퍼스가 모습을 보이기만 해도 숨어버리는 것 같았다. 작은 소녀는 무표정하게 엘스퍼스를 빤히 바라보았다. 눈은 짙은 갈색이었고 퍽 컸으며, 입에는 웃음기가 없었고, 얼굴에는 호기심도 적대심도 그저 아예 멍하니 보지 않는 눈길마저 찾아볼 수 없었다.

"안녕?" 엘스퍼스는 간절하게 물었다.

어린 소녀는 여전히 빤히 바라보기만 했다. 눈길은 엘스퍼스의 뒤통수에 걸린 동그란 챙 모자에 머물렀다 가죽끈을 단추로 고정한 에나멜 구두로 쭉 훑어내려간 다음 다시 턱 근처의 어느 지점까지 올라왔다. 소녀는 한 발 뒤로 물러서더니 다시 공 튕기기에 집중했다. 공은 아래로 아래로 떨어졌다 튀어올랐고, 엘스퍼스가 오기 전과 하나도 다름없었다. 엘스퍼스가 거기 서 있는 줄도 모르는 것 같았다.

"나는 엘스퍼스 레버링이야." 엘스퍼스는 쥐어짜내듯 말했다. 이름이 여리고 발가벗겨진 무언가처럼 공중에 걸렸다. 마치 자기 자신 같았다.

상대편 아이는 동작을 멈추고 더 오래 빤히 바라보다 한 발 더 뒤로 물러섰다. 마치 공을 던지려는 듯 팔을 꿈틀하더니 엘스퍼스를 한 번 더 노려보았다. "너 말투가 웃기다." 소녀가 말했다.

엘스퍼스는 그 목소리에 소스라쳤다. 말의 의미를 이해하기도 전에 매정한 냉대가 먼저 느껴졌다. 작은 소녀가 너무 빨리 말해서 엘스퍼스가 이해하기까지는 일 초쯤 걸렸다. 엘스퍼스는 깊이 절을 하듯 풀썩 주저앉았다가 도망쳤다.

어떻게 길을 건넜는지, 붉은 아파트 건물에 어떻게 들어왔는지 기억나지 않았다. 다시 엘리베이터 안에 설 때까지 아무것도 깨닫지 못했다. 정신없이 복도로 뛰어들어와 엄마 아빠의 문을 두드렸다. 엄마 품에 얼굴을 묻고 팔을 높이 들어 엄마의 허리를 꼭 얼싸안았다.

"엘리!"

"빨리 왔네, 엘리?"

엘스퍼스는 엄마를 놓아주고 침을 삼켰다. 엄마와 아빠는 성공을 기대했는데 실패하고 말았다. 두 사람에게 실망을 주었다.

"그 애 이름이 뭐니?" 아빠가 침대에서 신문을 읽다가 미소를 지으며 물었다.

"착하던?" 엄마가 물었다.

엘스퍼스는 고개를 끄덕였다. "헬렌이래요." 마루를 두리번거리며 대답하고는 재빨리 옷장으로 가서 턱 밑 모자 끈을 풀었다. "진짜 착했어요. 지금 당장 어디 갈 데가 있다고 해서 금방 온 거예요."

"그래, 잘 됐다." 엄마가 말했다. 너무나 기뻐하는 말투라서, 엘스퍼스의 거짓말은 깊은 상처가 되어 돌아왔다. "또 만날 거니?"

"어, 네. 내일요. 학교 갔다가."

마지막 말에 엘스퍼스의 심장이 묵직한 물건처럼 쿵 떨어져 가라앉았다. 눈을 동그랗게 뜨고 앞만 바라보았다. 내일의 학교야말로 정말로 두려워해야 할 곳이었다. 모르는 남자아이와 여자아이들이 있는 모르는 학교. 그곳에서는 정말로 혼자가 될 것이다. 공 튕기기 세계 챔피언을 수천 배로 부풀려놓은 아이들을 혼자서 상대해야 한다!

"아, 엘리!"

머리칼을 파고드는 엄마의 손가락이 느껴졌다. 엄마가 자기 머리를 꼭 안고 엄마의 몸쪽으로 끌어당겼다. 엘스퍼스는 얼굴을 엄마의 몸에 꼭 파묻을 수가 없었다. 이제는 눈물이 줄줄 흐르는 것 같았고, 엄마에게 알리고 싶지 않았기 때문이다. 어쨰서 엄마가 그렇게 안아주는지 몰랐지만, 길 건너 그 어린 소녀에 대한 거짓말을 듣고 엄마의 기분이 훨씬 좋아졌다는 건 알았다. 내일 새 학교에 가면 친구들을 아주 많이 사귀어서 거짓말을 보상해야 했다. 아이들이 전부 다 공 튕기기 세계 챔피언보다 두 배로 못되고 매정해도 어쩔 수 없다. 등을 토닥여주는 아빠의 손길이 느껴졌고, 자기 등 뒤쪽에서 아빠도 허리를 구부렸다는 걸 알 수 있었다.

이상하다고, 엘스퍼스는 생각했다. 숨죽이고 있던 기나긴 일 분 동안 엄마와 아빠는 둘 다 그렇게 조용할 수 없으리만큼 조용했다.

돌고 도는 세상의 고요한 지점

21, 2번가쯤에서 웨스트사이드 쪽으로 한참 넘어가면, 광장 정도밖에 안 되는 크기의 작은 공원 하나가 거의 항상 인적 없이 내버려져 있다. 공원에는 낮은 철제 펜스가 둘러쳐져 있어 같은 블록에 있는 중고차 주차장, 빨간 벽돌로 지어진 무슨 공공 의료 시설 같은 건물, 허름한 아파트 건물의 회색 뒷면과 경계 지어져 있다. 양쪽에서 진입할 수 있는 시멘트 보행로를 따라 쾌적한 자리에 서너 개의 벤치가 놓여 있고, 진입로가 만나는 중앙에는 오륙 센티 수심의 차가운 물이 끝없이 보글보글 샘솟는 시멘트 식수대가 있다.

좀 먼 거리에서 대로를 걸으며 보면 작은 공원은 에메랄드 섬처럼 반짝인다. 추레한 회색의 바다 가운데 반짝거리는 놀라움이다. 로버트슨 부인은 그녀가 사는 세 블록 거리의 캐슬 테라스 아파트 모퉁이에서 공원을 처음 발견했다. 그날 오후 어린 아들 필립을 데리고 공원에 놀러 갔다. 필립을 데리고 놀기에 정말 멋진 곳이었다. 그녀가 등을 돌리고 있어도 낮은 철제 펜스 덕분에 아들이 경계를 벗어나지 않았기 때문이다. 게다가 조용하고 햇빛이 잘 들었으며 쓰레기도 없고 인적도 없었다. 도시공원치고는 유달리 어여쁘기도 했다. 조경사들이 특별히 사적인 자부심을 품고 영감에 넘쳐 만든 공원 같았다. 대충 삼각형 모양인 네 개의 잔디밭에서는 구석구석까지 바짝 깎은 멋진 잔디가 자랐다. 잔디를 밟아도 되는지는 모르겠지만 와서 안 된다고 말할 사람도 없었다. 물론 이웃한 동네가 갑자기 지저분해져서 인근의 캐슬 테라스와 대조를 이루기는 했다. 하기야 캐슬 테라스에서는 사방 어느 쪽을 바라봐도 마찬가지였다. 네모난 아파트 블록은 중세의 성처럼 봉신들의 땅 한가운데 우뚝 서 있었다. 허름하기 짝이 없는 가게들과 레스토랑들마저 영지의 후원을 받으려고 아첨하는 듯이 킹 조지, 크라운 태번, 벨비디어 바 앤드 그릴처럼 오글거리는 이름을 달고 있었다. 그러나 로버트슨 부인이 공원 근처에서 본 사람들은 한 블록 떨어진 다이너를 들락날락하는 트럭 운전사들과 핀으로 얼기설기 여민 코트 차림으로 발을 질질 끌며 지나치는 노인들뿐이었다. 그나마 대개는 너무 술에 취해 있거나 피곤해서 공원 쪽으로는 눈길도 주지 않았다. 로버트슨 부인은 지겨워질 때까지 책을 읽다가 가져온 뜨개질감을 집어들었고, 한참 후에는 그냥 앉아서 고요함 속에서 백일몽에 빠져들었다. 저녁 준비할 때 늘 마지막까지 머릿속에 남겨두었던 것, 집에 가는 길에 냉동 포장 채소로 뭘 사갈지도 고민했다.

그러다 당근과 콩 혼합 채소로 결정했을 때 젊은 여자가 필립 또래의 아이를 데리고 공원에 들어와 벤치 하나를 차지하고 앉았다. 어린 남자아이는 검은 머리였고 파랑과 흰색의 비치볼을 들고 있었다. 필립이 공에 관심을 보였다.

검은 머리 남자아이는 조가비 문양의 철제 펜스를 타고 넘어 필립이 놀고 있는 잔디밭으로 들어왔다. "안녕." 아이가 인사했다.

"안녕." 필립이 말했다.

아이들은 같이 놀았다. 필립은 비치볼을 가지고 놀았고 검은 머리 소년은 필립의 세발자전거를 탔다. 로버트슨 부인은 필립이 아무 아이하고나 어울려 노는 게 마음에 들지 않았지만, 너무 빨리 일어난 일이라 미처 손쓸 도리가 없었다. 어쨌든 십오 분 후에는 일어날 생각이었다. 멍하니 상대 여자를 훑어보고는, 여자가 좀 가난한 편이고 인근의 허름한 아파트에 살 거라고 금세 간단히 결론 내렸다. 여자의 머리색은 아주 밝은 금발이었지만 탈색한 것 같지는 않았고 꽤 예뻤다. 그녀는 마치 추위를 타는 사람처럼 검은 폴로 코트 호주머니에 손을 넣고 무릎을 꼭 모은 자세로 앉아 있었고, 로버트슨 부인 생각에는 아이한테 별로 신경을 쓰는 것 같지 않았다. 진짜 자기 아이라면 말이다. 여자는 깊은 생각에 잠겨 어딘가 머나먼 데를 배회하는 듯 입술에 희미한 미소를 띠고 똑바로 앞을 바라보고 있었다.

잠시 후 로버트슨 부인은 일어나서 필립을 데리러 갔다. 필립은 검은 머리 아이와 너무 친해져서 자신이 잡고 있던 비치볼을 엄마가 억지로 놓게 하고 세발자전거를 끌고 보행로 쪽으로 데리고 가자 약간 울었다. 로버트슨 부인과 금발 여자는 서로 이해한다는 듯 미소를 교환했지만 한마디도 섞지 않았다. 로버트슨 부인은 낯선 사람에게 말 거는 걸 좋아하지 않았고, 다른 여자는 여전히 정신이 다른 데 팔린 듯 멍했다.

다음 날 오후 로버트슨 부인이 공원에 갔더니 그 금발의 젊은 여자가 검은 폴로 코트를 걸치고 똑같은 벤치에 똑같은 자세로 앉아 있었다.

"디키!" 필립은 어린 소년을 보고 새된 소리로 외쳤다. 아기 같은 목소리가 기쁨으로 갈라졌다.

필립이 다른 남자아이의 이름을 안다는 사실에 로버트슨 부인은 화들짝 놀랐다. 어쩐지 마음이 불편했다. 그녀는 필립이 아장아장 길을 걸어가 디키와 반갑게 인사하는 모습을 바라보았다. 디키는 온 얼굴로 활짝 웃으며 서서 비치볼을 든 두 팔을 필립 쪽으로 뻗었다. 필립이 달려가며 인사하려다 소년과 부딪쳤고, 두 아이는 굴러가는 공을 따라 정신없이 뛰어갔다. 그 순간 로버트슨 부인은 마음이 편치 않은 이유를 알았다. 아이들이 한몸처럼 얽혀 놀았기 때문이다. 저 남자애가 깨끗한지 확신할 수가 없었다. 머리카락에 뭔가 있을지도 모른다. 로버트슨 부인은 최근까지 필라델피아 교외에 살다 왔지만, 뉴욕 연립 아파트의 비위생적인 환경에 대해서는 익히 들어 알고 있었다. 검은 머리의 아이는 분홍과 흰색 줄무늬 오버롤 차림이었고 '겉보기에는' 잘 씻은 것 같았다. 하지만 연립 아파트에 사는 아이가 어떤 병을 옮길지 모르거니와, 필립한테 그런 환경에서 자란 아이들처럼 저항력이 있을 리 없다. 필립이 입안에 뭘 넣는지 잘 지켜봐야 했다.

로버트슨 부인은 금발 여자에게 웃으며 고개를 까닥해 인사하고 전날 앉았던 벤치에 앉았다. 상대 여자는 로버트슨 부인이 간신히 알아볼 정도로 고개를 살짝 끄덕하더니 곧 텅 빈 눈길로 돌아갔다. 풀밭에서 놀고 있는 어린 남자아이들보다 훨씬 위쪽을 향하는 시선이었다. 여자는 아무것도 안중에 없다는 표정을 짓고 있어서 로버트슨 부인은 호기심이 동했다. 그 미소를 보고 있자니 왠지 구체적인 어떤 공간에서 일어나는 기분 좋고 매혹적인 장관을 보는 것 같았다. 여자는 아주 젊은, 대략 스물한 살 아니면 스물두 살이라고 로버트슨 부인은 결론을 내렸다. 무슨 생각을 하고 있을까? 궁금했다. 어린 남자아이가 무슨 짓을 해야 저 여자의 관심을 끌 수 있을까?

로버트슨 부인보다 식수대에 가까운 길 건너편 벤치에서 이 금발의 젊은 여자는 애인을 기다리고 있었다. 얼마나 화창하고 조용한 날인지 몰라. 그녀는 사월의 오후마다 갖는 이런 만남이 그와 그녀가 알고 알 수 있고 또 알고 싶어하는 모든 것이면 좋겠다고 바라는 마음마저 들었다. 매일 오후 디키와 함께 집에서 나와 브라운스톤 주택의 층계를 내려올 때마다 특별한 기분에 사로잡힌다는 생각도 하고 있었다. 봄날의 햇살이 그녀에게 쏟아지면 그 따뜻한 온기와 차분한 맑음을 느끼며 비로소 디키의 발에서 눈길을 떼고 주위를 둘러보게 된다. 그녀가 사는 거리는 통행량이 유달리 적어서 오후 두세 시에는 공원만큼 조용했다. 그 거리에는 매끈한 브라운스톤 벽이 양쪽에 평행으로 서 있고, 그 사이로 회청색 밴드 같은 인도가 날카롭고 선명하게 선을 긋고 있었다. 여기저기 창문은 창턱에 놓인 하얀 우유병이나 납작한 베개에 걸쳐놓은 두 팔로 점점이 얼룩져 있었다. 팔 위쪽으로 약간의 호기심을 담은 체념한 눈들이 거리에서 일어나는 모든 움직임에 목말라하며 아래를 내려다보고 있었다. 하지만 움직임은 너무나 적었다. 집에서 입는 편한 옷차림의 여자가 별 특징 없는 흰 개에게 바람을 쐬어주려 연석을 따라 걷거나, 현관 기둥 옆에서 아이가 혼자 공을 튕기며 놀고 있거나, 남자아이가 덜컹거리는 세탁물 수레를 끌고 가거나, 고양이가 지나가는 게 다였다. 노인들이나 여자들 몇 명을 빼고는 모두가 일하러 가고 없었다. 그녀 눈에는 거리에 사람이 하나도 없어 보였다. 흰 개를 데리고 가는 여자나 두서너 군데 창턱에 걸쳐진 팔들이 자신처럼 생생하게 살아 있다고는 아예 생각도 들지 않았기 때문이다. 그런 사람들이 거리의 고요함, 시끄럽게 알아봐달라고 소란을 피우는 저 거리의 이상한 고요함을 자신과 같은 방식으로 인식하고 있다고 믿지 않았다. 사월의 오후 그 시각에 그 거리가 눈이 부시도록 청결하다는 사실도 그들이 알 리 없었다. 개를 데리고 있는 여자는 자기 집 층계에서 인도로 내려섰을 때 그녀와 같은 기분에 젖지 않을 것이다. 하지만 그곳의 오후가 여자들 차지라는 것은 그녀도 감지하지 못하고 있었다. 그곳의 오후는 온전히 여자들의 것이었다. 이제 혼자 남은 여자들에게는 완전히 자기 마음대로 할 수 있는 집안일만 있었고, 여자들의 일과는 융통성이 있으니 일정도 마음대로 조정할 수 있었다. 원한다면 한 시간 일찍, 혹은 한 시간 늦게, 아니면 아예 내일까지 미뤄도 좋았다. 여자의 세계, 철제 울타리에 갇힌 두세 그루의 갈대처럼 비리비리한 나무들, 가녀린 나무의 끝머리가 다시 초록빛으로 물들 때 쏟아지는 그 거리, 차마 말로 할 수 없는 고요함도. 그러나 그녀는 자신이 평범한 주부라고 생각지 않았다. 그가 와서 그녀를 만나기로 한 오후에는 마음에 거리나 공원의 고요도 들어오지 않았다. 고요의 인지 자체가 그에게 달려 있었다. 그를 만나기로 한 오후가 되면 그녀는 거리와 공원보다 훨씬 먼 곳을 바라보았다. 거리가 옹기종기 들러붙은 빌딩 숲으로 사라지는 동쪽을 보았고, 소음과 바글바글한 사람들을 상상했다. 서쪽을 보면 강가 부두의 풍경에 왠지 마음속 무언가가 펄쩍 뛰었다. 뱃도랑의 시커먼 전면 위로, 부두의 숫자가 쓰인 네모난 꼭대기 위로, 배의 높고 짧은 돛이 강하고도 신비로운 약속을 하듯 십자가처럼 우뚝 솟아 있는 풍광. 밤마다 잠드는 곳과 이토록 가까운 바로 이 부두에서 어디든 이 지구상 방방곡곡으로 떠날 수도 있겠지. 그런 생각이 들면 랜스와 함께 낯선 장소들로 여행할 날이 오기는 할까 궁금했다. 그에게 물으면 당연히 너무나 확고한 말투로 "물론이지. 왜 못하겠어?" 라고 대답할 테지. 그녀는 그 말을 믿고 더는 고민하지 않을 테고. 개를 데리고 다니는 여자는 눈길을 들어 부두를 본 적이 한 번이라도 있을까? 오늘 말끔하게 씻겨 머리를 빗긴 금발 머리 꼬마애를 데리고 공원에 온, 틀림없이 캐슬 테라스에 살고 있을 여자, 그 여자는 강의 풍경과 냄새와 소리에 한 번이라도 전율을 느껴본 적이 있을까? 하긴 저 여자는 이미 세계 방방곡곡에 가봤을 테고, 유럽에도 너무 여러 번 가 봐서 각각 어떤 풍경인지, 다음에는 어떻게 변할지 다 알고 있을 것이다. 굳이 부두를 보고 싶지 않을 것이다.

젊은 금발 여자가 그때 그녀를 보았다. 그녀는 앉아서 책을 읽다가 가끔 한 번씩 어린 아들이 안전한지 살펴보았다. 이 공원에서 누구한테 무슨 일이 일어난다고? 드레스 위에 걸친 스웨터가 햇빛을 받아 아름다웠다. 포도 아이스바를 들어 햇빛에 비춰본 색깔. 캐시미어. 젊었지만 행동거지가 너무 격식을 차려 나이가 더 들어 보인다고, 그녀는 생각했다. 여자가 그녀에게 말을 걸지 않는 건 낮잡아 보기 때문이겠지만 아무 상관 없었다. 그녀도 말하고 싶은 기분은 아니었으니까. 책을 읽고 싶은 기분도 아니었다. 온종일 행복하게 벤치에 앉아서, 백일몽을 꾸고 눈 아래 초록빛 공원을 두고 멍하니 먼 데를 바라보며 생각에 잠겨도 좋았다. 그녀는 랜스를 기다리고 있었다. 그리고 이 공원에서라면 그가 올 수 없는 날에도 이렇게 앉아 있을 수 있지 않았던가? 여기서 몇 시간을 보내고 나면, 밤늦게 찰스가 만취한 상태로 들어와도, 일당을 다 술 마시는 데 써버리고 와도, 그냥 재미있다는 듯 아주 조용하게 웃을 수 있었다. 이상하게도 공원에서 오후 시간을 보내고 나면 그를 원망하고 싶은 마음마저 들지 않았다. 그의 신경은 일 때문에 엉망으로 망가져버렸다. 마구 밀쳐대는 군중, 잦은 변화, 정지와 출발, 맞춰야 하는 일정, 뛰어나가는 보행자들을 쫓아다니는 일, 그는 밤에 자다가 소스라쳐 놀라 깨곤 했다. 그래서 그는 신경을 진정시키다 못해 죽여버리려고 술을 마셨다. 아직 랜스를 만나지 않았던 몇 달 전에 찰스를 공원에 데리고 왔던 적이 있지만, 언제 어디서도 가만히 앉아 있을 수 없게 되어버린 그는 공원을 좋아하지 않았다. 이제 공원은 그녀와 랜스의 장소였다. 공원에서 시간을 보내고 나면 이미 일어나버린 일에 대해 찰스도 자신도 탓하지 않을 수 있었다. 그들은 그저 서로 사랑하기를 그쳤다. 먼저 찰스가, 다음에 그녀가. 두 사람을 소진한 건 고요의 부족인지도 모른다. 이스트사이드의 일 층 아파트에 살기 시작했던 맨 처음부터 찰스는 그녀를 사랑할 에너지가 없어져버렸던 것 같다. 고요에 흠뻑 젖어 목욕하고 고요를 마시고 고요를 듣고 보고 호흡하고 고요 속에 몇 시간씩 잠들 수 있었다면, 그 이마의 주름이 다시 매끈하게 펴지고 그 눈이 뜨여 사랑한다는 듯 다시 그녀를 볼 수 있었을지 모른다. 그러나 이제 그런 것도 원치 않았다. 너무 늦었다. 이미 랜스를 찾아버렸고 그를 사랑하니까. 그리고 랜스는 그와 그녀가 어디에 있든, 함께 있든 따로 있든, 침묵 속에서나 소음 속에서나, 움직임 속에서나 고요 속에서나 그녀를 사랑할 것이다. 랜스의 내면에는 찰스에게 없고 있어본 적도 없는 무언가가 있었다. 이제는 알았다. 이제 그녀는 찰스와 처음 결혼할 때처럼 열여덟 살이 아니었으니까.

"필립!"

필립이 일어나 죄지은 듯 대답을 기다리는 엄마를 바라보았다. "네, 엄마." 아이는 마지막 음절에 억양을 실어서 대답했다.

"놀이옷에 진흙을 묻히면 어떡하니! 조심해."

"네, 엄마." 아이는 돌아서서 친구 옆에 쪼그리고 앉아 종이컵에 받은 식수대 물을 같이 판 매끈한 잔디밭 구덩이에 마저 따랐다. 컵은 디키가 길 끝에서 주워온 것인데, 필립은 엄마와 이야기할 때 반사적으로 컵을 보이지 않게 숨겼다. 끝없이 물을 마시는 구덩이로 뭘 할지 아이들은 알지 못했지만 그래도 행복했고, 매 초 서로에게 할 말이 생겨 거의 항상 동시에 떠들어대고 있었다. 두 아이 모두 살면서 이토록 좋아하는 친구를 만난 적이 한 번도 없었다.

로버트슨 부인은 남자가 공원으로 들어오는 순간 즉시 눈을 들었다. 공원으로 들어오는 사람이 거의 없었기 때문이다. 남자는 대머리였고 짙은 색 정장을 입고 있었으며, 시멘트 보행로에 잠시 멈춰 서서 벤치의 여자를 바라보았다. 로버트슨 부인의 첫 반응은 미미한 경계심이었다. 반쯤 미소를 지으며 벤치의 여자를 관찰하는 남자의 집중도에 어쩐지 불길한 구석이 있었다. 남자는 추위라도 타듯 재킷 주머니에 손을 넣고 있었다. 이 한 가지 공통점을 깨달은 그녀는 두 사람이 인사 한마디 나누지 않았지만 서로 아는 사이라는 것도 알게 되었다. 이제 남자는 뻣뻣하고 신중하게, 훨씬 밭은 걸음으로 여자를 향해 걸어와 여자 옆에 편하게 앉았다. 호주머니의 손을 빼지도 않고 여자의 얼굴에서 시선을 떼지도 않았다. 로버트슨 부인이 어제도 오늘도 눈여겨보았던, 그 어리둥절한 만족감이 서린 여자의 표정도 전혀 변하지 않았다. 남자의 입술이 움직이자, 여자가 그를 보더니 미소를 지었고, 로버트슨 부인은 다시 자기가 보고 있는 광경에 미묘한 불편감을 느꼈다. 남자가 들어와서 벤치에 앉았다는 사실 자체가 막연하게 마음에 걸렸다. 모르는 남자가 여자에게 접근하는 거라는 생각이 찰나에 스쳤으나 곧 사라졌다. 친밀감의 오라가 두 사람을 감싸고 있었기 때문이다. 이제 두 사람은 아주 살짝 서로 쪽으로 몸을 기울인 채 앞을 바라보고 있었다. 둘 사이에는 벤치를 너덧 자리로 나누는 철제 팔걸이가 있었다. 그때 남자가 손을 뻗어 호주머니에 넣고 있던 젊은 여자의 손을 부드럽게 잡았다. 철제 팔걸이 아래로 손목을 잡아 끌어와서 꼬고 있는 다리 위에 올려놓고 자기 손으로 감싼 것이다. 그때 불현듯 로버트슨 부인은 깨달았다. 두 사람은 연인이었다. 당연히 그렇겠지! 그걸 눈치채는 데 어째서 이렇게 오래 걸렸을까? 이제 그녀는 매혹되어 은밀하게 구경하기 시작했다. 두 사람에게서 풍기는 뚜렷하고 매력적인 행복감에, 고개를 치켜들고 응시하는 두 사람의 자부심에 몇 초쯤 사로잡혀 있었다. 처음에는 여자에게서만 보이던 그 아무것도 보지 않는 웃을락 말락 응시하는 시선으로, 그 역시 공원의 철제 펜스를 한참 넘어 저 앞 멀리 무언가를 보고 있었다. 남편과 아내 같지는 않다는 생각이 들자 이상하게 흥분감이 고조되며 밀려왔다. 그렇다고 연인 사이처럼 격정적으로 행동하지도 않네, 생각이 드는 순간 그녀는 자신이 은밀한 연애를 하는 한 쌍을 책에서나 읽었지 실제로 본 적이 없다는 점을 스스로 상기했다. 이들은 확실히 은밀한 연인들이었다. 선하게 다 보였다. 낮에 나가 일하는 (검은 머리의) 남편이 여섯 시에 돌아올 테지. 아내가 다른 남자와 오후를 보냈다는 의심은 전혀 하지 않은 채. 로버트슨 부인은 기만당한 남편이 안쓰러워 마음 한구석이 짠하게 아팠다. 그래, 금발 여자는 확실히 좀 싼 태가 났다. 하이힐 펌프스며, 머리도 분명 과산화수소수로 탈색했겠지. 애인을 집에 데리고 갈까? 그런 꼴을 보는 일은 없기를 바랐다. 그러다 다음 순간, 보고 싶은 건 바로 그런 광경이라는 걸 알았다. 두 사람이 함께 가버리면 좋겠다는 마음을 내심 인정했다. 읽지도 않은 책장을 넘기며, 금팔찌가 시계에 부딪쳐 짤랑거리는 소리를 의식했다. 다시 독서용 안경 너머로 흘끗 보았다. 남자가 말하고 있었지만 언성이 너무 나직해서 중얼거리는 소리조차 들을 수 없었다. 남자는 고개를 젖히고 뒷머리를 벤치에 기대고 있었고, 여자는 남자의 얼굴을 보고 있었다. 그 희미한, 무의식적으로 보이는 미소를 여태 띠고 있었지만 그래도 로버트슨 부인이 이제까지 본 중 가장 초롱초롱한 얼굴이었다. 남자가 손가락을 쫙 펴더니 그녀의 손을 더 힘주어 잡자, 로버트슨 부인은 작은 쾌감의 파도가 덮쳐오는 느낌을 받았다. 저 남자는 여자에게 무슨 이야기를 하고 있을까? 알고 싶었다. 아니, 혹시 그녀가 아예 전부 다 헛짚은 게 아닐까? 여자는 아이의 어머니가 아니라 급료를 받는 아이 돌보미나 보모가 아닐까? 그러나 그런 관계일 확률이 높다기엔 여자와 아이 모두 옷차림이 너무 허름했다. 그리고 그 의견을 확실히 뒷받침하듯 아이가 별안간 보행로를 가로질러 달려왔고, 그녀는 여자가 아이를 품 안에 보듬어 안아 자기 가방에서 손수건을 꺼내 코를 비틀어 닦아주었다. 그녀는 그 둘에게서 의혹의 그림자를 싹 걷어주는 어떤 특징을 보았다. 그건 두 사람이 모자 관계라는 선언과 다름없었다. 남자도 다른 손으로 호주머니에서 손수건을 꺼냈지만 다시 손수건을 넣고 방금 발견했다는 듯 작고 파란 자동차를 손바닥에 들고 있었다. 여자가 뭐라고 말하자 작은 남자아이는 두 팔로 남자의 목을 와락 껴안고 뺨에 키스한 후 쏜살같이 달려가버렸다. 너무 빨라서 로버트슨 부인은 방금 본 광경이 잘 믿기지 않았다. 그러나 분명히 보았다. 그리고 거기에도, 예전에 해본 일 같은 느낌이 있었다.

로버트슨 부인은 몸을 앞으로 기울인 채, 미소 띤 얼굴로 아이들을 바라보는 둘의 모습을 노골적으로 쳐다보았다.

필립! 필립도 그 자동차를 가지고 놀고 있었다. 그 작은 남자애가 같이 갖고 놀자고 했다. 로버트슨 부인은 자기도 모르게 벌떡 일어났다 다시 앉았다. 필립이 그 장난감을 갖고 노는 게 꺼림칙했다. 어쩐지 그 자동차는 그리 올바르지 않고 그리 깨끗하지 않은 것 같았다. 그 작은 남자애처럼 말이다. 그녀는 또다시 벤치에 앉은 두 사람을 보았다. 두 사람은 또다시 편안히 뒤로 기대앉아 있었다. 딱딱한 벤치에서 어떻게 저럴 수 있을까 싶을 정도로 편안하게 앉아 있었고, 두 팔을 꼭 끼고 사이에 있는 철제 팔걸이 밑으로 손도 더 꼭 잡고 있었다. 남자가 말하면 여자는 가끔 뭐라고 대답했다. 남자가 아이를 그렇게 좋아하다니 별난 일이었다. 아니면 그냥 그런 척하는 걸까? 사이에 있는 벤치 팔걸이가 얼마나 싫을까! 그러자 그 철제 팔걸이가 두 사람 사이에 있다는 사실이 팽팽한 정의감처럼 만족스럽게 느껴졌다. 철제 팔걸이가 없으면 공원이 어떤 꼴이었을까? 남자들이 벤치에 드러누워 잠이나 잤겠지. 또 연인들은…

"아이의 절반은 당신이잖아요, 그렇죠?" 랜스가 말했다.

"언젠가 전부 다 우리인 아이를 갖게 될 거예요."

그리고 두 사람은 한동안 아무 말도 하지 않았다. 새 한 마리가 근처 나무에서 수태고지를 하듯 노래를 불렀다. 공원 전체에 나무는 서너 그루뿐이었다. 새는 휙 스쳐 날아갔고 두 사람 다새를 보았다. 멀지 않은 강물 위로 배 한 척이 증기 경적을 울렸다. 큰 여객선이라기엔 깊이가 깊지 않고, 예인선이라기엔 높이가 낮았다. 중간 크기의 배였지만 우렁찬 경적은 그 배가 지구 어디라도 갈 수 있고 또 이미 다녀왔다고 자랑스럽게 말해주고 있었다.

"우리는 여행을 아주 많이 다닐 거예요." 그가 말했다.

"나는 스코틀랜드에 가고 싶어요." 여자가 말했다. 언성은 더 조용했지만, 말투만 들으면 이미 배표라도 산 것 같았다.

"스코틀랜드는 기가 막히게 근사할 거예요. 우리 스코틀랜드에 꼭 갑시다… 헤브리디스제도에."

"헤브리디스요?"

"우리가 꿈속에서 헤브리디스 제도를 보았으니."*

"그게 뭐예요? 산맥이에요?"

"산맥과 섬들. 산들." 그는 그 말을 너무나 느릿느릿하고 둥글게 해서, 마치 그가 그 자리에서 섬과 산을 쌓는 것 같았다.

"꿈이라는 말은 하지 말아요." 젊은 여자가 비난했다. "아니면 그것도 무슨 시예요?"

"시예요. 하지만 시는 진실이지요."

"가끔은 그렇겠죠."

그는 반박하지 않았다. 두 사람은 좀 더 오래 말이 없었다.

---

* 캐나다 뱃노래의 가사.

"그럼 나한테 집 한 채 지어줄 거예요? 우리가 여행을 끝내면?"

"한 채가 아니라 세 채 지어줄게요… 아니 네 채." 그는 또박또박 말했다. "일 년 사계절에 한 채씩. 봄에는 하얀 집, 겨울에는 빨간 집. 가을에는 갈색 집…"

"난 갈색 싫어요."

"가을에는 가죽색 집으로 해요."

"랜스, 시간 보고 있어요?" 그녀는 방백이라도 하듯 속삭였다.

"그래요, 보고 있어요. 첨탑의 시계가 네 시 오 분이라고 하네요."

작은 교회 첨탑의 시계는 대로를 따라 반 블록 거리밖에 되지 않는 곳에 있었지만, 그녀는 그와 공원에 함께 있을 때 절대로 시계를 보지 않겠다고 말해둔 터였다. 첨탑의 시계는 언제나 육 분 늦었다. 그러므로 네 시 구 분이 되면 그는 저 멀리 도심의 나소 스트리트에 있는 대형 서점으로 다시 돌아가 일을 해야 했다. 내일은 오지 못할 테고, 그다음 날도 못 올 것이다. 그는 화요일과 금요일에만 배달 업무를 했다. 인기 없는 일이었지만 공원에서 한 시간 또는 사십오 분 정도를 그녀와 함께 보낼 수 있기에 자청해서 맡아 하고 있었다. 그때가 그녀를 만날 수 있는 유일한 시간이었다. 찰스와 결혼한 상태인 한, 그녀가 저녁에 만나줄 리 없었다. 그는 다른 손으로 그녀의 손을 덮고 갑자기 애틋한 마음이 되어 그녀를 보며 웃었다. 그녀는 그가 공원에서 그녀를 만난 것이 우연한 사고 같은 일이라는 걸 알았다. 단 한 번 저녁에 그녀를 보았던 건, 처음 만났던 그날이었다. 그래머시 광장의 공원 옆에서. 그 공원은 문이 잠겨 있어서 두 사람 다 들어갈 수 없었다. 어둠 속에서 그는 펜스의 높은 창살 앞에 서 있는 그녀를 보았다. 그리고 고독과 외로움으로 날카로워진 감각으로, 그녀가 누구든 어떤 사람이든 그녀의 내면에는 그와 닮은 구석이 있음을 알아보았고, 그래서 인사를 건넸다. 그날 저녁 그들은 각자 혼자 23번가에서 같은 영화를 보고 나왔다. 서로를 만난 단 하루의 저녁이었지만, 마음속으로 그는 스스로 그녀의 연인이라 자처하는 게 좋았다. 그녀는 그를 뭐라고 부를까? 연인이라 하지는 않겠지, 그는 생각했다. 그는 고개를 더 높이 들고 뒤로 젖혀 벤치 끄트머리에 괴었고, 누가 봤다면 세상에 근심이라곤 하나도 없는 사람이라고 생각했을 것이다. 그렇게 오후 내내 느긋하게 머무를 사람 같았다.

"이 공원은 돌고 도는 세상의 고요한 지점이에요." 그의 낮은 목소리가 공경의 마음으로 차분해졌다.

"나도 느껴요. 그래요. 그리고 내가 사는 거리도요. 그리고 요즘의 나날도."

"요즘의 나날." 갑자기 그는 이렇게 빈둥거리고 있다는 데 죄책감을 느꼈다. 그녀와 함께 하는 시간은 불과 삼십 분이었지만, 해야 할 일이 너무 많았기 때문이다. 이 시간을 그녀와 함께 보냈으니 죄책감이 크지는 않았지만, 자기도 그녀도 이렇게 어리석은 꿈을 꾸게 두었다는 게 마음에 걸렸다. 아니 그 꿈들은 어리석은 걸까? 알 길이 없었다. 그는 작은 공원이 꿈을 꾸기에 너무 훌륭해서, 너무 좋아서, 너무 조용해서, 너무나 상상 속 천국 같아서 죄책감이 든다는 걸 알았다. 그리고 여기 앉아 있던 오후마다 어김없이 그랬듯, 손으로 어루만지듯 찬찬히 살피기 시작했다. 섬세하게 굴곡진 아담한 잔디밭들, 조가비 모양의 날카로운 윤곽선을 이루는 철제 펜스가 눈부신 초록빛 잔디밭을 배경으로 대조를 이루고 있는 모습을. 그의 눈길이 새 자동차를 가지고 노는 디키와 다른 꼬마에게로 자연스럽게 이동했다. 디키는 언제나 공원의 일부였다. 이 천국의 아기 천사였다. 오늘은 같이 놀 다른 남자애가 있어서 더 행복해 보였다. 가끔 그들을 흘끔거리며 보고 있는 저쪽 벤치의 여자를 보고 그가 살짝 웃어주자 여자는 즉시 눈을 깔고 뜨개질감을 내려다보았다.

뜨개질감이 조금 꼬여 헝클어지는 바람에 로버트슨 부인은 실감을 불안하게 잡아 뜯고 있었다. 그녀의 내면은 멀리서 전투가 벌어지는 것처럼 충돌과 무질서의 감각으로 차 있어서 괜히 뜨개질을 탓하고 있었다. 필립을 데리고 공원을 떠나 집에서 뜨개질감을 고쳐 뜨고 싶은 충동이 희미하게 느껴졌지만, 필립이 저렇게 재밌게 놀고 있고 공원이 (어쩌면 솔직히 저 다른 벤치에 앉은 두 사람의 모습도) 마술에 걸린 듯한 쾌감을 주었기 때문에 머무르고 싶은 욕망이 들기도 했다. 두 감각은 하나도 또렷하지 않았지만 뜨개질감을 잡아 뜯는 동안 서로 부딪치며 고투하는 감각이 느껴졌고, 그녀는 자기 자신의 결실들이 해체의 과정을 거치는 사이 완벽하게 가만히 앉아 손가락만 움직이고 있었다. 그녀의 손가락들은 솜씨 좋게 움직이며 필립의 손모아장갑을 살려내고 있었다. 엉킨 매듭이 말끔히 펴지고 뜨개질을 다시 시작할 무렵 그녀 안의 신비스러운 군대들은 조용해졌지만, 전투의 결과도 흐릿하게 가려져서 짜증과 조급함, 그리고 왠지 모를 실망감의 미묘한 감각만 남았다. 다시는 여기 오지 않을 거야, 그녀는 문득 생각했다. 밑도 끝도 없이 불쑥 떠오른 듯한 그 결심에서만 실체가 느껴졌다. 그냥 몇 분만 더 머물다 가리라. 그녀가 도망쳐야 할 이유는 없었다.

햇빛이 별안간 살아 있는 것처럼 꿈틀거리더니 조가비 문양의 펜스를 타 넘어 가볍게 소리 없이 보행로를 반쯤 가로질러 툭 떨어졌다. 이제 햇빛은 랜스와 옆에 앉은 젊은 여자의 발 위에 누워 있었다. 빛의 긴 끝이 보행로를 비스듬하게 가로질러 벤치의 여자에게로 가려 안간힘을 쓰고 있었다. 그는 자기가 햇빛을 볼 때 여자도 보는 걸 알았지만, 여자는 눈길을 들지 않았다.

"세상의 고요한 지점." 젊은 그녀가 속삭였다.

"돌고 도는 세상의." 그는 또 죄책감을 느꼈다. 그들 주위에서 온통 세계가 돌고 있었다. 여기 성역과 같은 초록색 섬에서 기계들도 돌아가고 시계도 돌아갔지만, 그와 그녀는 가만히 움직이지 않았다. 해야 할 일도 싸워 쟁취할 것도 너무나 많은데.

"그래요, 돌고 도는 세상이 더 좋아요. 나도 느낄 수는 있어요. 하지만 당신처럼 그렇게 말로 할 수가 없네요. 오늘 오후에도 집을 나서면서 느꼈는데—" 하지만 그녀는 말로 형용할 수가 없었다. 그걸 알았다. "그리고 지금도요."

"내가 한 말이 아니에요. 엘리엇이에요. 또 다른 대목이 있어요. '그 고요한 지점, 거기 춤이 있다.'*" 그는 말을 하다 뚝 그쳤다. 불현듯 알았기 때문이다. 사랑하는 이 곁에서 고요는 모든 고요와 다른 모든 종류의 평화를 뛰어넘지만 변하지 않는 것은 없다는 것을. 불현듯 알았기 때문이다. 그가 처음으로 영원한 진실을 발견한 것처럼 방금 우연히 깨달았기 때문이다. 사랑하는 이 곁에서 백일몽의 아름다움은 절대로 얄팍하지 않고 고독하게 존재하는 그림처럼 움직임이 없지도 않으며 납작하지도 않다는 것을. 그녀 곁에는 전진하는 움직임이 있고 대기에 전류처럼 짜릿하게 흐르는 에너지가 있으며 현실이나 상상 속 사물의 둥근 자질, 온전한 자질이 있었기에. 그는 그녀 쪽으로 몸을 돌렸고, 그녀가 신중하게 벤치의 여자를 흘끗 보는 모습을 보았다. 그러나 그는 지금 키스할 생각이 없었다.

종소리가 짤랑거렸다. 반쯤 안개에 가려진 완만한 초록색 언덕들 저 멀리서 울리는 양치기의 종소리. 그는 생각했다. 헤브리디스제도를.

"저기 아이스크림 파는 사람이 있네요." 그녀가 말했다.

---

* T. S. 엘리엇의 시 〈네 개의 사중주〉 중 한 구절.

아이스크림 수레가 공원의 도심 방향 진입로로 들어왔다. 하얀 바지와 셔츠를 입고 캡 모자를 쓴 날씬한 젊은 남자가 수레를 밀고 있었다.

"엄마." 디키가 보행로 울타리를 타 넘으며 말했다. "아이스크림 먹어도 돼요?"

랜스가 호주머니에 손을 넣으려 했다.

로버트슨 부인은 아이가 남자에게서 동전을 받고 폴짝거리며 아이스크림 장수에게 달려가는 모습을 보았다. 필립은 원래 서 있던 자리에서 그냥 보고만 있었다. 저녁 시간이 너무 가까워서 아이스크림을 먹어도 된다고 할 리 없다는 걸 알았다.

"하나 사줘도 되겠습니까?" 남자가 일어나서 로버트슨 부인을 보고 웃으며 다시 호주머니에 손을 넣으려 했다.

"아, 정말 감사합니다만," 로버트슨 부인이 대답했다. "저녁 시간이 너무 가까워서요."

그녀는 심장이 더 빨리 뛰고 있다는 걸 깨달았다. 그와 말을 섞고 대화한다는 게 흥분되었다. 기분이 좋다거나 나쁘다거나 그런 건 아니었다. 그의 매너, 심지어 그의 얼굴조차, 다리지 않은 양복을 보고 처음 생각했던 것보다는 훨씬 나았다. 검은 머리의 어린 소년이 아이스크림 바를 처음 한입 베어 물면서 힘겹게 펜스를 타고 넘어와 곧장 필립에게로 달려갔다. 그녀는 필립이 아이스크림을 입에 넣기 전에 말려야 한다는 의무감에 일어났다.

"필립, 엄마 생각엔 아무래도—"

너무 늦었다. 필립은 아이스크림 위쪽을 통째로 입안에 넣었고, 다른 꼬마는 아이스크림을 대주고 있었다. 필립을 휙 빼앗아갈 생각은 아니었지만, 긴장감 때문에 도둑질처럼 되고 말았고, 갑자기 아무도 붙잡지 않은 아이스크림이 두 아이 사이의 풀밭에 툭 떨어지고 말았다.

"오!" 로버트슨 부인이 진심으로 후회하며 말했다. "정말 미안해!"

처음엔 멍하니 말을 잃었던 검은 머리 남자아이가 허리를 굽혀 아이스크림을 주웠다. 그러나 아이스크림은 이제 가망 없이 부서져 스틱에서 툭 떨어져버렸다. 아무리 세 살짜리라도 다시 줍기에는 너무 망가진 상태였다. 아이의 눈앞에서 초콜릿 크러스트가 다시 쩍 갈라졌다. 빽빽하고 매끈한 잔디 속으로 사라져버리겠다고 단단히 작정한 것만 같았다. 아이는 일어나서 그녀를 보고는 수줍게 등 뒤로 손을 돌리고 닦았다.

"아이스크림 장수는 어디로 갔을까?" 로버트슨 부인은 두리번거리며 찾아보았지만 이미 보이지 않았다. 종소리가 대로 저 멀리에서 들렸다.

"아이스크림을 놓쳤니, 디키?" 딱하다는 듯 남자가 외쳤다.

"괜찮아요." 꼬마 아이가 반은 자기 자신한테, 반은 그녀에게 들으라는 듯 말했다. 아이는 화를 내지 않았지만 웃지도 않았다.

"내 잘못이야, 미안하구나." 로버트슨 부인이 말했다. 그리고 갑자기 우스워진 기분이 들어서, 필립의 팔을 한 손으로 잡고 다른 손으로는 세발자전거 핸들바를 잡은 후 조가비 문양의 펜스 쪽으로 끌어당겼다.

"이제 가야 하는 거야, 필립?" 검은 머리의 작은 꼬마가 물었다.

"응." 필립은 체념한 듯 한숨을 쉬었다. 그러나 펜스에 다다르자 엄마 손에 잡혀 치켜올려진 팔 너머로 서글프게 돌아보았다. 정말로 가야 한다는 걸 이제 막 깨닫기라도 한 듯이.

"내일 보자, 필립." 다른 꼬마가 말했다. 그 인사가 어찌나 조숙한지 로버트슨 부인은 놀라고 말았다.

내일 볼 일은 없을 것이다. 필립이 그 아이와 다시 노는 건 원치 않았다. 정확히 이유를 댈 수는 없었지만, 싫었다. 아이 엄마가 어떤 유의 인간인지 알았을 때 곧장 아이를 데리고 나오지 못한 게 바보짓이었다. 어쨌든 그녀는 알았다. 아무리 박박 깨끗하게 씻겨도 그 아이에게는 불순한 구석이 있었다. 제 어미가 불순하니까. 그러나 공원 밖으로 나가면서 그녀는 자신이 굳이 먼 길을 돌아 벤치에 앉은 남자와 여자 앞을 지나치고 있다는 걸 깨달았다. 마음과 다르게 자기가 다시 한번 그들 쪽으로 눈길을 주고 있다는 걸 알았고, 그래서 굉장히 짜증이 났다. 그 은밀한 곁눈질은 그녀 자신답지도 않았다. 남자와 여자는 손을 잡고서, 다시 그들만의 세상에 빠져 있었다. 그들이 자기를 보지 못했다는 사실에 안도감이 밀려왔다. 공원 길 끝까지 왔을 때, 그녀는 자신이 그 남자와 여자, 어린 소년과 공원을 영원히 두고 떠나왔음을 알았다.

금발의 젊은 여자는 그 눈길을 보았다. 찰나에 스치는 눈길이었지만 그 속에서 한 여자가 깊이 사랑받는 다른 여자에게 던지는 태고의, 그 불멸의 시선을 보았다. 욕망, 선망, 애틋한 그리움, 질투와 대리 쾌감이 뒤섞여 이루어진 그 눈길이 한순간 베일을 벗었다가 다시 베일 속에 가려졌다. 그 눈길을 보고 그녀는 즉시 반사작용처럼 자부심을 느끼며 랜스의 손을 더 꽉 잡았다. 랜스도 보았을까? 아니, 아마 그 눈길은 여자만 볼 수 있었을 것이다. 그녀는 랜스에게 말하고 싶었지만, 매일 오후 브라운스톤 층계를 내려올 때 느끼는 내면의 평화보다도 훨씬 더 말로 표현하기 어려울 터였다. 그래서 대신 그녀는 이렇게 말했다.

"나를 좋아하는 것 같지 않아요. 어제도 여기 왔었어요."

랜스는 그저 미소만 짓고 그녀의 팔을 더 바짝 끌어 팔짱을 끼었다. 이제 칠 분이 남아 있었다. 그녀의 팔을 더 가까이 당겨 옆구리에 쭉 느껴질 정도가 되자, 재킷 소매 속 단단한 근육을 죄고 있는 철제 팔걸이가 더는 느껴지지 않았다. "이제 아무도 없네요." 그가 말했다.

아무도 없었다. 쐐기 모양 햇살의 긴 끝이 여자가 앉아 있던 벤치에 닿아 휘어진 금속 다리 하나를 포획했다. 새가 또 급강하해 그들의 시야를 가로지르며 그 작디작은 공원 안에서 절대적인 자유와 안전을 주장했다. 이제 대로에는 사람이 하나도 없었다. 심지어 낮은 철제 펜스의 경계 너머 다급하게 지나치는, 눈멀고 몰개성적인 트럭도 없었다. 물론 반 블록 거리의 교회 계단을 내려오는 수녀가 한 사람 있기는 했다. 온통 검은 옷에 검은 보닛을 쓴 꼿꼿하고 고풍스러운, 걸을 때마다 검은 치맛자락이 뱃머리에 새겨진 조각의 옷자락처럼 잔물결을 일으키는 형체가. 그들은 서로를 바라보았고 꽉 잡은 손과 뒤엉킨 팔과 철제 팔걸이 위로 두 입술이 만났고 그 키스는 고요의 중심이 되었다. 그 키스는 돌고 도는 세상의 고요한 지점이 좁아진 중심이 되었고, 그 입술의 고요한 평화를 중심으로 공원까지 돌고 돌았다.

겨우 삼 분을 남겨두고 남자는 대수롭지 않게, 하지만 진지하고 빠른 말투로 그들의 계획, 그의 일, 그들의 돈 이야기를 하기 시작했다. 이 마지막 순간이 지나면 이틀 밤낮을 헤어져 지내야 하므로, 마음을 단단히 먹으려는 것처럼. 삼 개월 후면 두 사람이 함께하는 투쟁의 다음 작전을 전개하는 데 충분한 돈이 모일 것이다. 그녀는 이혼할 것이다. 지금은 어쩔 수 없이 남편과 함께 살아야 하기에 이혼 이야기를 한다는 건 불가능했다. 삼 개월만 있으면 된다. 오늘 오후처럼 스물네 번만 더 만나고 나면 된다, 그는 처음으로 계산해보았다. 그리고 이제부터는 카운트다운을 하지 않을 도리가 없다는 걸 알았다. 스물네 번…

로버트슨 부인은 다음 날 대로 저 아래 작은 공원에 가지 않았다. 그녀는 필립을 데리고 커다란 모래 상자가 있고 필립이 함께 놀 어린아이들이 많이 있는 캐슬 테라스 중정 안뜰에 갔다.

필립은 어머니가 풀어놓은 자리에 그대로 서서 속을 파낸 거대한 갈색 산처럼 사방을 에워싼 빌딩을 올려다보았다. "이따 우리 공원에 안 가요?"

"나중에 공원에 안 갈 거예요, 엄마?" 엄마가 편안한 철제 의자에 자리를 잡고 앉자 필립은 다시 물었다. "디키 보고 싶어요."

"아니야, 아가. 오늘은 공원에 안 갈 거야." 그녀는 온화하고 대수롭지 않은 목소리로 말하려 애썼지만 어려웠다. 아무래도 실패한 것 같다고, 세발자전거를 타고 아주 천천히 페달을 밟고 가면서 주위를 전혀 보지 않는 듯한 필립을 지켜보며 생각했다.

놀이터에는 다른 젊은 엄마들이 많이 있었고 로버트슨 부인은 곧 대화에 섞여들었다. 여기 그녀 아파트 건물의 안뜰에서 그녀는 옳다는 기분이 들었다. 왜 굳이 유별나게 더 좋은 곳을 찾으려 했을까? 공원은 예쁘고 필립은 물론 며칠 그곳을 그리워할 테지만, 다시 돌아가지 않겠다는 결심은 후회하지 않았다. 여기도 해가 잘 들었고 필립이 타고 놀 것들이 있었고 친구가 될 아이들도 넉넉했다. 깨끗하고 잘 자랐을 거라고 믿어도 좋은 아이들이었다. 그리고 그녀와 비슷한 다른 여자들과도 이런저런 생각을 나눌 수 있었다.

"디키하고 놀고 싶어요." 필립이 세발자전거를 타고 천천히 다가오면서 말했다. 놀이터를 한 바퀴 돌았지만 마음에 차지 않았다.

“아가, 저기 모래 상자 쪽에 다른 남자애들이 있네. 가서 같이 놀고 싶지 않아?” 그녀는 함께 이야기를 나누던 여자들을 돌아보았다. 필립에게 느끼는 걱정스러운 감정을 들키고 싶지 않았다.

“내가 원하는 건 디키야!” 이 분 후에 필립이 말했다. 이제 아이는 세발자전거에서 내려서 멀찌감치 떨어져 서 있었다. 친구를 보러 가는 게 아니면 아예 타지도 않겠다는 듯이. 아이 눈에 눈물이 맺혀 있었다. 원망스러운 마음으로, 결연한 태도로, 영문을 모르겠다는 비난을 담아 엄마를 바라보고 있었다.

흔들리지 말아야 하는 순간이라는 걸 부인은 알았다. 못 들은 체하거나 만족스러운 답을 주거나, 아니면 영원히 입을 다물게 할 말을 해야 했다. 그녀는 어쩔 줄 몰라 하며 망설이고 있었다.

“디키가 누구예요?” 한 여자가 물었다.

“저 길 아래에서 만난 아이예요.” 로버트슨 부인이 대답했다.

친구 이야기가 나오자 필립은 삐친 것처럼 홱 돌아서 고개를 꼿꼿이 치켜들고 가버렸고, 엄마는 도저히 찾을 수 없는 대답을 주어야 하는 상황에서 해방되었다.

필립은 다음 날 오후에도 디키를 찾았고, 그다음 날도, 그다음 날에도 친구 안부를 물었다. 그러나 다섯 번째 날 오후가 되자 더는 묻지 않았다.

Ladies

프림로즈는
분홍색이야

시어도어 플레밍 씨가 환하게 웃으며 아파트 건물 로비로 성큼성큼 걸어들어와서는 엘리베이터맨에게 인사를 하고 엘리베이터로 들어섰다. 그는 십이 층에서 내려 명랑하게 집으로 들어갔다. 아내는 거실에 있었다.

"이것 봐." 그는 말아놓은 종이에서 갈색 포장지를 벗기고 자신의 포상품을 득의양양하게 보여주었다. "내가 몇 달 동안 찾던 바로 그거야."

아내는 그리 감명받지 못한 눈치였다. 말을 타고 있는 기수의 회색 그림이었다. 그림 밑에는 소용돌이 모양의 글씨가 있었다.

"이게 대체 뭔데?" 아내가 용기 내어 물었다.

"센포인." 남편이 말했다. "잉글랜드에서 가장 유명한 경주마 중 한 마리야."

"아." 캐서린은 관심을 보이려고 굳이 애쓰지 않았다. "좀 추례해 보이는데."

"색이 칠해져 있지 않으니까. 색을 칠하고 광택제를 바르고 나서 보라고."

플레밍 씨는 구매품을 자기 방으로 가지고 들어가서 벽에 기대놓고 흡족하게 바라보았다. 그림은 높이 육십 센티, 폭이 구십 센티로 큼지막했다.

"어디서 찾았어?" 캐서린이 물었다.

"그리니치 빌리지의 프린트숍에서. 브레나트노스에서 샀으면 적어도 십 달러는 줘야 했을 거야." 그는 글씨를 읽기 시작했다. "첫해 판돈은…"

"무슨 색으로 칠할 건데?"

플레밍 씨가 말을 뚝 그쳤고, 초조하고 걱정스러운 표정이 얼굴에 드리웠다.

"모르겠어. 상점 주인은 알겠지. 당연히 원래 색에 충실해야 할 테고."

캐서린은 이제 닥쳐올 일을 알고 있었다. 결혼 생활 오 년 동안 세부 사항에 광적으로 집착하는 남편을 관찰할 기회가 많이 있었기 때문이다.

플레밍 씨의 얼굴에는 넋을 놓은 표정이 떠올라 있었다. 콧수염이 초조하게 씰룩거렸다. 그는 정신이 딴 데 팔린 사람처럼 옷장으로 가더니 모자를 챙겨서 불쑥 아내에게 인사를 하더니 나갔다.

작은 서점 주인은 뚱뚱하고 쾌활했다. 플레밍 씨는 희망에 차서 그에게 다가갔다.

"오늘 오후 제가 산 센포인 프린트의 채색본을 보고 싶습니다. 갖고 있으시다면요."

서점 주인이 입술을 굳게 다물어서 퉁퉁한 얼굴을 가로지르는 미소가 조금 더 넓게 퍼지게 만들었다. 그러고는 안타깝다는 듯 느릿느릿 고개를 저었다.

"무슨 뜻이에요? 채색본이 없으세요?"

머리가 계속해서 아주 천천히 흔들렸다.

"저는 채색된 그림을 본 적도 없어요." 주인은 느릿한 바리톤으로 말했다. "그냥 각자 마음에 드는 색을 칠하면 되는 거죠."

플레밍 씨의 섬세한 감수성이 분노로 폭발했다. 그는 서둘러 나와서 다시 지하철 쪽으로 걸음을 옮겼다. 이윽고 42번가에서 나와서 결연하게 공공 도서관으로 걸어갔다. 사서에게 구구절절 설명하고 나서, 중앙에 커다란 탁자와 의자 몇 개가 놓인 방에 들어갈 수 있었다. 이곳이 영국의 말들과 경마 인쇄물에 특화된 방이라는 설명을 들었다. 두 시간 동안 여기 머물며 플레밍 씨는 동화 속 과묵한 지니 같은 직원이 말 없이 간간이 가져다주는 책들을 스무 권 가까이 읽었다. 마침내 그들이 소장한 모든 책과 인쇄물 컬렉션을 섭렵했고 센포인에 대한 모든 것을 알게 되었다. 1890년 6월 4일 더비에서 걸쳤던 마구의 색만 빼고 말이다.

그는 저녁이 되어서야 집에 돌아왔다. 캐서린은 잡지를 보다가 눈길을 들었다.

"시어도어, 어디 갔다 왔어?"

"온 데를 다 다녔어." 그녀의 남편이 말했다. "못 찾겠어."

"뭘?"

"색깔." 플레밍 씨가 말하고는 의자에 힘없이 주저앉았다. 피로감과 패배감이 몰려왔다.

"진짜 색깔을 뭐하러 신경 써? 어차피 아무도 모를 텐데. 나는 파랑과 흰색을 생각하고 있었는데…"

"캐서린." 플레밍 씨는 참을성 있게 설명했다. "이건 평범한 그림이 아니야. 특별한 경주를 그린 거라고. 그때의 기수와 말을 그린 진짜 초상화야." 그는 실의에 빠져 침묵했다.

캐서린은 남편을 바라보았다. 남편은 의자에 편히 앉아 눈을 감고 있었다. "기수 클럽에 편지를 써서 물어볼 수 있잖아." 그녀는 아이를 달래는 분위기로 제안했다.

"잉글랜드의 경마에 대한 정보가 있을 것 같지 않아."

캐서린은 있을지도 모른다고 했지만, 남편은 아무 대답도 하지 않았다.

그러나 플레밍 씨는 최후의 희망을 품고 기수 클럽에 편지를 썼다. 일주일 후 그는 설레는 마음을 주체하지 못하며 답장을 뜯었다.

"제임스 밀러 경 소유의 밤색 말 센포인의 색은 프림로즈와 흰색입니다…”

그는 환희에 찼다. 이제 말아두었던 프린트를 펼쳐 채색한 그림을 시각화하려 애쓰다가 프림로즈가 정확히 어떤 색깔인지 잘 모른다는 사실을 깨달았다. 그래서 신속히 사전을 찾아보았다.

“연한 초록빛이 도는 노랑. 그런 색깔의 꽃.”

더 밝은색을 기대했는데. 그는 다시 프린트를 보더니 그 실크스* 설명이 어쨌든 정확할 거라는 생각을 위로로 삼았다.

이 주 후에 그는 표구상에서 프린트를 찾아 집으로 가져와 근사한 그림의 포장을 풀어 캐서린 앞에 놓았다.

“그게 프림로즈색이야?” 그녀가 물었다.

아내에게서 기쁨에 찬 탄성을 기대한 건 아니었지만, 이 싸늘한 반응은 짜증을 유발했다. 플레밍 씨는 당연히 프림로즈라고 말했다. 그럼 대체 뭐라고 생각한 거야?

“프림로즈는 분홍색이야.” 그녀는 간결하게 말했다.

시어도어 플레밍은 아내와 씨름할 기분이 아니었다.

“사전에 ‘초록빛이 도는 노랑’이라고 쓰여 있고 이게 초록빛 도는 노랑이잖아, 안 그래?” 그는 고집을 굽히지 않았다. 누가 봐도 더는 말하고 싶지도 않다는 태도였다.

---

* 경주마 오너가 알아볼 수 있도록 기수가 입는 고유한 무늬와 색상의 실크 재킷과 모자.

"엄마가 항상 정원에서 프림로즈를 키웠어." 캐서린이 평온하게 말했다. "분홍색이었어. 저런 색 프림로즈는 본 적도 없어."

"사전을 찾아봐." 플레밍 씨가 말했다. 시시각각 짜증이 솟구치고 있었다.

"사전은 찾아볼 필요도 없어. 프림로즈가 무슨 색인지 아니까. 또 어쨌든 초록빛 도는 노랑은 경주마 색깔로 쓰기에는 너무 연하잖아."

플레밍 씨는 처음으로 잠시 가만히 아내의 논리를 되새겼다. 다시 그림을 본 그는 희미한 전율과 함께 프림로즈가 눈에 잘 띄지 않는다는 사실을 깨달았다. 스프레이 보존제 때문에 색이 좀 죽어 있었다. 그는 의혹의 심연으로 그만 풍덩 빠져들고 말았다. 그 또한 어딘가에서 분홍색 프림로즈를 본 기억이 나는 듯했다.

일주일이 꼬박 흐른 뒤에야 그는 더 큰 사전에서 단어를 찾아볼 용기가 생겼다. 똑같은 내용을 확인해주는 정의가 나왔다. 초록빛 도는 노랑. 그러나 캐서린은 여전히 자기 의견을 고집하고 있었고, 플레밍 씨 역시 그게 경마 프린트에서 흔히 볼 수 있는, 선명하게 도드라진 색깔이 아니라는 점만큼은 어쩔 수 없이 인정해야 했다.

그게 거의 이 년 전의 일이다. 그 그림은 여전히 방에 걸려 있지만 플레밍 씨는 그렇게 열렬하게 자랑하고 싶은 마음이 들지 않았다. 아무도 반박한 적 없는데도 친구라도 와서 찬찬히 살펴

볼 때면 왠지 석연치 않은 느낌이 들었다. 그래서 보통은 수줍게 말했다. "프림로즈라네. 어, 뭐더라, 영국의 프림로즈는 노란색이라더군."

Ladies

루이자를 위한 초인종

인색하게 날개를 접어 넣은 네모난 흰 봉투에 '트럿'이라고 잘못 쓴 이름은, 루이자 트로티가 뜯어보지도 않고 버리게 만들기에 충분했다. 그녀가 신용 결제를 튼 백화점의 광고물이었다. 그러나 우편물을 받는 일 자체가 흔치 않았으므로, 루이자는 조명이 어둑하게 밝혀진 홀퍼트 부인의 집 복도에 놓인 긴 탁자 옆에 서서 소책자를 슬며시 꺼내 촛불처럼 생긴 벽 등의 노란빛 도는 전구를 향해 기울여 보았고, 약간 근시가 있는 눈으로 생각에 잠겨서, 하지만 퍽 초연한 태도로 털 코트들을 살펴보았다. 구릿빛으로 물든 갈색 머리카락 한 가닥이 목 뒤 올려붙인 머리에서 서서히 빠져나와 수평으로 뻗었다가 살짝 처졌다.

"안녕하세요, 미스 트럿."

루이자 트로티는 길고 얇은 콧대에 걸친 안경을 약간 고쳐 쓰고 복도 뒤편의 음산한 어둠을 노려보았다. "좋은 아침이야,

제니!” 그녀는 작고 희끗희끗하게 번진 형체가 가까이 다가오자 인사했다.

“편지 받으셨어요?” 제니가 물었다. 수줍어하며 원피스 자락을 꼬는 바람에 배꼽이 드러날 정도로 치켜올라갔다.

루이자는 널찍한 갈색 계단 쪽을 흘끔 쳐다보았다. 카펫 깔린 층계로 남자 하숙인이라도 내려오면 큰일이었다. 제니에게 가서 원피스를 잡아 내려주었다. 충동적으로 아이를 포옹하자 그녀의 보드라운 배가 아이의 앙상한 무릎에 갑자기 부딪쳐 엉덩이를 토닥여주고 놓아주었다. “그래. 편지 받았어, 제니. 같이 보고 싶니?”

“보고 싶어요.” 홀퍼트 부인의 꼬마 손녀는 대답하고 다시 원피스 자락을 꼬기 시작했다.

“잠… 깐만.” 루이자는 첫 장을 넘길 때와 똑같이 마지막 장들을 신중하게 넘겼다. 마음에 드는 코트가 하나 있었다. 검은 페르시아 양털 코트로 커프스가 아주 넉넉하게 여유를 두고 접혀 있었다. 하지만 사백사십구 달러라니!

소책자를 갑작스레 닫으면서 털 코트에 대한 마음도 갑작스레 닫아버린 루이자는 허리를 굽히고 책자를 작은 여자아이에게 내밀었다. “여기 있다! 따뜻하고 예쁜 털 코트를 골라서 이따 내가 집에 오면 보여줘. 알았지?”

“알았어요.”

후미진 복도 끝에서 아득하고 가냘프게 아이가 기침하는 소리가 났다.

"동생은 어때?" 루이자가 검은 정장 재킷을 잡아당겨 매무새를 펴며 말했다.

"나빠졌어요." 제니가 대답했다. "할머니가 그랬어요."

"할머니가 그러셨어?" 루이자는 제니만큼 엘리너를 좋아하지는 않았다. 하지만 세 살도 안 된 아기한테 하기엔 좀 웃기는 말일지도 모르겠다. "그래. 너도 옮지 않게 조심해, 아가야!" 그녀는 다시 제니를 잡고 판판하고 야윈 손으로 아이 머리를 도닥여주고 문 쪽으로 돌아섰다.

"각설탕 있어요?"

루이자는 발길을 멈추고 재킷 호주머니를 더듬었다. "분명히 있는데. 여기!" 그녀는 제니의 통통한 손바닥에 포장된 각설탕을 놓아주고, 믿을 수 없으리만큼 작은 손톱이 달린 손가락들이 움켜쥐는 걸 보았다. 웨스트엔드 애비뉴 근방에 자리를 잡고 꽃을 파는 남자의 말 알에게 퇴근 무렵 주려고 점심 먹다가 아껴둔 각설탕이었다. 하지만 오늘 밤이 되면 각설탕이 더 생길 테니까.

"안녕, 제니!"

루이자는 윤나게 닦은 삐걱거리는 마룻바닥을 가로질러, 채색 유리가 끼워진 높은 이중문을 열고, 네모난 타일이 깔린 현관을 거쳐, 양지바른 브라운스톤 계단으로 나갔다. 그러고는 씩씩하게 리버사이드 드라이브로 가서 한 블록 북쪽에 있는 버스

정류장으로 향했다.

"트럿 좋아하네!" 그녀는 중얼거리며 빈 봉투를 쓰레기통에 던져 넣었다. 이 나라에 와서 미국식 발음 때문에 마지막 e자와 십사 년간 싸워온 것만도 나쁜데. 철자라도 제대로 써줬으면.

이름의 철자가 틀려서 심각하게 기분 나빠진 건 아니었다. 허영심이 강하지도 않고 마음이 좁은 사람도 아니었으니까. 다만 비효율성을 싫어하는 데다 그날 아침 특별히 생각할 거리도 없었을 뿐이다. 직장 생활은 순조롭게 돌아가고 있었고, 도로를 따라 이어지는 좁은 공원에 비치는 이른 가을의 단풍을 감상할 만한 감각도 없었다.

무슨 영문에선지, 편지의 주소를 적은 그 모르는 사람의 무능탓에, 이층버스의 위 칸을 타고 의무적으로 나른하게 달리는 사이, 그녀 삶에서 이런저런 짜증 나는 일들이 새삼스럽게 떠올랐다. 유럽 어딘가를 방황하고 있을 술 좋아하는 남동생, 박봉으로 뉴욕에서 산다는 것이 갈수록 어려워지고 있다는 실감, 그날 아침 닌지 씨가 욕탕에서 나올 때까지 거의 십 분을 기다린 사실, 그리고 욕실 천장의 시커먼 환풍구에서 비스듬하게 튀어나온 손잡이까지. 그 어색하게 두꺼운 나무 막대기는 폭력적으로 느껴져서 볼 때마다 살인이라는 단어가 떠올랐다. 누가 반대편 끝을 잡고 휘두르는 느낌이었다. 그러나 짜증스럽기는 해도 심각하게 걱정스러운 건 없었다. 그저 그녀의 머릿속에서 이리저리 노닐다가 그녀 얼굴에 약간 넋 빠진 표정이 떠오르게 할 따름이었고, 그나마 〈타임스〉 첫 면을 훑어보다 보면 사라질 일이었다. 만사에 안달복달하는 일이 루이자에게는 무의식적으로 존재 이유를 주었다.

버스가 57번가에서 꺾어 5번가로 들어서자, 그녀는 차에서 내려 남쪽으로 걷기 시작했다. 48번가까지 버스를 타고 갈 수도 있었지만, 비가 오지 않는 날이면 아침마다 운동 삼아 아홉 블록을 걸어갔다.

다소 크고 다소 앙상한 체형, 독신에 일머리가 빠르고 그럭저럭 만족하고 사는 마흔다섯 여성의 체형이 55번가쯤 오자 최고 속력에 다다랐다. 덧대진 이십 센티 길이의 주름이 밑에서 넓어지는, 검은 정장 치맛단이 씩씩하게 치고 나가는 그녀의 야윈 다리에 감기며 보란 듯 힘차게 펄럭거렸고, 구릿빛 갈색 머리카락이 큼지막한 거북 등딱지 머리핀에서 삐져나와 공격적으로 내딛는 발걸음마다 등 뒤에서 찰랑거렸다. 머리에는 측면이 반듯한 작고 검은 둥근 챙 모자가 의무적으로 지키는 관습처럼 눈에 띄지 않고 무의미하게 얹혀 있었다. 힘이 들어간 어깨는 검은 재킷 밑에서 앞으로 약간 돌출되어 있었다. 재킷은 앞쪽에 연달아 바짝 붙어 있는 네 개의 단추 덕분에 조금 숨 돌릴 여유가 있었다. 십오 년 동안 비서로 일했어도 골반은 펑퍼짐해지지 않았지만 엉덩이는 납작해져서 재킷 뒷자락이 그 위로 가로질러 퍼덕거렸다.

아침의 5번가를 황급히 걸어가는 미스 루이자 트로티를 보면 사람들은 아마 곧바로 비서로 분류했을 것이고, 한편으로는 유럽을 떠올릴 것이다. 옥스퍼드 단화, 낡은 수제 정장, 구릿빛 반짝이는 올림머리에서는 단순한 실용성을 초월한 어떤 개인성이 풍겼다. 그녀에게는 개성적인 분위기가 있었고, 빛바랜 스티커가 아무렇게나 덕지덕지 붙어 있는 품질 좋고 오래 쓴 여행가방에서 간혹 볼 수 있는 낭만과 모험의 인장이 느껴졌다. 그녀에게는 여행자의 이동성이 가볍게 내려앉아 있었기에, 사람들은 그녀가 가구 딸린 좋은 방에 살고 있으리라 생각했다. 그 방의 벽에는 슈바르츠발트, 네덜란드 운하, 덴마크의 항구, 혹은 노르웨이 피오르의 사진들이 붙어 있을 거라고. 그녀의 목욕탕은 조용하고 흠잡을 데 없이 깨끗하고 점잖은 낡은 주택 복도에 있을 테고, 비둘기 배달부를 집으로 이끄는 것과 같은 확실한 본능과 훈련에 이끌려 그 집을 골랐을 거라고. 사람들은 그녀가 봄이면 작은 창틀에 화분을 걸어 화초를 가꾸고 날씨 좋은 토요일 오후에는 이 층 후면 창밖의 지저분한 삼각형 옥상에 캠핑 의자를 놓고 앉아 있을 거라 상상했다. 옥상에서는 집주인이 가꾸는 우표처럼 정갈한 정원을 조망할 수 있을 테고, 그녀는 하얀 목욕 수건으로 머리를 말릴 거라고. 일주일에 이틀밖에 없는 휴일은 자기만을 위해 쓸 테니, 오랜 습관처럼, 얼마 안 되는 친구들과 함께 있는 것보다 혼자 지내는 편을 선호할 것이다. 아침 출근길에 그녀를 보면, 몇 분 전 전열 조리기 앞에 서서 달콤한 번을 블랙커피에 찍어 먹으며 허공을 바라보는 모습을 상상할 수 있었다. 루이자 트로티를 보고 이런 모든 상상을 했다면 대체로 거의 정확하다. 다만 벽에 붙은 사진들은 숙모가 코펜하겐항과 주변 풍경을 그린 작은 유화나 여름휴가 때 구한 글로스터 지역 수채화라는 점이 다를 뿐이다. 슈바르츠발트와 슈프레발트의 빛바랜 사진들과 남동생이 네덜란드에서 아무렇게나 찍어준, 이상하지만 남동생이 찍어줬다는 이유 하나로 애지중지하는 스냅 사진들은 가죽 양장 앨범에 보관하고 있었는데, 이 앨범은 지난 십 년에서 십이 년 동안 절반밖에 차지 않고 남아 있었다.

그리고 루이자에 대해 이런 상상을 할 만큼 통찰력이 있는 사람이라면, 좌절한 독신녀나 괴짜 중년 여자를 초월하는 어떤 자질이 있다는 사실도 볼 수 있었으리라. 독립성과 만족감이 철갑처럼 그녀를 둘러 혹시 모를 조롱을 막아주었다. 녹청처럼 내려앉은 구대륙의 분위기가 미국인의 미소를 그치게 하고 존경을 끌어냈다. 그녀는 자기만의 생각과 재산이 있고 남들이 가진 것을 부러워하지 않는 듯했다.

누가 알겠어, 죽었을지도 모르지! 루이자는 48번가로 돌아들면서 남동생 생각을 했다. 그 녀석 생각은 당장 뇌리에서 쫓아내버릴 거야. 이 마지막 말은, 혼자 있을 때 겁나는 일이 생겼는데 해결책을 궁리하고 싶어도 떠오르는 게 별로 없을 때 그녀가 종종 내뱉는 문장이었다.

그러자 유럽과 남동생의 오래된 이미지가 그녀의 눈앞에 떠올랐다. 상상 속 술 취한 거트가 어디 술집 벤치에 앉아 있는데, 히틀러 시대와 세계대전의 대혼돈이 거대한 파도처럼 거트의 머리 위로 부서져 덮쳐와 잠시 머리가 휘청이며 흔들렸다. 물결이 쓸려나가자 그는 흠뻑 젖은 채 같은 자리에 그대로 앉아 있었다. 아니, 무엇이 거트를 죽일 수 있단 말인가? 누가 수고스럽게 거트를 죽인단 말인가?

거트의 소식을 못 들은 지 이 년이 다 되었다. 그때 거트는 세상의 정신 멀쩡한 장소들을 다 놔두고 하필 헤이그에 있었다. 마지막으로 그가 쓴 편지도 술에 취해 쓴 것이었다. 일부는 네덜란드어로, 대체로는 덴마크어로 쓴 그 편지의 내용은 동생의 자기 이야기도 아니었고, 무슨 일이 있었다거나 앞으로 어떻게 하겠다는 이야기도 아니었으며, 어딘가 돌계단을 비추던 햇살 이야기였다. 유럽에서 일어나는 일에 대해 어느 정도 관심을 가지고 책임감을 느끼는 점잖은 사람이라도 진저리를 내게 만들기에 충분한 편지였다. 루이자는 자기 삶에서 동생을 쫓아내버린 자신에게 퍽 정당한 이유가 있다고 믿었다. 단지 가끔, 이를테면 오늘 아침처럼 불편한 것들의 목록을 짚어볼 때면, 루이자는 동생을 위해 해줄 수 있는 일이 더 있을 거라는 느낌을 받았다. 동생이 그녀의 활기 넘치는 성정이 떠맡을 또 다른 걱정거리라는 단순한 이유였다.

"안녕하세요, 미스 트럿." 엘리베이터맨이 말했다.

"안녕하세요, 조지." 루이자가 대답했다. 그녀의 온화한 암갈색 눈이 안경 너머에서 사려 깊게 깜박였다. 작고 갸름하고 살짝 살집이 있는 그녀의 얼굴은, 작은 진주가 알알이 박힌 핀으로 목을 고정한 블라우스의 보들보들한 면 옷깃처럼 부드러웠다. 그 얼굴에서 멍하게 정신 팔린 표정이 서서히 걷히더니 십일 층 엘리베이터를 나설 무렵에는 유쾌하고 정신을 바짝 차린 표정으로 바뀌어 있었다.

루이자가 오전 업무에 푹 빠져 몰두하고 있는데 브램퍼드 씨가 파이어니어 공학 설계 회사 건물 내 그들의 사무실로 들어왔다. 소금과 후추를 뿌린 듯한 양복을 입은 둔하고 커다란 덩치가 루이자의 마음에 불안의 마지막 유령을 들였다. 그녀로서는 간행물 편집장 클래런스 브램퍼드 씨보다 더 훌륭하고 친절하지만 기분 좋게 몰개성적인 상사는 상상도 할 수 없었다. 지난 십 년간 훨씬 높은 봉급을 주는 다른 곳으로 옮길 기회가 여러 번 있었지만, 루이자는 사람의 인격과 사업체의 성격에 일가견이 있었고 이만하면 훌륭하다는 걸 알고 있었다.

"날씨가 참 좋아요. 그렇죠, 트로티 양?" 브램퍼드 씨는 루이자의 모자와 핸드백이 걸려 있는 옷걸이 꼭대기에 모자를 꽂으며 말했다.

"정말 좋네요, 브램퍼드 씨."

"길이 아주 예쁘겠네요."

"네, 맞아요." 그녀는 그에게 무슨 일이 있는지 약간 우울해 보인다고 생각했다. 그렇게 말을 많이 하는 건 그답지 않았다.

*

루이자는 차를 끓이는데도 제니가 위층으로 올라오지 않아서 놀랐다. 그녀는 언제나 차를 한 잔 마시고 잠시 느긋하게 쉬다가 저녁을 먹으러 나갔다. 그리고 그 시간이면 쪼르르 들어와 루이자가 일부러 주려고 내놓은 쿠키를 먹는 게 제니의 습관이었다. 루이자는 양말 신은 발을 호사스럽게 쭉 뻗으며 하나 있는 편한 의자에 한참 앉아서 문 아래쪽을 울리는 제니의 작은 노크를 들으려고 귀를 기울였지만, 아무 소리도 나지 않았다. 루이자는 솔직히 인정하기 싫을 만큼 실망했다. 백화점 소책자를 기억하고 있었고, 제니와 함께 각자 마음에 드는 털 코트를 골라볼 수 있겠다고 생각했었다. 이윽고 그녀는 그냥 기분을 추스르려고 억지로 미소를 지었다. 아이에게는 그녀 방에 놀러 오는 것보다 훨씬 재미있는 일이 있었을 것이다. 그리고 페르시아 양털 코트가 아무리 마음에 들었어도, 그녀의 다른 변덕들이 밟은 길을 따랐을 것이다. 언젠가 타고 싶은 북부행 스키 열차나(물론 스키와 장비 세트를 갖추고 말이다) 플라자 호텔에서 보내고 싶은 일주일 계획이 그랬듯이. 해마다 나이를 먹는 여자의 우스운 변덕들. 게다가 해마다 가난해지고 있었다! 그러니까 봉급에서 정기적으로 저축할 수 있는 액수가 매년 적어지고 있었다.

여섯 시 반 무렵, 하루 중 가장 중요한 식사가 주는 기쁨을 한층 더 만끽하기 위해 깨끗이 씻고 옷도 싹 갈아입은 루이자는 홀퍼트 부인 집 층계를 내려갔다. 그때 앞문이 닫히는 소리가 들리더니 복도를 따라 자기 집으로 돌아가는 홀퍼트 부인이 보였다.

"안녕하시우, 트럿 양." 홀퍼트 부인이 말했다.

"안녕하세요, 홀퍼트 부인. 오늘 저녁에는 엘리너가 좀 나아졌나요?"

홀퍼트 부인의 넓은 형체가 가만히 멈췄다. "방금 나간 사람이 의사 선생이었다우. 제니가 같은 기침병에 걸렸는데, 의사 선생은 꼭 성홍열처럼 보인대요."

"성홍열! 굉장히 심각한 병이잖아요, 그렇죠?"

"그래요." 집 안에서 입는 소박한 원피스와 굽 없는 슬리퍼 차림으로 힘없이 축 늘어진 홀퍼트 부인은 슬픔에 젖어 체념한 모습이었다. "내일 다시 오셔서 봐주신다는데, 성홍열이라고 하면 큰일이에요. 헬렌도 지금 없는데, 나 혼자 손이 없어서."

루이자는 홀퍼트 부인이 아이들의 어머니가 아니라 할머니라는 사실을 하마터면 잊을 뻔했다. 헬렌은 연극 일 때문에 대개 시외에 나가 있었다. 루이자가 보기에 헬렌은 남자들한테 지나치게 관심이 많았다. "정말 유감이에요." 루이자는 말할 때 격식을 좀 차렸다. 홀퍼트 부인과는 그리 친밀한 관계가 아니었으니 말이다. "제니한테 트로티 양이 진심으로 걱정한다고, 어서 나아서 같이 털 코트를 구경하자고 좀 전해주세요. 무슨 말인지 아마 들으면 알 거예요."

다음 날 아침 욕실로 가던 길에 루이자는 옆방에 사는 엘드스탈 양과 마주쳤다.

“들었어요, 트로티 양?” 엘드스탈 양이 속삭였다. “홀퍼트 부인 손녀들이 성홍열에 걸렸대요!”

“정말로요? 병원에 입원한대요?” 루이자는 엘드스탈 양처럼 감정에 휩쓸리지 말아야겠다고 다짐하며 대수롭지 않다는 듯 물었다.

“아니, 그게 아니라 격리당했나 봐요. 두센버 부인이 그러는데, 둘 다 열이 너무 많이 나서 꼭 작은 잉걸불 같다네요. 홀퍼트 부인은 또 어젯밤에 자기도 걸린 것 같다고 하더라고요. 누가 뭐래도 나는 저 복도 뒤편은 근처에도 안 갈 거예요. 그러니 다른 사람들한테도 소식 좀 전해주세요.” 엘드스탈 양은 갑자기 눈을 크게 치뜨더니 복도를 미끄러지듯 달려가 자기 방으로 들어가버렸다. 방금 씻은 얼굴과 긴 목욕가운이 비극 연기를 하는 분위기를 풍겼다.

엘드스탈 양 방의 문이 닫히고 나서, 루이자는 두꺼운 갈색 난간 위로 가서 몸을 기울였다. 엘드스탈 양의 보고를 전적으로 믿어도 되는지 알 수가 없었다. 루이자가 보기에는 엘드스탈 양과 홀퍼트 부인 둘 다 호들갑이 심한 사람들이었다. 그래도 아래층에 숨죽인 듯한 느낌이 감도는 건 사실이었다. 우편물을 확인하고 있을 때 제니가 한가롭게 걸어 나와 반겨주지 않을 거라는 생각, 전날 저녁에도 놀러 오지 않았다는 사실, 불안감이 루이자의 몸을 짜르르 따갑게 훑었다.

아래층에서 여느 때와 마찬가지로 긴 탁자에 분류되지 않은 채 아무렇게나 쌓여 있는 우편물을 멍하니 헤쳐 보면서, 루이자는 돌아가서 홀퍼트 부인에게 제니는 좀 어떠냐고 물어볼까 말까 고민했다. 손목시계를 보니 보통 때보다 시간이 없어서 복도 뒤편의 어둠 쪽으로 성큼성큼 걸어갔다. 하필 그 순간 엘드스탈 양이 계단을 내려오고 있어서 좀 더 기뻤다.

"들어와요." 홀퍼트 부인이 루이자의 노크에 힘없이 답했다.

루이자가 어두운 현관으로 들어서자, 반쯤 열린 문 너머로 기둥이 네 개 있는 침대에 베개로 몸을 받치고 앉아 있는 홀퍼트 부인의 모습이 보였다. 침대 옆 탁자에 놓인 조명등 불빛밖에 없어서 분위기가 어둡고 음침했다. 홀퍼트 부인의 아파트는 언제나 황혼이었다. 창문들이 건물 측면의 좁은 골목이나 후면의 벽이 둘러쳐진 정원을 바라보고 있었기 때문이다.

홀퍼트 부인이 침대보 위로 손을 흔들었다. "더는 가까이 오지 마요. 나는 의사 선생인 줄 알았지 뭐유."

루이자는 처음에 할 말을 찾지 못했다. 홀퍼트 부인은 루이자가 상상한 아이들처럼 열이 붉게 오른 모습은 아니었다. 그리고 그 어질러진 침대보 아래 누워 있는 여자의 큰 덩치에는 어쩐지 루이자를 불쾌하게 하는 데가 있었다. "아이들은 좀 나았나요, 홀퍼트 부인?"

"먼저 병세가 나빠져야 그다음에 낫는 거예요."

"아니, 어른들은 그 병에 잘 걸리지 않잖아요. 안 그런가요?"

루이자가 물었다. 홀퍼트 부인이 손짓한 대로 문에 등을 대로 서 있자니 좀 바보스러운 느낌이 들었다.

"나는 걸렸어요." 홀퍼트 부인은 진저리를 쳤다. "내 심장에 어떤 영향을 미칠지 아무도 몰라요. 심장이 약하면 끝장이라고 하던데."

"설마요!" 그리고 루이자는 하마터면 덧붙여 말할 뻔했다. '혹시 제가 뭐 도와드릴 일이 있다면…' 그러나 홀퍼트 부인은 여전히 혼자 알아서 잘할 수 있다는 확실한 느낌이 들었다. 홀퍼트 부인의 방을 마주 보는 닫힌 문을 쳐다보았다. 문 뒤에서 제니의 숨죽은 기침 소리가 들렸다. 제니를 보고 싶었지만, 어쩐지 홀퍼트 부인에게 이런 부탁마저 할 마음이 들지 않았다.

"그 물컵 좀 내 쪽으로 밀어주겠어요?" 홀퍼트 부인이 힘없이 팔을 뻗으며 부탁했다.

루이자는 탁자에 있던 물컵을 건네주었다. 그러고는 해야 할 일이 있다는 듯 손목시계를 보았다.

그러나 홀퍼트 부인은 이런 몸짓을 보지 못한 듯했다. 부인은 양손으로 물컵을 감싸쥐고 천천히 홀짝홀짝 물을 마셨다. 두 눈은 감고 있었다. "아이들이 어떤지 좀 봐주면 좋겠네요, 트럿 양. 마음이 내키면요. 그냥 들여다봐주기만 하면 돼요."

루이자는 침대에 누워 있는 느리고 둔하고 뚱뚱한 몸집과 자신의 채찍처럼 날씬한 몸매의 대조를 의식하며 재빨리 문 쪽으로 갔다. 방은 어두웠다. 제니는 일어나 앉아 있다 문이 열리자들어온 빛에 실눈을 떴다.

"제니, 아가야? 나 트럿이야."

친구가 찾아오자 자기가 놓치고 있던 즐거움들이 새삼 떠오르는 듯, 제니는 얼굴을 구기더니 흐느껴 울기 시작했다.

"제니, 울면 안 되지!" 루이자는 홀퍼트 부인에게 말소리가 들린다는 게 굉장히 부적절하고 어색하게 느껴졌다. 그녀는 더 어린 엘리너 쪽을 흘긋 살폈다. 엘리너는 방 건너편에 있는 커다란 목제 놀이 울타리 안에서 누워 곱슬곱슬한 금발 머리 옆으로 두 팔을 추켜올린 채 자고 있었다. 루이자는 아이의 안색이 어두운 장밋빛이라고 생각했다. 성홍열이야! 이 방에서 동생과 갇혀 있었다면 제니도 틀림없이 걸렸을 것이다. 홀퍼트 부인은 아이들을 따로 격리할 분별도 없었던 건가? 루이자의 마음 한구석에서 어쩐지 투지 섞인 연민이 솟구쳤고 고생하는 아이들 때문에 마음이 상했다. 아마 비효율성을 워낙 싫어하고 홀퍼트 부인의 부주의가 경멸스러워서 그랬을 것이다. 그녀는 가서 제니의 이마를 손으로 짚어보고 싶었지만, 그래 봤자 무슨 소용이 있을지 의심스러웠다. 어쩐지 좀 꺼림칙하기도 했다. 공기 중에 이리저리 바글바글 떠다니고 있는 세균이 눈에 보이는 듯했다. 방 안에서 나는 이상한 냄새도 왠지 경계심을 자극했다. 그냥 약 냄새가 아니라 질병의 냄새였다.

"저런, 금세 기분이 나아질 거야, 제니. 그러면 같이 털 코트를 구경하자. 기억나니? 그러면 좋겠지?" 얼마나 위선자가 된 기분이었는지.

"싫어요. 난 아파요!" 제니는 말했다. 배신감의 외침이었다.

루이자는 홀퍼트 부인의 방으로 돌아와 문을 닫았다. 마음 같아서는 그 여자를 침대 밖으로 끌어내고 싶었다. "간병인이 있겠지요?"

홀퍼트 부인은 고개를 저었다. "아직 없어요. 내가 어떻게든 해봐야죠. 할 거예요."

돈을 아끼려는 심산이겠지만, 아이들은 어떡한담? 루이자는 홀퍼트 부인에게 인사하고 천천히 복도로 나오며 생각했다. 중문에서 발길을 멈추고 서서 색색의 마름모꼴 유리를 물끄러미 바라보았다. 그러다 그녀는 갑자기 돌아서서 계단 밑의 유료 전화기로 걸어갔다. 다이얼이 노란 전구빛을 받아 간신히 보였다.

"안녕하세요. 프리먼 양? 루이자 트로티예요. 브램퍼드 씨께 제가 오늘 아침 한 시간쯤 늦는다고 말씀 좀 전해주시겠어요?"

수화기를 내려놓으면서 루이자는 탈선한 열차가 된 기분이 들었다. 아홉 시까지 출근하지 않는 건 오륙 년 만에 처음이었다. 그녀는 의사를 기다렸다가 제니의 병세가 얼마나 심한지 물어보기로 마음먹었다.

*

"두 시간마다 아이들에게 이 약을 하나씩 주시고요, 호플러트 부인한테도 두 시간에 한 번씩 주세요. 순한 소염제에요."

루이자는 고개를 끄덕이고 의사가 현관 탁자에 내려놓는 하얀 알약 병을 보았다. 그녀는 의사가 마음에 들지 않았다. 첫째, 너무 젊고 만사를 너무 빨리 처리했다. 둘째, 루이자가 두 번이나 고쳐줬는데도 홀퍼트 부인의 이름을 제대로 부르지 않았다. 게다가 하숙인이라는 사실 말고는 자신에 대해 아무것도 모르면서 덜컥 저 알약들을 이렇게 맡기다니.

"확실히 숙지하셨지요?" 말로 선생이 트위드 재킷을 걸치며 말했다.

"네." 루이자는 망설였다. 홀퍼트 부인의 방문을 돌아보았다. "그렇지만 보시다시피 제가, 보통은 일을 하러 가요."

"아, 하지만 오늘은 쉬시는 거지요?"

"네, 그래야 할 것 같네요."

"좋아요. 오늘 밤까지 간병인을 구해보도록 하지요. 여섯 시 반쯤 올게요."

복도를 울리는 그의 확고한 발소리가 들리더니 문이 쾅 닫히고 침묵이 내려앉았다. 루이자는 침대에 앓아누운 세 명의 환자와 함께 폐쇄된 공간에 있었고, 집 안에는 그 알약들을 던져 맡길 사람이 아무도 없었다. 유일하게 출근하지 않는 사람은 닌지 씨였는데, 그는 너무 늙어 자기 한 몸 움직이기도 버거웠다. 또 물론 두센버 부인이 있었지만, 너무 멍청해서 쓸모가 없었다. 두센버 부인이라면 세 사람 모두를 죽일 것이다.

"루이자?" 홀퍼트 부인의 목소리가 애처롭게 흘러나왔다.

에라, 하고 루이자는 생각했다. 브램퍼드 씨는 하루쯤 그녀가 없어도 잘 살 것이다. 같이 일한 세월이 얼마인데! 그녀는 돌아서서, 그날 아침 5번가를 걸었다면 보여주었을 그 씩씩한 발걸음으로 홀퍼트 부인의 방에 들어갔다.

아침은 어느새 슬며시 오후로 미끄러져 떨어졌다. 루이자는 그때 시계를 확인할 때까지 자기만의 시간을 보낼 여유조차 없었다. 한 시 십오 분이었다. 루이자가 생각하기에 홀퍼트 부인은 상당히 든든한 식사를 한 후 잠들어 있었다. 브램퍼드 씨는 점심을 마치고 돌아와서 앙상한 옷걸이에 모자를 걸고 있을 것이다. 루이자는 방금 먼지를 털고 걸레질을 한 홀퍼트 부인의 침실과 지난 네 시간 동안 익숙해진 물건들을 돌아보았고, 그러자 다섯 블록 거리에 있는 브램퍼드 씨의 사무실 내부를 생각하는 게 낯설어졌다. 목요일 오후 한 시 십오 분인데 그녀가 그 사무실에 없다는 게 이상했다. 브램퍼드 씨는 틀림없이 그녀가 오전 시간을 통째로 쉬었으니 점심을 먹고 출근하리라고 생각했을 것이다. 그런데 점심시간이 지난 지금도 가지 않았으니…

루이자는 홀퍼트 부인의 팔걸이의자에 풀썩 주저앉았다. 오전에 익숙지 않은 신체 활동을 많이 했더니 급작스럽게 피로가 몰려왔다. 그래서 잠시 어린 시절 이후로 하지 않았던 공상에 빠져들었다. 먼 곳에 있는 사람의 움직임을 시시각각 상상하면서… 브램퍼드 씨는 이제 창가에 서서 모자 때문에 헝클어진 반백의 머리를 천천히 매만지고 있을 것이다. 대체 그녀가 오고 있기는 한 건지, 아니면 무슨 문제가 있는지 궁금해하고 있겠지. 그리고 자리에 앉아 뭘 읽거나, 그녀에게 전화를 걸어봐야겠다고 생각하겠지. 전화기에 손을 뻗을 테고 프리먼 양에게 다이얼을 돌리라고—

전화가 루이자보다 몇 초 빨랐다. 그래서 그녀는 소스라치다시피 의자에서 벌떡 일어났다. 다급하게 복도로 나가는데, 설마 그일 리 없다고 마음을 달래도 심장이 이상하게 빨리 뛰었다.

그런데 정말로 브램퍼드 씨였다. 조용하고 머뭇거리는 그 목소리를 들으니 마음이 놓였다. "아픈 건 아니지요? 혹시 아파요?" 루이자가 설명하자 브램퍼드 씨가 걱정스럽게 물었다.

"아니에요, 전 괜찮아요! 그냥 오늘 밤 간병인이 올 때까지 여기 돌봐줄 사람이 아무도 없어서요··· 아, 네. 브램퍼드 씨, 내일은 출근하겠습니다. 너무 불편을 끼치지 않았다면 좋겠는데요··· 네. 감사합니다, 브램퍼드 씨. 친절하게 말씀해주셔서요. 그리고, 아, 네. 그 필립스 모터 편지들은 제 책상 위쪽 왼편 서랍에 있습니다···"

루이자는 뻣뻣하게 웃으며, 정신이 딴 데 팔린 듯 멍한 눈으로 다시 홀퍼트 부인의 방으로 들어갔다. 아이들의 방을 지나 복도를 지나 부엌으로 가서, 이 층에 있는 그녀 창밖에서 내려다보던 작은 정원을 내다보았다. 정원 한가운데 커다란 나무에 밀림처럼 빽빽하게 돋은 뾰족한 잎이며 한쪽 벽돌 벽을 따라

부분적으로 올라가고 있던 터부룩한 잎새들에 햇살이 수직으로 떨어지고 있었다. 갈색으로 변하고 있는 잎사귀 몇 장이 눈에 들어왔고, 그러자 이제 여름의 애매한 끄트머리가 지나고 정말 가을이 되었다는 실감이 들었다. 어쨌든 보통 때처럼 일하지 않고 하루를 보내니 좋았다. 브램퍼드 씨와 통화한 후로는 죄책감이 들지 않았다. 보통 때보다 일이 어렵긴 했지만, 순전히 그냥 새롭다는 이유만으로도, 그날 하루를 감사해할 수 있었다. 우습네, 그녀는 생각했다. 루틴이 무너졌는데 이렇게 즐기다니, 이상해. 원래 그토록 루틴을 중요하게 생각하는 나였는데.

그날 저녁, 젊은 의사는 홀퍼트 부인이 성홍열에 걸렸다는 믿음을 재차 확인해주었다.

"뭐…" 그는 바깥 복도에 있던 루이자에게 한숨을 쉬었다. "당연히 약한 심장 운운하면서 호들갑을 떠실 거예요. 그렇지만 침대에만 잘 붙잡아두시면 위험할 일은 없을 겁니다."

"그야 어렵지 않지요." 긴 하루를 보내고 약간 신경이 날카로워진 루이자가 쌀쌀맞게 말했다. "그런데 간병인을 제가 좀 만나봐도 될까요?"

말로 선생이 고개를 젓는 모습이 루이자의 심기를 거슬렀다. "트로터 양, 사방에 광고를 붙이지 않으면 이런 상황에 와줄 간병인은 하나도 없어요. 제가 병원 다섯 군데나 알아봤거든요."

"하지만, 저도 할 일이 있어요." 루이자가 항의했다.

그는 고개를 끄덕였다. "일손을 덜어줄 다른 사람을 찾아보세요. 제가 할 수 있는 말은 그게 다예요. 꼭 붙어서 돌보지 않아도 될 겁니다. 저는 내일 아침에 다시 들를게요." 그는 만년필 뚜껑을 돌려 끼운 다음 루이자에게 메모를 건넸다. "새 약에 대한 복용 지시입니다. 지금까지 아주 잘하셨어요. 내일 뵙지요."

루이자는 멀어져가는 그의 형체를 보며 코웃음을 쳤다. 그러나 자신의 봉사에 대해 그가 부주의하게 건넨 칭찬이 기분 좋았다. 필요한 사람이 된 느낌이었다. 사무실에서도 그녀가 필요했지만, 그보다 여기서 더 필요했다. 제니에게는 그녀가 필요했다. 제니를 제대로 돌봐줄 사람이 그녀 말고는 집 안에 아무도 없었다. 그녀는 엄격한 만족감이 서린 미소를 띠고서, 저 혼자 만들어낸 수줍음으로 그만 구깃구깃 접은 지시 사항을 읽으려고 등불 가까이 허리를 굽혔다.

*

농익은 딸기가 잔물결처럼 여기저기로 휙휙 흘러가는 분홍빛 넝쿨을 타고 갑작스레 맺히듯, 빨간 반점들이 폭폭 터져나왔다. 그녀의 시야를 온통 뒤덮은 반점이 빨갛게 달아오르며 열기로 이글거리기 시작했다. 그 빨간 반점이 내뿜는 뜨거운 열기가 온몸에서 느껴졌고, 그 정신없는 진홍색 패턴 아래 어딘가에서 제니의 작고 목쉰 소리가 당혹스럽게 울부짖었다. 루이자가 몸부림치다가 눈을 뜨자 빨간 패턴이 가장자리에서부터 사라지고 아이들 방이 시야에 들어오더니 하얀 이불 바로 위로 제니의 어깨, 목, 얼굴로 좁혀져왔다.

루이자는 곧장 방을 가로질러 갔다. "자, 자, 베개를 뒤집어줄게. 그러면 시원해질 거야. 이럼 어떨까?"

제니는 다시 쓰러져 누워, 뒤집은 베개 끝에서 끝으로 고개를 돌렸다. "트럿, 트럿, 저 몸이 너무 안 좋아요."

루이자의 가슴이 답답하게 죄어들면서 그 응집된 통증이 머릿속에서 쿵쿵 되풀이되었다. 그 무엇이든 견딜 수 있다고, 루이자는 제니의 가슴에 연고를 발라주면서 생각했다. 하지만 아이가 아픈 건 차마 못 보겠어. 우리 제니가 아파하는 모습만은 못 보겠어. 자식들이 그렇게 많은 병에 걸려 아파하는 걸 보면서 어머니들은 얼마나 무서울까? 수두, 백일해, 홍역—얼마나 괴로울까! 그녀는 아이 이마 위의 금빛 도는 머리칼을 정리해주었다. 손끝에 닿는 이마가 너무 뜨거워서 들러붙을 것만 같았다. 체온을 다시 재봐야 할까? 한 시간 전에는 38.8도였다. 오늘 아침 말로 선생 말로는, 스물네 시간 뒤 아이들에게 고비가 찾아올 거라고 했다. 루이자는 손목시계를 보았다. 여섯 시 십오 분이었다. 보통 이맘때쯤 자기 방에서 차를 마시고 있으면 제니가 노크하고 들어와 쿠키를 달라고 손을 내밀었고 그러면 루이자가 긴 상자에서 쿠키를 꺼내주곤 했다… 루이자는 손목시계 스트랩을 초조하게 손목 위아래로 올렸다 내렸다 했다. 손목은 지난 이틀 동안 더 가늘어져 있었다.

"물." 제니가 말했다. 그와 동시에 아기 엘리너가 나무 울타리 안 바닥에 토하기 시작했다.

제니의 물컵에 작은 공기방울이 가득해 루이자는 서둘러 욕실 수도꼭지에서 새 물을 받아 왔다. 흐르는 물소리 위로, 몇 분 전에 먹인 우유를 다 게워내는 엘리너의 소리가 들렸다.

"트럿 양?" 홀퍼트 부인의 목소리가 다른 방에서 걸걸하게 들려왔다.

"잠깐만요." 루이자가 행주를 짜고, 물 한 대야와 제니의 컵을 들고 다급하게 아이들 방으로 들어갔다.

"발이 아파요." 홀퍼트 부인이 중얼거렸다.

정맥류가 있는 홀퍼트 부인의 죽은 듯 파리한 발과 발목의 이미지가 그녀와 제니의 분홍빛 빨간빛 얼굴 사이를 가로막았다. 말로 선생이 미리 말해준 대로, 병으로 홀퍼트 부인의 발이 부어올랐다. 그의 음울한 예언은 세 사람에 대해 모두 하나씩 하나씩 이루어지고 있었다. 귀의 고름만 빼고 다 맞혔는데, 루이자는 홀퍼트 부인이 그렇게 되면 더는 못 참아줄 것 같아 두려워하고 있었다.

복도 문을 두드리는 소리가 났다.

"잠깐만요!" 루이자가 엘리너의 얼굴을 닦아주면서 외쳤다.

두센버 부인이 글라디올러스를 한 아름 안고 문간에 서 있었다. 호기심은 있어 보였지만 차분했고, 홀퍼트 부인의 현관으로 발을 들이려는 움직임은 전혀 보이지 않았다. "그러니까, 홀퍼트 부인께 드리려고 가지고 왔는데요." 그녀가 양처럼 생긴 긴 얼굴로 루이자를 쳐다보았다.

루이자는 그녀가 내민 꽃을 받았다. "무슨 일이세요?" 루이자가 불안하게 물었다. 두센버 부인이 그녀를 보는 눈길이 꼭 둘 중 하나가 정신이 나간 듯했기 때문이다. 루이자는 '하지만 들어와서 도와주지는 않으실 거잖아요. 그렇죠?'라고 말하고 싶었지만, 두센버 부인은 머리가 나빠 무슨 도움이 될 것 같지가 않았다. "고마워요, 두센버 부인. 홀퍼트 부인에게 부인이 가져오셨다고 전할게요."

두센버 부인은 고개를 끄덕였다. "다들 괜찮은가요?"

루이자가 돌보는 세 사람이 다시 외쳐대고 있었다. 루이자는 무언가에 시달리는 사람처럼 침침한 어둠 속에서 두센버 부인의 얼굴에 대고 문을 닫아버렸다.

홀퍼트 부인의 방 쪽을 돌아보는데, 머릿속에서 망치로 때리듯 통증이 가격했다. 탁자 한구석을 움켜쥐고 눈앞을 바라보자 온 우주가 펄떡거리는 반점들과 웅웅 울리는 허공으로 가득했다. 찰나의 순간, 루이자는 이제 죽나 보다 생각했다. 설마 '내가' 병에 옮은 걸까? 그녀는 생각했다. 하지만 그건 생각도 할 수 없는 일이다. 그냥 말도 안 되는 일이었다… 그녀는 고개를 들고 평범하게 생긴 얼굴을 결연하게 가다듬었다. 반점들이 눈앞에서 사라질 때까지 앞을 노려보자 홀퍼트 부인의 문간과 조명등 불빛이 보였다. 앓아눕게 되건 아니건 그런 생각은 마음속에서 지워야 했다. 이러나저러나 그녀가 어떻게 할 수 있는 일이 아니었으니까.

고비가 오면 어떻게 될까? 루이자는 궁금했다. 고비는 어떤 모습일까? 당연히 밤을 새워야 한다고 생각했다. 그리고 실제로 밤을 꼬박 새웠다. 책을 읽고 꾸벅꾸벅 졸기도 하면서, 체온이 끔찍한 폭발을 향해 점점 올라가고 있는 듯한 세 사람의 병상을 지켰다. 밤인지 낮인지 더는 의미가 없었다. 오늘이 토요일이라는, 귀하디귀한 그녀의 토요일이라는 사실도 무의미했다. 토요일이면 그녀는 보통 머리를 감은 뒤 책 한 권을 들고 공원으로 외출했고 돌아와서는 집 안을 싹 훑으며 바쁜 일주일 동안 하지 못했던 이런저런 잡일을 마무리했다. 이제 토요일 오후가 되었지만, 위층 그녀의 방까지 몇 킬로 거리는 되는 느낌이었다. 오후에 한번 문득 위층의 방과 그녀 자신의 관계가 생각났는데, 그러자 길 잃은 막막한 느낌이 들었다. 자신의 소유물, 관습적 의무, 고독의 순간 들과 멀어진 사람은 어디에 있게 되는 걸까? 어떤 존재가 되는 걸까? 그녀는 홀퍼트 부인의 팔걸이의자에 앉아서 반쯤 졸고 반쯤은 이상하게 정신을 바짝 차린 상태로 고민했다. 우주에서 떠다니는 티끌이 된 듯 기묘하지만 그리 불쾌하지 않은 감각이었다. 낯선 자유와 이동성에 힘입어 그녀는 자신이 사물을, 그 시야를, 심지어 사물의 향유를 증폭하는 느낌이 들었다. 이를테면 홀퍼트 부인의 침대 위에 걸린 페르메이르*의 그림과 어지럽고 빽빽한 뒤뜰 정원 같은 사물들을. 루이자는 정원의 나뭇잎에 눈이 갈 때마다 점점 더 오래 바라보게 되었다. 영문은 알 수 없지만 거트와도 더 가깝게 느껴졌다. 어쩌면 그간 사물과 맺은 관계가 모두 어긋나 있었는지 모르겠다는 생각이 들었다. 아니 어쩌면 수수께끼처럼 사라진 시간 속에서 해명을 찾아야 할지도 모른다.

오후 내내 초연한 마음 상태를 유지한 그녀는 세 환자 모두에게 병세의 절정이 아직 오지 않았고 아마 오늘 밤이 고비가 될 거라는 말로 선생의 말도 그저 무심하게 들었다. 안 그랬다면 의사 얼굴에 대고 그럼 어떤 상황을 기대해야 하느냐고 물어보았을 것이다. 그러다 제니의 체온계를 읽다 멈추고 이상하게 바라보는 의사의 시선을 의식했다.

"열이 갑자기 떨어질 겁니다. 그러면 아마 뭘 먹고 싶다고 할 거예요." 의사가 말했다.

"오." 기분 좋은 일처럼 들렸다. 예상과는 딴판으로 달랐다.

"기분은 좀 어떠세요?" 말로 선생이 물었다. "제 눈에는 몸이 그리 좋아 보이시지 않아서요. 아무래도 체온을 좀 재시는 게 좋겠습니다."

"어머, 아니에요. 전 괜찮아요." 루이자가 대답했다.

"알겠습니다." 그는 루이자에게 결과를 말해주지 않고 체온계를 넣었다. "정말 안 계셨으면 다들 어떻게 견뎠을지 모르겠

---

* 17세기에 활동한 네덜란드 화가.

어요. 대단하십니다."

의사가 가고 나서 루이자는 다시 팔걸이의자에 털썩 주저앉았다. 피로감을 느끼는 자신이 미웠지만, 자신이 또 필요해질 때까지 쉬는 것 말고 달리 할 일이 뭐가 있을까? 의자 옆 책꽂이에서 케케묵은 〈내셔널 지오그래픽〉을 꺼내 인광을 발하는 극미 동물에 집중하려 애썼지만… 오히려 비몽사몽을 헤매다가 더 끔찍한 악몽들을 꾸고 말았다. 새빨갛게 변한 벌판들이 펼쳐지다가, 커다랗고 검은 날개가 달린 박쥐 같은 동물이 반은 날고 반은 기어오르며 눈이 하얗게 덮인 거대한 산맥 정상을 가로지르고, 만년설 덮인 산봉우리가 구겨진 흰 홑청으로 변하는 꿈이었다. 그녀는 의자에서 낑낑거리며 꼼지락대다가 깨어났다.

집 현관에서 초인종이 조급하게 울리고 있었다.

복도로 가는 발걸음에 여느 때의 탄성彈性이 사라지고 걸음마다 어쩐지 좀 휘청거렸다. 머리 꼴이 볼만하겠다는 생각이 희미하게 뇌리를 스쳤다. 마지막으로 빗질을 한 게 언제인지, 아니 거울을 본 게 언제인지 기억도 나지 않았다.

"트럿 양에게 꽃 배달 왔습니다." 소년이 말했다.

"내가 트럿 양이에요." 루이자가 대답했다.

기다란 흰색 상자가 두 팔에 안겨졌고, 그녀는 자동으로 다시 홀퍼트 부인의 집에 들어가 팔걸이의자에 놓았다. 그러고는 허리를 반듯이 펴고 손을 천천히 비비면서 이제 어떻게 해야 하나 고민했다.

그때 의자 옆 독서등 불빛을 받아 눈부시게 빛나는 그 길쭉한 상자의 흰색이 그녀의 눈길을 끌며 주목을 요구했다. 흰 종이의 은은한 광택에 갑자기 정신이 번쩍 들더니 이상하게 마음이 설렜다. 단순하게 순수한 그 형태는 방 안에서 가장 아름다운 사물이었다. 그녀는 허리를 굽히고 자기 이름을 읽었다. 큼지막한 카드에 커다랗게 인쇄되어 있는 이름을. 그리고 꽃. '그녀'를 위한 꽃.

뚜껑을 열자 유산지가 옆쪽으로 봉긋 올라오며 향수를 불러일으키는 향기를 은은하게 뿜었다. 포장지를 가르자 하얀 장미들이 나왔다. 상자 한쪽 끝에 피어오른 거대한 흰 구름 같았다. 그녀는 살며시 장미꽃을 꺼내들었다. 긴 줄기에 묵직한 가시가 돋아 있었기 때문이다. 루이자는 이런 장미는 본 적이 없다고 생각했다. 꽃이 튼튼하고 송이가 지나치게 큼지막해서, 꿈속에서 튀어나온 것처럼 보였다.

작은 봉투가 그녀 발치에 툭 떨어졌다. 장미를 품에 꼭 안고 봉투를 열어보았다. 브램퍼드 씨의 익숙한 필체였다.

당신이 무척 그리운 사람이 진심을 담아 보냅니다.

클래런스 브램퍼드

(끝)

그리고 더 작고, 더 각진 필체로 이렇게 쓰여 있었다.

일요일 저녁 때 잠시 돌보는 분들을 두고 나올 수 있다면, 함께 저녁을 먹읍시다. 일요일 아침에 전화하겠소.

C. B.

삽시간에 흐느낌이 쏟아졌다. 어깨를 움츠리고 카드와 봉투를 이마에 댄 채로. 그냥 신경이 쇠약해져서 그래, 그녀는 생각했다. 그 이상 아무 의미도 없어. 그러나 왠지 자기 연민이 의심되어 울음을 멈추려 애썼다. 자기 연민이었다. 아무도 그녀에게 꽃다발을 보내지 않게 된 지가… 기억을 떠올리고 싶지도 않았다. 하지만 무엇보다 브램퍼드 씨가 그녀에게 꽃을 보냈다는 게 놀라웠다. 꽃을 보내는 유의 남자가 아니었기 때문이다. 분명히 근검이 몸에 밴 사람이었는데. 루이자는 이 뜻밖의, 꿈에도 생각하지 못한, 그가 그녀를 걱정한다는 증표 앞에서 또 울고 싶어졌다. 일요일 저녁 식사라니. 내일이다! 그와 함께 식사하면 얼마나 근사할까, 그녀는 생각했다. 게다가 굉장히 두렵기도 할 것이다. 솔직히 정말로 상상이 가지 않아서…

제니가 울부짖는 소리에 루이자는 급작스레 원래 제자리로 돌아왔고, 꼭 끌어안고 있던 장미 가시에 손가락을 찔린 것이 느껴졌다. 장미를 내려놓고 앞으로 성큼 나섰다. 이것이 고비의 시작이구나, 생각하면서.

차가운 수건을 짜고 얼굴들을 닦아주고 물잔을 들어주고, 지난 사흘 내내 했던 것과 똑같은 의무를 수행하는 밤이었다. 다만 이제는, 정도의 차는 있지만 그녀가 부인과 두 아이에게 동시에 필요한 것처럼 보였다. 한밤중에 한번은 루이자가 정신을 차려보니 소파 옆 탁자 위에 반쯤 빈 치킨 수프 그릇과 치즈 바른 크래커 토스트가 놓여 있었다. 그녀는 그릇을 멍하니 바라보았다. 어떻게 거기 음식이 차려진 건지 알 수가 없었다. 천천히 기억을 되짚어본 후에야 두센버 부인이 가져온 음식이라는 걸 알았다. 그녀는 꽃도 보았고, 이제 다 기억해냈다.

"이게 무슨 일이야. 어떡하면 좋아." 그녀는 의자에서 장미를 걷어들면서 혼잣말로 중얼거렸다. "다 시들어버리겠네!"

그러나 장미는 시들 기미가 없었다. 현관 탁자에 놓인 커다란 파란 병에 꽂으니 근사한 꽃 무리를 지었다. 루이자는 한발 물러서서 감상하다가 약간 비틀거려 문손잡이를 잡고 몸을 가누었다. 그녀는 꽃을 더 잘 볼 수 있도록 꽃병을 아이들 방으로 가지고 들어갔다. 꽃의 기운 덕분에 피로감이 덜어졌다. 이제야 열두 송이가 아니라 스물네 송이라는 게 눈에 들어왔다. 친절하시기도 하지. 그녀는 지금 브램퍼드 씨가 여기 그녀 곁에 함께 있어주면 좋겠다고 생각했다.

"말도 안 되는 소리야! 그분이 와서 뭘 할 수가 있겠어?" 그녀는 큰 소리로 내뱉었다. 그냥 기댈 만한 친구가 있으면 좋겠다는 것뿐이다. 그녀는 정말로 피곤했으니까.

"나 배고파요."

루이자가 돌아보았다.

"트릿 양, 나 배고파요." 제니가 말했다. 아픈 것만큼이나 황당한 일이라는 듯 얼굴을 잔뜩 찌푸리고서.

"아가야, 정말 다행이구나!" 루이자가 말했다. "다행이야, 정말 다행이야!"

루이자는 부엌으로 들어가서 스크램블드에그와 버터 바른 토스트를 준비하고 우유 한 잔을 따랐다. 어찌나 빨리했는지 정신을 차려보니 어느새 쟁반에 다 받쳐들고 있었다. 정신이 혼미하면서 마음이 벅찼다. 제니는 괜찮았다. 이제 끝났다!

제니의 분홍색 얼굴에 음식을 조금씩 먹이는 사이 브램퍼드 씨, 두센버 부인, 뒤쪽 창으로 힘차게 밀고 들어오는 아침, 동생 거트의 생각이 그녀 머릿속에서 헤엄쳤다. 전깃불을 끄고, 더 침침해도 훨씬 확실한 자연광이 방 안을 채우기 시작하는 광경을 지켜보았다. 그녀는 미소를 띠고 승리감에 젖어 큰 키로 우뚝 마루 한가운데 섰다. 순간 길고 부드러운 구릿빛 머리카락이 얼어붙은 불꽃처럼 그녀의 얼굴을 에워싸며 일그러지고 헝클어졌다. 내면은 몹시 고요하고 차분했고, 모든 합리를 거슬러, 행복하고 고갈되지 않는 에너지로 충만한 느낌이 들었다.

"제니. 제니?" 루이자는 제니에게 다급히 할 말이 있는 사람처럼 말했다. 하지만 그저 아이 목소리를 듣고 싶었을 뿐이다.

"더 줘요." 제니는 조용히 말했다.

루이자는 달걀 접시와 포크로 눈길을 다시 돌렸다. 동생 거트 생각을 하고 있었다. 오늘 당장 동생에게 편지를 보내야겠다고. 허공으로 날리는 편지라 해도 좋았다. 심지어 소포를 보내봐야 겠다고도 생각했다. 코펜하겐의 여동생 아이나에게도 소포를 보내야겠다. 그간 보냈던 소포 몇 개가 사라져서 그녀는 대서양을 건너가는 우편을 믿지 못했다. 그래도 시도하는 수밖에 달리 할 일이 없었다. 맙소사, 여동생이 있네! 남동생도 있고! 그녀는 여기 미국에서, 지구의 기름기를 빨아먹으며 살고 있고!

"트럿 양?"

"네, 홀퍼트 부인." 루이자가 외쳤다. "우유 토스트와 연한 커피 좀 드시지 않을래요?"

"막 그 말을 하려고 했어요." 홀퍼트 부인이 한숨을 쉬었다.

루이자는 부엌에서 홀퍼트 부인의 아침을 차리면서 대체로 토요일 오후에 자기 집 일을 할 때만 그러듯 콧노래를 흥얼거렸다. 장미 한 송이를 잘라 꽃병에 꽂아 홀퍼트 부인의 쟁반에 받쳤다.

두센버 부인 생각도 났다. 그 멍청한 얼굴에 대고 문을 닫았던 기억, 치킨 수프와 크래커를 가져다준 두센버 부인의 친절. 루이자는 거울을 보았다면 스스로 좀 멍청하다고 생각했을 미소를 지으며, 커다란 꽃병으로 가서 하얀 장미 다섯 송이를 골랐다.

두센버 부인에게 가져다줘야지, 생각하며 꽃들을 들고 문으로 향했다.

그러나 문득 아직 이른 새벽이라는 걸 깨닫고 발길을 멈추고는 시계를 보았다. 여섯 시 이십 분밖에 안 되었다. 꽃은 나중에 가져다주는 게 낫겠다.

게다가 그녀의 매무새가 끔찍하게 흐트러져 있을 터였다. 욕실로 들어가 자기 집에서 가지고 내려온 거품 내는 타올과 수건을 챙겨 위층 복도 끝에 있는 욕실로 올라갔다. 집 안은 고요했다. 넌지 씨는 물론 그 누구도 그녀의 이 아침을 망칠 수는 없었다.

문을 닫고 친숙한 실내에서 만족감을 느꼈다. 욕실 물을 받으러 갔을 때 환풍기 손잡이가 눈에 들어왔다. 그러나 이상하게, 예전처럼 폭력적인 느낌에 몸서리 쳐지지가 않았다. 살인자가 손잡이를 잡은 듯 보이지도 않았다. 그저 수제 목공 손잡이일 뿐이었다. 아마 내가 그만큼 지쳤나 봐, 그녀는 생각했다. 그날 아침 의사가 언제 올지 궁금했다. 세 환자를 보면 얼마나 기뻐할까 상상하기도 했다. 그리고 브램퍼드 씨를 기억했다. 오늘 아침 전화해서 어디서 식사하고 싶으냐고 물을 것이다. 그러면 그녀는 넌지시 플라자라고 말하리라.

플라자 호텔!

루이자는 거품 내는 타월과 수건을 내려놓고 문에 등을 기대고 섰다. 이제 눈앞에 그림을 떠올릴 수 있었다. 브램퍼드 씨와 그녀가 하얀 리넨 위에 은식기가 차려진 식탁을 사이에 두고 마주 앉아 있는 모습을. 부드러운 음악이 가득한 커다란 실내에 촛불이 밝혀져 있겠지. 물론 브래퍼드 씨도 플라자 호텔을 좋아할 것이다… 스키 열차를 타러 갈 수도, 검은 페르시아 양털 코트를 사 입을 수도, 심지어 플라자에서 일주일을 보낼 수도 있을 거야… 갑자기 아주아주 희미하지만 확실하게, 홀퍼트 부인의 뒤쪽 창으로 밀려들었던 그 아침의 햇살처럼, 그 모든 일이 가능할 것만 같아서 진실의 영역 안으로 들어온 듯했다.

Ladies

엄청나게
친절한 남자

어린 샬럿은 좁은 연석에 앉아 한쪽 무릎에 얼굴을 대고 할 일 없이 막대기로 흙에 그림을 그리면서, 제 다리의 살 냄새를 킁킁 맡고 있었다. 아이는 살에 묻은 흙과 땀의 냄새를 맡더니 한숨을 쉬며 막대기를 던져버렸다.

"에밀리." 샬럿이 말했다.

아홉 살 에밀리는 샬럿 뒤에서 햇볕에 따뜻해진 나무 기둥에 등을 대고 발끝으로 연석 끄트머리에 붙어 서 있었다.

"허?" 에밀리가 숨소리를 뱉었다.

"가게 주인 놀이 하자. 내가 식료품점 주인이고 너는 물건을 사는 거야… 응, 에밀리?"

에밀리는 따분하고 졸려서 대꾸도 하지 않았다. 회색빛 뚱한 눈으로 길 건너를 바라보고 있자니 풍경 전체가 노랗게만 보였다. 길의 흙먼지, 길 바로 너머에 쭈그리고 앉은 말, 메마른 벌판. 노랗게 펄떡거리는 열기와 침묵.

"에밀리! 너 뭐야? 대답을 하라고!" 샬럿은 연석에서 돌아서서 에밀리를 쏘아보았다.

"뭐어?" 에밀리가 기둥을 밀며 몸을 떼고 일어났다.

"내가 가게 주인이니까 너는 물건을 사야 한다고." 샬럿은 공동재산인 작은 빨간 트럭을 잡아 자갈돌을 싣기 시작했다. "그러면 내가 배달해줘야 해. 네가 먼저 집에 가서 나한테 전화를 하면." 아이는 더러운 한 손으로 트럭을 움켜쥐고는 오만상을 찌푸리며 에밀리를 쏘아보았다.

거친 흙길에서 발소리가 들렸다. 샬럿은 놀이를 잊었고, 아이 둘은 비탈 쪽을 올려다보았다. 에밀리가 눈에 들어간 얼룩덜룩한 금발 머리를 걷어치우고 실눈을 떴다. 왼쪽 눈이 내리깔렸다. 뭘 보려고 할 때는 늘 왼쪽 얼굴이 일그러지곤 했다.

"오스터먼 씨네 집 하숙인이 확실해." 샬럿이 말했다. "이번에도 뉴욕에서 왔을걸."

남자는 샬럿의 집에서 반 블록 거리에 있는 인도로 올라섰다. 에밀리도 이제 그를 볼 수 있었다. 다리지 않은 흰 바지를 입은 작달막한 남자였다. 남자도 아이들을 보고 휘파람으로 노래를 부르기 시작했다.

"안녕." 남자는 아이 둘을 눈에 담으며 말했다.

"안녕하세요." 아이들은 합창하듯 대답했다.

그는 잠시 발길을 멈추더니 주위를 두리번거렸다. "아저씨가 다시 올 때까지 여기 있을 거니?" 그는 미소를 띠고 조용하게 말했다. "사탕을 좀 사다 주마."

샬럿과 에밀리는 말없이 그를 훑어보았다.

"나는… 사탕이면 다 좋아요." 샬럿이 말했다.

그는 소리내어 웃더니 아이들을 보며 윙크하고 인도로 걸어갔다. 남자가 돌아보며 손을 흔들었지만, 그 모습은 샬럿만 보았다. 아이들 둘 다 가만히 오랫동안 바라보았다.

"올 거 같아, 에밀리?"

"어?"

"아저씨가 이쪽으로 다시 올 거 같냐고?"

"어?"

"그러니까… 돌아올 것 같냐고?"

그러나 에밀리는 한마디 말도 없이 자기 집 쪽으로 가버렸다. 샬럿은 연석에 앉아 얼굴을 한쪽 무릎에 묻은 채 흙에 낙서를 했다. 곧 에밀리 집의 차양문이 끼익 소리를 내더니 두 번 철썩 철썩 부딪쳐 닫히고, 에밀리의 맨발이 포치를 쿵쾅쿵쾅 밟으며 가로질러왔다.

"어." 에밀리가 샬럿에게 빛깔이 연한 작은 복숭아를 건넸다. 샬럿은 말없이 받아들고 가뭇한 유치로 과일을 깨물었다.

"그 사람 틀림없이 차가 있을 거야."

"어?"

"내 말은," 샬럿은 깊은 숨을 들이쉬었다. "그 남자한테 차가 있을 거라고."

"어떤 남자?"

"그 남자… 방금 지나간."

에밀리는 복숭아로 물든 손가락을 핥았다. "다시 안 와." 아이는 한숨을 쉬며 뜨거운 길 너머 윤곽이 흐릿한 누런 벌판을 바라보았다. 나무 속, 풀 속의 벌레들이 리듬을 타며 노래하고 있었다. 두 번 따각따각, 한 번 길게 우우웅. 마을 초입 교차로에서 와인쿠프 씨의 스테이션왜건 소리가 들렸다. 동네의 다른 차들과 달라서 알 수 있었다. 샬럿과 에밀리는 연석 끝에 앉아 차를 쳐다보았다.

와인쿠프 씨는 지나가면서 뻣뻣한 손을 들어 아이들에게 흔들어주었다. 그러자 아이들은 한목소리로 외쳤다. "안녕하세요, 와인쿠프 아저씨."

자동차가 언덕을 올라 정상까지 올라오더니 평지에 닿자 한숨을 쉬었다. 샬럿은 흰옷을 입은 남자를 계속 눈으로 찾고 있었다. 한번은 일어나서 시내 쪽을 보기도 했지만, 인도의 가로수에 가려 잘 보이지 않았다.

에밀리는 씩 웃더니 낮잡아 보듯 콧소리를 냈다.

샬럿은 한 손으로 빈 트럭을 들고 인도를 살폈다. "진짜 온다고 해도 너는 못 볼 거야." 갑자기 샬럿은 숨을 흡 들이쉬었다. "올 거야." 샬럿은 속삭이더니 허리를 구부정하니 굽히고 연석에 앉은 에밀리에게 달려갔다. 그리고 흙을 마구 쑤셔대기 시작했다. 심장이 빠르게 뛰었다.

그때 에밀리가 남자의 발소리를 듣고 몸을 비틀어 노란색 풍경을 들여다보았다. 남자는 이번에도 휘파람을 불고 있었다. 흐릿하게 번진 흰색 형상이 가까이 다가왔다.

“사탕 사왔어!” 샬럿이 말했다.

남자는 입에 물고 있던 담배를 휙 던져버렸다.

“안녕.” 그는 조용히 말하고 집들이 있는 쪽을 흘끗 보더니 다시 연석에 앉은 두 소녀를 보았다. 들고 있던 봉지는 샬럿에게 주었다. 위에 감초 막대 사탕 두 개가 툭 튀어나와 있었고, 샬럿은 전부 싸구려 사탕이라는 걸 알고 실망했다. 일 센트에 다섯 개씩 파는, 포장도 없는 캐러멜과 하트 모양 사탕이었다. 예전에 오스터먼 씨 집에 살던 할아버지는 오 센트짜리 막대 사탕을 사줬는데.

아이는 느릿하게 막대 사탕 한쪽 끝을 입안에 넣었다. 남자는 불편하게 발을 질질 끌며 걷더니, 나무에 기대 서서 또 담배에 불을 붙였다. “너희 나한테 이름도 말해주지 않았잖니.” 드디어 그가 입을 열었다.

샬럿이 이름을 말해주자 남자가 자기 이름은 로비라고 했다.

“나한테 차가 있는데… 언제 같이 드라이브할래?” 남자는 계속 자세를 바꾸며 두 손을 호주머니에 넣었다 뺐다 어쩔 줄 몰라했다. “너도 드라이브 좋아하지, 샬럿.”

“그럼요.” 샬럿이 대답하자 까만 감초즙이 턱을 타고 주르륵 흘러내렸다.

나무에 기대 서 있던 남자가 벌떡 일어나 샬럿에게 와서 뒷주머니에서 접은 손수건을 꺼냈다. 한 손으로 샬럿의 뒷머리를 잡고는 얼굴을 박박 문질러 닦았다. "너는… 몹시 지저분하구나." 그러더니 다시 일어나서 손수건을 넣었다. 에밀리는 호기심 어린 눈으로 그를 차분하게 지켜보고 있었다. 남자는 아이의 일그러진 입매에서 적의를 읽었다.

그는 비열해 보이는 자세로 담배를 훅 세차게 빨았다. "오늘 저녁에 드라이브 어때?" 그는 속삭여 말했다. "저녁 먹고 나서."

"좋아요." 샬럿이 말했다.

남자는 조용하게 떠나면서 뒤돌아보며 그들에게 친절하게 웃었다.

샬럿은 뿌듯했다. 뒷짐을 지고 기대 서자 흙으로 줄무늬 진 살갗 아래 얇은 허벅지 근육이 드러났다.

"너한테는 같이 가자고 안 했어."

에밀리는 한숨을 쉬었다. "안 올 거야. 어디 두고 봐라."

샬럿은 기다렸다. 사탕을 혼자 다 먹고 점심을 깨작깨작 먹고 집 그늘 밑에서 행복하게 생각에 잠겨 혼자 콧노래를 불렀다. 그러다 앞쪽 포치의 누덕누덕 기운 해먹에 누워 너덜너덜해진 웃기는 종이책에 실린 그림들을 보았다. 그날 오후는 뜨겁고 길고 적막했다.

샬럿은 저녁을 먹고 다시 길가로 나와 나무 옆에 섰다. 엄마가 스펀지로 목욕을 시켜줬고, 온종일 입고 있던 상하의가 붙은 얇은 놀이옷 대신 면 원피스를 입고 있었다. 엄마에게는 오스터먼 씨 집에 온 아저씨에 대해 한마디도 하지 않았다. 빠르게 저무는 해가 지평선에 걸려 뜨거운 빛줄기를 아이 얼굴에 쏘았다. 아이는 남자가 오리라고 확신했다. 자동차를 그려보려 애썼다. 영화에서 본 것 같은 차를. 그라면 그런 차가 어울렸다. 샬럿은 커다란 앞 좌석에 탈 테고, 소리도 거의 내지 않고 드라이브를 떠날 것이다. 빠르게 달릴 것이다.

그러나 얼마 후 피곤해져서 다시 앞쪽 포치로 들어왔다. 맨발에 닿는 나무가 뜨거웠다. 해먹 한쪽에 기댔다가 몸을 밀어 넣었다. 여전히 귀를 쫑긋 세우고 있었지만 차 소리는 들리지 않았다. 그러다 에밀리의 집 차양문이 끼익 열렸다가 멈췄다가 다시 끼익거리며 열렸다. 에밀리가 나타났다. 씻지도 않고 머리도 헝클어진 채 버터 바른 빵을 먹고 있었다. 일부러 샬럿의 포치로 와서, 해먹에 누운 샬럿을 빤히 보며 되새김질하듯 빵을 씹었다. 샬럿은 우스워서 친구를 쳐다보기도 싫었다.

"오… 아저씨 안 오는구나." 에밀리가 이 말을 하고는 돌아서서 계단으로 갔다. 길에서 뭔가 소리가 났다. "너희 엄마 오시는 거야? 너희 엄마는 당연히 모르겠지."

샬럿은 해먹에서 펄쩍 뛰어 일어났다. "그게, 에밀리," 화가 나서 험상궂게 인상을 썼다. "너, 엄마한테 한마디라도 하면…" 옆구리에 주먹을 꽉 쥐자 에밀리가 심각하게 샬럿을 바라보았다.

"허!"

그러나 샬럿이 이겼다.

해는 이미 떨어졌지만, 빛은 아직 남아 있었다. 샬럿의 엄마가 가게에서 돌아왔다. 아무도 말을 하지 않았다. 엄마는 집 안으로 들어갔고 샬럿은 아기가 마실 물을 받는 엄마 소리를 들었다. 마침내 에밀리가 앞뜰을 폴짝폴짝 뛰어 제 집으로 들어갔다.

샬럿은 해먹에 누워 귀를 쫑긋 세우고 그를 기다렸다. 누군가 걸어오고 있었다. 휘파람을 불면서. 인도로 달려가보니 남자가 오고 있었다. 이번에도 흰옷을 입고 재킷 단추를 푼 모습이었다. 그는 샬럿을 보고는 멈춰 서더니 웃으며 손짓했다. 샬럿은 집 쪽을 흘긋 보고는 따뜻한 포장도로를 달려 그가 서 있는 곳까지 갔다.

"차는 어디 있어요?"

그는 주위를 둘러보더니 씩 웃으며 고개를 홱 젖혔다. "저 길 위에… 우리는 아무도 모르는 게 좋잖아. 너 아무한테도 얘기 안 했지, 그렇지?"

"네."

둘은 함께 걸었다. 샬럿이 걸음을 따라잡기 힘들어하자 남자가 샬럿의 손을 잡았다. 포장도로가 끝나자 양쪽으로 탁 트인 벌판이 펼쳐졌다. 샬럿이 열심히 차를 찾고 있는데, 갑자기 길이 꺾어지더니 갓길에 주차된 차가 나타났다. 큰 차였지만 영화에 나오는 것처럼 반짝거리지는 않았다. 그는 문을 열고 샬럿을 번쩍 들어 태웠다. 샬럿의 발이 좌석 끝에서 달랑거렸다. 그는 반대편에서 차에 탔다.

“준비 다 됐니?”

“음, 네.” 샬럿은 차의 실내를 보고 있었다.

“마음에 드니?” 그는 이렇게 물으며 손등으로 코를 훔쳤다.

곧장 드라이브를 떠나지는 않았다. 샬럿은 화려하게 색칠한 대시보드, 초록색 숫자와 은색 침이 달린 시계를 찬찬히 살피고 있었다. 다른 동그라미들은 샬럿의 머리로 이해할 수 없었지만, 모두 아름답고 색색으로 빛나고 있었다. 남자가 덥석 샬럿의 손을 잡았고, 샬럿은 손가락이 뜨끈하고 축축하다고 생각했다. 자기도 모르게 울음이 터지려는 듯 입가가 실룩거리며 말려 올라갔다. 오지 않았다면 좋았을걸, 에밀리와 앞쪽 포치로 돌아가면 좋겠어, 하는 생각이 들었다. 그러나 남자는 시동을 걸면서 연신 싱글거렸고 심지어 소리 내어 웃기까지 했다.

“빨리 달리는 게 좋아?”

샬럿은 대답하려 했지만 입술이 뻣뻣하게 굳어버렸다. 그는 다시 샬럿의 손을 꾹 힘주어 잡았다.

“나는 속도를 막 올리는 게 좋더라.”

그때 샬럿은 엔진의 소음을 뚫고 누군가 그녀의 이름을 부르는 소리를 들었다. 남자도 그 소리를 들었고, 잡고 있던 손을 놓았다. 자동차는 그녀의 집 쪽으로 계속 굴러가고 있었다.

“샬럿! 샤알럿!”

"우리 엄마예요." 샬럿이 조용히 말했다.

샬럿은 그가 인상을 찌푸리고 운전대를 잡은 손에 잔뜩 힘을 주는 걸 눈여겨보았다. 얼굴에 닿는 서늘한 바람이 느껴지자 드라이브를 가고 싶었지만, 그들이 탄 차는 샬럿이 원하는 만큼 빨리 달리지 않았다. 샬럿은 빨리 달리고 싶었다. 집 근처에 왔을 때, 샬럿은 좌석에 몸을 꼭 붙이고 엄마가 자기를 보지 못하기를 바랐다.

엄마는 한 발을 연석에 올리고 서 있었고, 앞치마는 거의 땅에 끌릴 정도로 축 내려와 있었다. 엄마는 그들을 보고 손을 흔들었고 남자는 차의 속력을 늦췄다. 엄마가 앞치마 아래 손을 숨긴 채 가까이 다가왔다.

"샬럿." 엄마는 당황한 듯 웃었지만 남자를 보는 눈길은 차라리 추파에 가까웠다. "에밀리한테서 네가 드라이브를 하러 갔다는 얘기 들었어. 엄마는 네가 어디 있는지 그냥 확인하려고 그랬지… 그리고 지금 아가를 좀 봐주고 엄마를 도와주면 좋겠어." 엄마는 머리카락 몇 가닥을 귀 뒤로 넘겼다.

운전대를 잡은 남자가 활짝 웃으며 말했다. "안녕하세요?"

샬럿의 엄마가 그를 보고 고개를 끄덕였다. "저녁 먹고 이맘때쯤은 샬럿이 항상 아가를 봐주고 저를 도와주거든요… 아이를 데리고 드라이브하러 가주신다니 정말 친절하세요. 하지만 애가 나한테 아무 얘기도 하지 않았거든요." 그녀는 불안하게 웃었다.

"그럼요, 잘 압니다." 남자가 말했다. 남자는 팔을 쭉 뻗어 신사답게 문을 열어주었다. "그럼 내일 만나도 되지. 나는 며칠 근처에 있을 거야."

여자는 반짝거리는 다이얼과 버튼, 가죽 시트를 경이로운 눈으로 바라보았다. "아니… 언제든지… 샬럿과 드라이브하러 가셔도 돼요…"

그리고 샬럿과 엄마는 손을 잡고 인도를 걸어왔다. 한 번인가 엄마는 소심한 눈길로 자동차를 돌아보았다. "도시 사람치고는 엄청나게 친절한 사람이네, 샬럿. 어디서 아저씨를 만났니? 그런데 정말 예쁜 차 아니니?"

샬럿은 맨발 밑으로 지나치는 땅을 보고 있었다. 자유로운 한 손이 높이 자란 거친 풀을 쭈욱 스쳤다.

"아마 내일도 들를지 몰라." 샬럿의 엄마가 말했다.

샬럿이 발작적으로 움켜쥔 풀잎의 날이 손가락을 확 그었다. 엄지를 보니 살에서 얇고 빨간 선 두 줄이 배어나고 있었다.

시드니 이야기

옛날에 어느 건물 앞쪽 포치 지붕 한 귀퉁이에 어머니와 함께 사는 시드니라는 어린 거미가 있었다. 아마 여러분은 왜 이름이 시드니인지 궁금할 것이다. 이유는 이러하다. 시드니의 어머니가 어려서 그녀의 어머니와 함께 다락방에 살고 있을 때, 거미집 앞에는 커다란 여행 가방이 하나 있었다. 여행 가방에는 이상하고 발음하기 어려운 이름들이 쓰인 색색의 종이가 붙어 있었다. 그중 시드니의 어머니가 기억한 이름이 하나 있었다. 그게 '시드니'였다. 그래서 첫아들을 낳고 시드니라는 이름을 지어주었다. 그게 세상에서 가장 근사한 이름이라고 생각했기 때문이다.

시드니와 어머니는 편안하게 살았고, 서로를 헌신적으로 아꼈다. 시드니의 삶에서 마음에 들지 않는 건 사실 하나밖에 없었는데, 바로 먹이였다. "엄마." 시드니는 입버릇처럼 말했다.

"맨날 파리만 먹어야 해요? 다른 건 하나도 없고 맨날 파리, 파리, 파리!"

그러면 불쌍한 어머니는 걱정하고 안달하고 복달하면서 맛있는 끼니를 차려주려고 안간힘을 썼다. 하지만 현실은 변함이 없었다. 앞쪽 포치 지붕 쪽으로 오는 벌레라곤 파리밖에 없었고, 그러니 그냥 먹어야 했다.

이런 따분한 식사를 하던 중의 일이다. 시드니는 깨작깨작 먹이를 먹다가 독립하고 싶다는 뜻을 밝혔다. 그러나 시드니는 독자 여러분이 상상할지 모를, 그런 버릇없고 배은망덕한 아들은 아니었다. 자기만의 집을 짓고 나서, 돌아와 어머니를 모셔가서 함께 살고 싶어했다. "우리는 별별 것들을 다 먹고 살 수 있어요."

그러나 어머니는 슬퍼했다. "저런, 아니다, 아들아. 너는 젊고 새로운 풍경들을 보고 싶어 몸이 달았지… 하지만 나는 늙었단다. 네가 나를 덜 사랑하는 건 아니지만, 너도 다른 젊은 거미들과 마찬가지야. 너는 혼자 가야 한다."

시드니는 많이 울었지만 다음 날 아침 빈털터리로 길을 떠났다. 가진 거라곤 어머니의 축복과 어머니가 극구 가방에 싸준 진저리나는 파리 다섯 마리뿐이었다.

집 뒤쪽에 있는 커다란 헛간으로 갈 생각이었다. 시드니야 당연히 집 뒤쪽은 본 적도 없었지만 어머니는 가본 적이 있었고, 새집을 지으려면 그 헛간이 이상적인 장소라고 말해주었다.

사흘을 꼬박 기어 그곳에 다다랐다. 시드니는 헛간의 서까래 위에 널브러져 사지를 쫙 뻗고 잠이 들었다.

다음 날 아침 시드니는 파리가 든 가방부터 발로 냅다 차서 서까래 너머로 치워버렸다. 대담하게 욕설을 뱉고 발을 구르면서. "젠장, 파리라면 벌써 내 인생에 먹을 마지막 한 마리까지 다 먹어치웠다고!"

그러고는 서까래를 가로질러 유망한 구석자리를 차지하고는 쉬지도 않고 그물을 치기 시작했다. 시드니는 어머니에게 허세를 떨지 않았다. 그물은 어마어마하게 컸다. 특히 시드니처럼 작은 거미가 쳤다는 걸 감안하면 더욱 놀라웠다.

벌써 각다귀 한 마리가 달려들어 붙었고, 시드니는 서둘러 달려가 먹어보았다. 그러나 입에 넣자마자 퉤 뱉었다.

"맙소사!" 그는 사적인 모욕을 당한 듯 억울하게 외쳤다. 작은 각다귀는 말도 못 하게 썼다. 거미줄 옆을 비춘 햇살을 보니 그 안에서 노니는 벌레들이 다 똑같은 종이었다. "아무래도 이 녀석은 그냥 병이 들었거나 그런가 봐." 그는 또 다른 각다귀를 잡아먹어보았지만 역시나 썼다. 시드니는 뿌루퉁해져서 자기 구석자리로 후퇴했고 점점 말라갔다. 여러 날이 지났지만 각다귀 말고는 아무것도 잡히지 않았다. 시드니는 굶어죽을 위기에 봉착했다.

어느 날 아침 그는 격렬한 소란에 잠을 깼다. 구석자리에서 빼꼼 내다보니 거대한 초록색 괴물이 얇디얇은 거미줄을 천천히 우아하게 뽑아가며 벗어나고 있었다. 그 과정에서 거미줄을 죄다 망가뜨리고 있었지만 시드니는 너무 무서워서 구석자리에 움츠린 채 꼼짝도 하지 못했다. 그렇게 어마어마하게 큰 벌레는 평생 한 번도 본 적이 없었다.

“이런, 제기 찰!” 시드니는 거대한 괴물이 다리에 붙은 거미줄 마지막 한 가닥을 탈탈 털어버리고 서까래를 따라 유유히 걸어가는 모습을 보았다. 놈은 시드니를 보지도 못했다.

“빌려 먹을!” 갈가리 찢긴 아름다운 거미줄을 보고 그는 말했다. 저 초록색 괴물들이 주변에 살고 있다면 죽도록 일해봤자 무슨 소용이 있을까? 그러고 보니 그의 몸도 위험하리만큼 앙상하게 말라가고 있었다.

“아무리 분골쇄신한대도 이따위라면 도저히 못 참지!” 그는 선언했다. 그리고 구석의 기둥을 타고 내려가기 시작했다. 어머니가 있는 집으로 갈 생각이었다.

나흘 뒤 집에 왔을 때는 완전히 녹초가 되어 다리를 절었다.

“엄마… 엄마.” 시드니는 헐떡거렸다. “나는 정말 근사한 새 집을 지었어요… 하지만 먹을 게 하나도 없었어요.”

“걱정 마라, 사랑하는 시드니.” 엄마는 아들이 다시 집에 돌아와 그저 한없이 기쁠 뿐이었다.

이제 막 저녁을 먹으려던 참이었다. 저녁은 파리였고 시드니는 곰처럼 게걸스럽게 먹어치웠다.

시드니와 어머니는 지금도 행복하게 함께 살고 있다. 끼니마다 파리를 먹는다. 그리고 그들이 사는 포치 구석자리로 파리가 아닌 다른 벌레가 올 확률은 전혀 없다.

영웅

소녀는 자기가 그 일자리를 반드시 따낼 거라고 확신한 나머지 숫기 좋게도 여행 가방을 싸들고 뉴욕주 웨스트체스터로 나왔다. 지금은 크리스천슨 가족의 집 거실에 있는 편안한 의자에 앉아, 네이비블루 코트와 베레모 덕분에 스물한 살보다 훨씬 어려 보이는 모습으로 그들의 질문에 열심히 대답하고 있었다.

"전에도 가정교사로 일해본 적이 있나요?" 크리스천슨 씨가 물었다. 그는 소파에 아내와 나란히 앉아, 회색 플란넬 바지 차림으로 무릎에 팔꿈치를 괴고 양손을 맞잡고 있었다. "추천인은 없고요?"

"지난 일곱 달 동안은 드와이트 하월 부인의 집에서 하녀로 일했어요." 루실은 회색 눈을 갑자기 크게 뜨더니 크리스천슨 씨를 바라보았다. "원하신다면 그 집에서 추천서를 받아올 수 있어요… 그러나 오늘 아침 귀댁의 광고를 봤을 때 기다리고 싶지가 않았어요. 언제나 아이들이 있는 집에서 일하고 싶었거든요."

크리스천슨 부인은 소녀의 열의에 빙그레 웃음이 났지만 내색하지 않았다. 부인은 커피 탁자 위의 은상자를 집더니 일어나서 소녀에게 내밀었다. "한 개비 피우실래요?"

"아니요. 담배는 하지 않습니다."

"그렇군요." 크리스천슨 부인이 자기 담배에 불을 붙이며 말했다. "우리가 그 집에 전화해볼 수야 있지만, 남편과 저는 추천인보다는 인상을 더 중시하는 편이에요… 당신 생각은 어때요, 로널드? 당신은 아이들을 진심으로 좋아하는 사람을 원한다고 했잖아요."

십오 분 뒤, 루실 스미스는 집 뒤편 하인 숙소에 있는 자기 방 안에 서서 새하얀 새 유니폼의 허리띠 단추를 채우고 있었다. 립스틱으로 입술도 살짝 두드렸다. "처음부터 새로 다시 시작하는 거야, 루실." 거울 속의 자기 자신에게 말했다. "지금부터는 행복하고 쓸모 있는 삶을 살면서 이제까지의 모든 과거를 잊자."

그러나 자기 말을 스스로 부정하듯 그녀의 눈이 다시 지나치게 크게 떠졌다. 그렇게 휘둥그레 크게 뜨면 눈은 어머니를 아주 많이 닮아졌고, 어머니는 그녀가 잊으려는 과거의 일부였다. 눈을 치뜨는 이 버릇은 고쳐야 했다. 그러면 놀라고 불안한 사람처럼 보였으니 말이다. 아이들 앞에서 보여줄 얼굴은 아니었다. 그녀는 거울 앞에서 표정을 가다듬고 빳빳하게 다린 유니폼의 앞매무새를 매끈하게 정리했다. 눈매를 조심하는 일을 비롯해서 꼭 기억해야 할 점은 사실 몇 가지밖에 없었다. 가끔 재떨이에 작은 종잇조각을 태운다든지, 시간을 잊는다는지 하는 소소한 것들이었다. 많이들 그럴 때가 있지만 그녀만큼은 기억해두고 하지 말아야 할 일들이었다. 연습하면 기벽은 누그러지고 기억은 따라온다. 그녀는 다른 사람들과 똑같으니 말이다. (정신과 의사도 그렇게 말하지 않았던가?) 다른 사람들은 이런 걸 아예 생각도 하지 않는다.

그녀는 방을 가로질러 파란 커튼 아래 창가로 걸어가 털썩 주저앉았다. 그리고 하인 숙소와 커다란 저택 사이에 놓인 정원과 잔디밭을 내다보았다. 폭보다 길이가 긴 마당 한가운데 원형 분수가 하나 있었고 잔디밭에는 판석이 깔린 길이 일그러진 십자가처럼 누워 있었다. 여기저기 벤치들도 있었다. 나무에 딱 붙여놓기도 하고 정자 밑에 두기도 했는데, 모양이 흰 레이스로 만든 것 같았다. 아름다운 뜰이었다!

건물도 그녀의 꿈속에서 튀어나온 듯한 집이었다! 흰색 이층집의 덧창문은 검붉었고, 오크나무 문들에 청동 노커와 엄지로 누르면 열리는 빗장이 달려 있었다… 잔디밭은 드넓었고 포플러나무들은 투시할 수 없을 만큼 빽빽하고 키가 커서 저 너머 어딘가에 다른 집이 있다는 사실을 인정하거나 믿을 필요가 없었다… 흐르는 빗물 자국으로 얼룩진 뉴욕의 하월 하우스는 화강암 기둥으로 화려하게 장식되어 있었지만 줄줄이 늘어선 썩은 웨딩 케이크들 사이에 있는 썩은 웨딩 케이크처럼 보였는데, 라고 루실은 생각했다…

루실은 불쑥 자리에서 일어났다. 크리스천슨 저택은 한창 꽃 피고 있었고 다정하며 생생하게 살아 있었다! 아이들이 있었다. 아이들이라니 하느님께 감사할 일이다! 아직 아이들을 만나보지도 못했지만.

루실은 서둘러 아래층으로 내려가 문에서 마당을 가로지르는 오솔길을 질러 가다가 몇 초쯤 머무르며 갈대 피리로 바위 연못에 물을 불어넣고 있는 통통한 목신을 구경했다… 크리스천슨 부부가 봉급을 얼마 주기로 했더라? 기억이 나지 않았지만 상관없었다. 이런 집에서 살 수만 있다면 무급으로도 일했을 테니까.

크리스천슨 부인이 루실을 이 층의 놀이방으로 데리고 갔다. 그녀가 문을 열어준 방은 사벽이 환한 민속풍 디자인으로 꾸며져 있었다. 춤추는 커플과 춤추는 동물들, 꽃이 만개한 꼬불꼬불한 나무들. 담황색 오크로 만든 트윈 베드들이 있고, 바닥에는 노란 리놀륨이 깔려 있었다. 얼룩 하나 없이 깨끗했다.

아이 둘이 한쪽 구석 바닥에 누워 있었고, 주변에는 크레용들과 그림책들이 흩어져 있었다.

"얘들아, 새로 오신 보육 선생님이야." 어머니가 말했다. "루실이라고 해."

작은 남자아이가 일어나서 말했다. "안녕하세요." 크레용이 묻은 손을 진중하게 내밀었다.

루실은 손을 잡고 천천히 고개를 끄덕이며 아이의 인사를 똑같이 되풀이했다.

"여기는 엘로이즈예요." 크리스천슨 부인은 더 어린 아이를 루실 쪽으로 이끌었다.

엘로이즈는 흰옷을 입은 형체를 말끄러미 올려다보다 말했다. "안녕하세요."

"니키는 아홉 살이고 엘로이즈는 여섯 살이에요." 크리스천슨 부인이 말했다.

"네." 루실이 말했다. 아버지처럼 빨간빛이 언뜻 섞여 있는 두 아이의 금발 머리가 눈에 들어왔다. 둘 다 셔츠 없이 파란 멜빵바지를 입고 있었고, 어깨끈 아래의 등과 어깨는 햇살에 타서 갈색이었다. 루실은 아이들에게서 눈을 뗄 수 없었다. 완벽한 집의 완벽한 아이들이었다. 아이들은 솔직하게 그녀를 올려다보았다. 불신도 적의도 없었다. 오로지 사랑뿐이었고, 어린이다운 호기심이 좀 묻어 있었다.

"…그리고 사람들은 대부분 전원이 넓게 펼쳐진 곳에서 살고 싶어하잖아요…" 크리스천슨 부인이 말하고 있었다.

"아, 맞아요… 맞아요, 부인. 도시보다 여기가 정말 훨씬 더 좋아요."

크리스천슨 부인이 어린 딸의 머리를 매만져주자, 그 다정함이 루실의 마음을 확 사로잡았다. "이제 애들이 점심 먹을 시간이 다 됐네요." 부인이 말했다. "루실은 여기 위에서 식사하면 돼요. 홍차가 좋아요, 커피가 좋아요? 아니면 우유 마실래요?"

"저는 커피 주세요."

"좋아요, 리자베스가 몇 분 후에 식사를 가져올 거예요." 부인은 문에서 멈춰 섰다. "혹시 불안하거나 마음에 걸리는 건 없죠? 그렇죠, 루실?" 그녀는 나직한 목소리로 물었다.

"아, 없어요, 부인."

"그러게요. 그럼 안 되죠." 그녀는 뭔가 다른 말을 하려는 눈치였지만, 그냥 미소만 짓고 방을 나갔다.

루실은 부인의 뒷모습을 물끄러미 바라보며, 하려던 다른 말이 무엇이었을까 생각했다.

"선생님이 캐서린보다 훨씬 예뻐요." 니키가 말했다.

루실이 돌아섰다. "캐서린이 누굴까?" 루실은 두툼한 방석에 앉아, 여전히 그녀를 바라보고 있는 두 아이에게 온 주의를 쏟았다. 자신의 어깨높이가 아이들의 긴장을 풀어주는 느낌이 들었다.

"캐서린은 전에 있던 우리 보육 선생님이에요. 스코틀랜드로 돌아갔어요… 루실이 여기 와서 기뻐요. 우리는 캐서린을 좋아하지 않았어요."

엘로이즈는 손을 등 뒤로 모으고 루실을 빤히 바라보며 좌우로 흔들흔들하고 있었다. "네. 우리는 캐서린을 좋아하지 않았어요."

니키가 동생을 빤히 보았다. “넌 그 말 하면 안 돼. 내가 한 말이잖아!”

루실은 웃음을 터뜨리며 두 팔로 무릎을 감싸안았다. 그러자 니키와 엘로이즈도 소리내 웃었다.

유색인 하녀가 김이 오르는 쟁반을 가지고 들어와 방 가운데 있는 연한 빛깔 원목 탁자에 놓았다. 하녀는 몸이 가늘었고 나이를 가늠할 수 없었다. “리자베스 젠킨스라고 해요, 미스.” 하녀는 수줍게 말하며 종이 냅킨을 세 군데에 놓았다.

“저는 루실 스미스예요.” 루실이 말했다.

“네. 이제 저는 나가볼 테니 나머지는 직접 하세요, 미스. 뭐 다른 게 필요하시면 큰 소리로 부르시면 돼요.” 하녀가 방을 나갔다. 파란 유니폼 아래 골반이 작고 단단해 보였다.

세 명은 탁자에 앉았고 루실이 커다란 접시의 커버를 벗기자 파슬리를 곁들인 오믈렛 세 개가 나타났다. 오믈렛은 탁자를 가로지르는 막대 같은 한 줄기 햇살 속에서 노란색으로 반짝였다. 먼저 루실이 국자로 떠줘야 할 토마토 수프와 나눠줘야 할 버터 바른 삼각 토스트들이 있었다. 커피는 은제 포트에 들어 있었고, 아이들은 큼지막한 우유 두 컵을 앞에 두고 있었다. 탁자는 루실이 앉기에는 낮았지만 아무래도 괜찮았다. 여기 이렇게 아이들과 함께 앉아만 있어도 너무 좋았으니까. 따뜻하고 명랑한 햇빛이 노란 리놀륨 바닥을, 탁자를, 그녀와 마주 보는 엘로이즈의 발그레한 얼굴을 비추었다. 하월 하우스에서 나오니 얼마나 좋은지! 그곳에서 루실은 늘 서툴렀다. 하지만 여기서는 주석 커버를 놓치거나 그레이비소스 스푼을 누군가의 무릎에 떨어뜨려도 상관없을 테지. 아이들은 그냥 웃기만 할 테니까.

루실은 커피를 홀짝였다.

"안 먹을 거예요?" 엘로이즈가 벌써 입안에 음식을 가득 물고 있었다.

컵이 루실의 손가락에서 미끄러져 식탁보 위로 커피가 절반이나 쏟아졌다. 천만다행으로 식탁보는 그냥 천이 아니라 방수천이었다. 종이 타월로 수습하면 리자베스는 절대 모를 것이다.

"바보!" 엘로이즈가 웃었다.

"엘로이즈!" 니키가 동생을 나무라고 욕실에서 종이 타월을 가지고 왔다.

그들은 함께 커피를 닦았다.

"아빠는 늘 우리한테 커피를 조금씩 줘요." 니키는 다시 제자리에 앉으며 한마디했다.

루실은 아이들이 어머니에게 이 사고 이야기를 할까 생각하고 있었다. 그리고 니키가 뇌물을 은근히 요구하고 있다는 걸 감지했다. "그러시니?" 루실이 물었다.

"우리 우유에 조금씩 따라줘요." 니키가 말했다. "그냥 색이 약간 보일 정도로만요."

"이렇게?" 루실은 우아한 은제 포트 주둥이로 아이들의 잔에 조금씩 따라주었다.

아이들은 기쁨으로 숨을 몰아쉬었다. "네!"

"엄마는 우리가 커피 마시는 걸 좋아하지 않으세요." 니키가 설명했다. "하지만 엄마가 보지 않으실 때 아빠는 선생님처럼 우리가 조금 마시게 해주세요. 아빠는 커피 없이 보내는 하루는 의미 없다고 하는데, 나도 그래요… 에그, 캐서린은 절대로 이렇게 커피를 주지 않았어. 그렇지, 엘로이즈?"

"절대로!" 엘로이즈가 양손으로 잔을 잡고 길고 맛있게 한 모금 들이마셨다.

루실은 자기 안 깊은 곳에서 따뜻한 빛이 올라와 얼굴에 자리 잡고 뜨겁게 타오르는 느낌을 받았다. 아이들은 루실을 좋아했다. 의심의 여지가 없었다. 하녀로 일하며 여러 집을 전전하던 삼 년 동안(예전에는 하녀 노릇밖에 못 하는 사람이라고 스스로 생각했다), 그저 벤치에 앉아 아이들 노는 모습을 보려고 도시의 공원들에 얼마나 자주 갔었는지를 기억했다. 그러나 그곳의 아이들은 대개 더럽거나 입이 험했고, 그녀는 언제나 아웃사이더였다. 한번은 어떤 엄마가 자기 자식의 따귀를 때리는 광경을 본 적도 있다. 고통과 공포에 휩싸여 도망쳤던 기억이 선했다…

"눈이 왜 그렇게 커요?" 엘로이즈가 따졌다.

루실은 화들짝 놀랐다. "우리 어머니도 눈이 크셨어." 루실은 자백이라도 하듯 조심스럽게 말했다.

"아." 엘로이즈는 만족했고 더 묻지 않았다.

루실은 먹고 싶지 않은 오믈렛을 천천히 잘랐다. 어머니가 돌아가신 지 이제 삼 주일이 지났다. 겨우 삼 주일인데 훨씬, 훨씬 더 길게 느껴졌다. 잊어가고 있기 때문이라고, 그녀는 생각했다. 어머니가 정신병원에서 회복할지 모른다는, 지난 삼 년의 희망 없는 희망은 잊어가고 있었다. 그러나 회복하면 어떻게 된단 말인가? 그 병은 별도의 존재였다. 그 별도의 존재가 어머니를 죽였다. 맑은 정신을 가져본 적이 없는 어머니가 완전히 회복되기를 바란다면, 그거야말로 제정신일 리 없다. 의사들마저 그렇게 말했으니까. 의사들은 다른 말도 해주었다. 루실 자신에 대해서. 좋은 말, 고무적인 덕담이었다. 루실은 아버지처럼 정상이라고. 엘로이즈의 우호적인 작은 얼굴을 마주 보고 있으니 마음속을 따뜻하게 위로해주는 빛이 다시 돌아오는 느낌이 들었다. 그래, 이 완벽한 집에서라면 바깥세상과 벽을 쌓고 다 잊고 새로 시작할 수 있을 것이다.

"우리 젤리 먹을 준비 다 됐을까?" 루실이 물었다.

니키가 그녀의 접시를 가리켰다. "아직 다 안 먹었잖아요."

"나는 그렇게 배고프지 않았어." 루실은 특별 디저트를 나눠주었다.

"우리 이제 모래 놀이터에 나가 놀 수도 있어요." 니키가 제안했다. "항상 오전에만 나가 노는데, 선생님한테 우리 모래성을 보여주고 싶어요."

모래 놀이터는 저택 후면의 돌출된 건물 벽이 만든 귀퉁이에 있었다. 루실은 놀이터의 목제 테두리에 앉아서, 땅속 요정들처럼 흙을 쌓고 두드리는 아이들을 내내 바라보았다.

"내가 붙잡힌 공주 할 거야!" 엘로이즈가 외쳤다.

"그래, 그럼 내가 구할게. 선생님, 잘 봐요!"

촉촉한 모래성은 삽시간에 높아졌다. 반짝이는 장난감 깃발이 꼭대기에 꽂힌 포탑들과 해자, 시가 상자 뚜껑으로 만든 모래 도개교도 있었다. 루실은 매혹된 채 바라보았다. 그녀는 『아이반호』에 나오는 브리앙 드 부아길베르와 리베카의 이야기를 또렷하게 기억하고 있었다. 『아이반호』를 읽을 때 지금처럼 시간도 장소도 까맣게 잊은 채 앉은자리에서 단번에 독파했었다.

성이 완성되자 니키가 도개교 바로 뒤쪽으로 대여섯 개의 자갈돌을 놓았다. "착한 군인들이 포로로 잡혀 있어요." 니키가 루실에게 말했다. 아이는 또 다른 담배 상자 뚜껑을 손에 들더니 모래 장벽을 꽉꽉 둘러 세웠다. "우리가 문을 부수면 착한 병사들이 언덕을 내려와 다리를 건널 거예요. 그럼 나를 구하게 되는 거죠!"

"선생님한테 말하지 마! 보면 알 텐데!"

니키는 진지하게 놀이터 테두리에 두었던 자갈돌들로 성문을 두드리기 시작했고, 성 안의 엘로이즈는 돌격이 이루어지는 사이사이 한 손을 내밀어 피해를 복구하려 애썼다. 붙잡힌 공주이기도 했지만, 방어하는 군대 역할도 맡고 있었기 때문이다.

갑자기 니키가 멈추더니 루실을 보았다. "아빠는 막대기로 돌 쏘는 법을 알아요. 막대기 한쪽 끝에 돌을 걸고 다른 돌을 맞추거든요. 그걸 발리스카라고 한대요."

"발리스타야." 루실이 말했다.

"우와, 어떻게 알았어요?"

"책에서 읽었어. 성에 관한 책."

"우와아!" 니키는 잘못 발음한 걸 부끄러워하며 다시 성을 공격하기 시작했다. "우리는 착한 병사들을 빨리 빼내야 해요. 지금 포로로 잡혀 있잖아요, 그렇죠? 병사들이 풀려나면 다 같이 힘을 합쳐 싸워서 성을 점령할 수 있어요!"

"공주도 구하고요!" 엘로이즈가 거들었다.

지켜보던 루실은 어느새 뭔가 진짜 참사가 일어나길 바라고 있다는 걸 깨달았다. 엘로이즈에게 위험하고 끔찍한 일이 일어나서 자신이 대신 몸을 던져 공격자를 막아낼 수 있다면, 그래서 엄청난 용기와 헌신을 입증할 수 있다면 얼마나 좋을까… 그녀는 총알이나 칼을 맞고 중상을 입겠지만 습격하는 사람을 때려눕혀 쫓아버릴 것이다. 그러면 크리스천슨 부부는 그녀를 사랑하게 될 테고 영원히 데리고 있어주겠지. 지금 어떤 미친 사람이 느닷없이 나타나 그들을 덮친다면, 입이 험하고 눈에 핏발이 선 누군가 나타난다면, 한순간도 두려워하지 않을 것이다.

루실은 모래 벽이 허물어지고 첫 번째 착한 병사 돌멩이가 자유의 몸이 되어 언덕을 굴러내려가는 장면을 보았다. 니키와 엘로이즈는 환호성을 질렀다. 벽이 완전히 무너지고, 둘, 셋, 네

명의 군사들이 첫 군사를 따랐다. 돌들의 줄무늬가 모래 위에서 활기차게 굴러다녔다. 루실은 앞으로 몸을 숙였다. 이제야 알았다! 그녀는 마치 성에 감금된 선한 군사들과 같았다. 성은 도시의 하월 하우스였고, 니키와 엘로이즈가 그녀를 풀어주었다. 이제 자유롭게 선행을 해도 된다. 지금 뭔가 중대한 일이 일어나주기만 한다면…

"아, 아, 아우!"

엘로이즈였다. 둘이 동시에 같은 돌멩이를 잡으려다가 니키가 엘로이즈의 손가락을 놀이터 테두리에 찧고 만 것이다.

루실은 아이의 손을 잡았다. 긁힌 살갗의 여러 작은 상처에서 배어 나오는 피를 보고 심장이 쿵쿵 뛰었다. "엘로이즈, 많이 아프니?"

"에잇, 애초에 쟤는 돌멩이를 건드리면 안 되는 거라고요!" 니키가 투덜거리면서 모래밭에 털썩 주저앉았다.

루실은 손수건을 손가락에 둘러주고 아이를 반쯤 안다시피 해서 집 안으로 데리고 들어왔다. 리자베스나 크리스천은 부인의 눈을 피하려니 정신이 하나도 없었다. 놀이방에 딸린 욕실로 엘로이즈를 데리고 가서, 의약품 수납장에서 머큐로크롬과 거즈를 찾은 다음 손가락을 부드럽게 씻어주었다. 살짝 긁힌 상처일 뿐이었고, 엘로이즈는 상처가 미미하다는 걸 알고 눈물을 그쳤다.

"봐, 그냥 살짝 긁힌 것뿐이네!" 루실이 한 말은 그저 아이를 진정시키려는 목적이었다. 그녀에게는 그냥 살짝 긁힌 상처가 아니었다. 처음 아이들을 맡은 날 오후에 일어나서는 안 될 끔찍한 일이었다. 막는 데 실패한 참사였다. 상처가 두 배로 심해도 좋으니 차라리 자기 손에 났다면 얼마나 좋을까, 거듭 거듭 바라고 또 바랐다.

엘로이즈는 손에 붕대를 묶는 동안 방그레 웃었다. "니키 오빠 혼내지 마세요. 일부러 그런 거 아니에요. 그냥 거칠게 놀아서 그래요."

그러나 루실은 니키를 혼낼 생각은 하지도 않았다. 오로지 자기 자신을 혼내고 싶을 뿐이었다. 회초리를 가져다 제 손바닥을 때리고 싶었다.

"왜 이를 그렇게 물어요?"

"난, 난 이러면 네가 아플까 봐."

"이젠 안 아파요." 엘로이즈는 폴짝폴짝 뛰면서 욕실을 나갔다. 그러더니 제 침대에 폴짝 뛰어올라 네 귀퉁이가 꼭 맞게 정리되어 바닥까지 드리워진 연갈색 시트에 누웠다. 붕대를 감은 손가락이 팔의 갈색 배경과 대조되어 흠칫할 정도로 희었다. "우리는 이제 낮잠 자야 해요." 엘로이즈는 루실에게 말하고는 눈을 감았다. "안녕."

"잘 자." 루실은 대답하고 미소를 지으려 애썼다.

루실이 니키를 데리러 내려가서 함께 계단을 올라오는데, 크리스천슨 부인이 놀이방 문간에 서 있었다.

루실은 하얗게 질렸다. "심한 상처 같지는 않아요, 부인. 그, 그냥 모래 놀이터에서 좀 긁혔어요."

크리스천슨 부인은 방 안으로 들어가 니키의 침대 가장자리에 걸터앉았다. "니키, 아가. 넌 좀 더 부드러운 몸가짐을 하도록 배워야 해. 너 때문에 루실이 얼마나 놀랐는지 좀 보렴!" 부인은 깔깔 웃더니 아들의 머리를 헝클어뜨렸다.

루실은 문간에서 이 광경을 지켜보았다. 이번에도 그녀는 아웃사이더라는 느낌이 들었지만, 이번에는 자신의 무능력이 원인이었다. 그러나 예전에 공원에서 보던 광경과 얼마나 다른 장면인가!

크리스천슨 부인은 방을 나가는 길에 루실의 어깨를 토닥여 주었다. "어스름이 내릴 때쯤 되면 애들은 벌써 까맣게 잊을 거예요."

"어스름." 루실은 다시 놀이방으로 들어서면서 속삭였다. "이 얼마나 아름다운 말인지!"

아이들이 자는 사이 루실은 삽화가 있는 『피노키오』를 훑어보았다. 그녀는 이야기를 열렬하게 사랑했다. 종류를 가리지 않고 모든 이야기를 좋아했지만, 무엇보다 모험담과 동화가 좋았다. 그녀 팔꿈치께에 있는 아이들 책장에는 수십 권의 이야기책들이 있었다. 다 읽으려면 몇 달은 걸릴 터였다. 아이들을 위한 동화라도 상관없었다. 사실 그런 유가 더 취향에 맞았다. 그런 이야기책들에는 옷을 차려입은 동물들의 그림이 그려져 있고 식탁과 집과 온갖 것들이 살아 움직이니까.

이제 『피노키오』의 책장을 넘기는 그녀는 강렬한 만족감과 행복에 젖었고, 그 감정이 그녀가 읽고 있는 이야기 속으로 침투해 들어왔다. 기억이 났다. 정신병원의 의사가 독서를 권했고 영화도 보러 가라고 했다. "보통 사람들과 함께 있으면서 어머니가 겪은 어려움에 대해서는 다 잊으세요…" (그때는 어려움이라고 불렀지만 다른 때는 늘 성향이라는 말을 썼다. 실처럼 세대를 관통해 흐르는 성향, 그런 생각을 했었다.) 루실은 아직도 그 정신과 의사의 얼굴을 눈앞에 선히 떠올릴 수 있었다. 고개를 한쪽으로 약간 돌리고, 말할 때 안경을 들고 있었다. 정신과 의사는 그렇게 생겼을 거라고 그녀가 생각했던 그대로였다. "어머니에게 그런 성향이 있었다고 해도 아버지처럼 정상이 아니라는 법은 없습니다. 당신은 지적인 여성이에요… 도시 밖으로 나가서 일자리를 구하세요… 느긋하게 긴장을 풀고… 인생을 즐겨요… 가족이 살았던 집마저도 잊어버리면 좋겠어요… 전원에서 일 년쯤 살고 나면…"

이 역시 삼 주일 전, 어머니가 병동에서 세상을 떠난 직후의 일이었다. 의사가 했던 말은 사실이었다. 평화와 사랑, 아름다움과 아이들이 있는 이 집에 있으니 도시의 혼란과 고역이 그녀에게서 뱀 허물처럼 떨어져 나갔다. 겨우 반나절밖에 지나지 않았는데, 벌써! 일주일 후면 어머니의 얼굴을 영원히 잊을 것이다.

황홀경에 가까운 기쁨의 탄성을 작게 뱉으며 그녀는 책장으로 고개를 돌리고 길고 늘씬하고 밝은 원색으로 채색된 책들을 무작위로 예닐곱 권 골랐다. 한 권은 펼쳐서 무릎 위에 거꾸로 엎어두고 또 다른 책은 펼쳐서 가슴에 대고 세워놓았다. 나머지 책들은 여전히 한 손으로 든 채 그녀는 눈을 반쯤 감고 『피노키오』의 책장에 얼굴을 묻었다. 천천히 흔들의자를 앞뒤로 흔들면서. 그녀 자신의 행복과 감사뿐 아무것도 의식하지 않은 채. 아래층의 종이 세 번 울렸지만 그녀는 듣지 못했다.

"뭐 하고 있어요?" 니키가 물었다. 공손하지만 호기심에 찬 목소리였다.

루실은 얼굴을 덮은 책을 내렸다. 질문의 의미를 알아들은 그녀는 얼굴을 붉히며, 행복하지만 뭔가 잘못한 아이 같은 웃음을 띠었다. "책을 읽고 있지!" 소리내어 웃었다.

니키도 웃었다. "엄청 가까이 놓고 책을 보시네요."

"맞아야." 엘로이즈가 말했다. 엘로이즈도 어느새 일어나 앉아 있었다.

니키가 다가와 무릎에 놓인 책을 살펴보았다. "우리는 세 시에 일어나요. 이제 우리한테 책 읽어줄래요? 캐서린은 항상 저녁 식사 때까지 책을 읽어줬어요."

"『피노키오』 읽어줄까?" 루실이 말했다. 그 책의 처음 몇 장에서 자신이 느낀 행복을 어쩌면 나눌 수 있을지도 모른다는 생각에 행복해졌다. 루실은 책의 삽화를 아이들도 볼 수 있도록 방바닥으로 내려와 앉았다.

니키와 엘로이즈가 그림을 보려고 달뜬 얼굴을 디밀어서 책이 잘 보이지 않을 때도 있었다. 그녀는 자신이 자아낸 팽팽한 흥미가 그 자체로 두 아이의 마음을 움직였고 그만큼 이야기를 즐길 수 있게 해주었다는 걸 깨닫지 못했다. 그녀는 두 시간 동안 책을 읽었고, 두 시간은 마치 이 분처럼 흘러갔다.

다섯 시가 되자 곧 리자베스가 쟁반에 저녁을 받쳐 들고 왔고, 식사를 마치자 니키와 엘로이즈는 일곱 시 잘 시간이 되기 전까지 책을 더 읽어달라고 졸랐다. 루실은 기쁘게 다른 책을 읽어주기 시작했지만, 리자베스가 쟁반을 치우러 와서 아이들이 목욕할 시간이라고 했고, 크리스천슨 부인이 얼마 후 밤인사를 하러 올라올 거라는 말도 전했다.

크리스천슨 부인은 일곱 시에 올라왔다. 그때쯤 갓 목욕을 마친 두 아이는 가운을 입고 방바닥에 앉아 루실의 이야기에 흠뻑 빠져들어 있었다.

"있잖아요." 니키가 어머니에게 말했다. "이 책들은 다 캐서린과 읽은 건데, 루실이 읽어주면 꼭 새 책 같아요!"

루실은 기쁨으로 얼굴이 발갛게 달아올랐다. 아이들이 잠자리에 들자 그녀는 크리스천슨 부인과 함께 아래층으로 내려갔다.

"다 괜찮은가요, 루실? 일이 돌아가는 방식에 대해서 내게 물어보고 싶은 점이 있을 것도 같은데요."

"아니에요, 부인. 다만… 제가 밤에 한번 올라가서 아이들이 어떤지 살펴봐도 될까요?"

"어머, 잠을 끊고 싶지는 않아요, 루실. 몹시 사려 깊은 제안이지만 정말로 그럴 필요는 없어요."

루실은 말이 없었다.

"그리고 밤 시간이 길게 느껴질 수도 있을 거예요. 혹시 시내의 영화관에 가고 싶으면 앨프리드가—우리 운전사예요—기꺼이 차로 데려다줄 거예요."

"감사합니다, 부인."

"그럼 잘 자요, 루실."

"안녕히 주무세요, 부인."

루실은 뒷길로 나가서 아직도 분수가 솟아나고 있는 정원을 가로질렀다. 그리고 자기 방 손잡이에 손을 얹었을 때 루실은 그 문이 놀이방 문이면 좋겠다고, 새로운 하루를 시작할 시간인 아침 여덟 시면 좋겠다고 생각했다.

그래도 피곤하긴 했다. 기분 좋은 피로함이었다. 불을 끄면서 그녀는 생각했다. 밤에 (겨우 아홉 시밖에 안 된 시각이었지만) 제대로 피곤한 기분을 느끼는 게 얼마나 기분 좋은지 모르겠다고. 에너지가 폭발할 것만 같다거나, 어머니 생각이나 자신에 대한 걱정으로 잠을 못 이루는 게 아니라… 그녀는 그리 오래지 않은 과거의 하루를 기억했다. 십오 분 동안이나 자신의 이름이 기억나지 않던 그날. 그녀는 공포에 질려 의사에게 달려갔었다…

다 지나간 일이다! 심지어 앨프리드에게 시내에서 담배 한

갑을 사다 달라고 부탁할 수도 있었다. 몇 달 동안 스스로 금지했던 사치였지만.

루실은 창가에 서서 마지막으로 저택을 보았다. 놀이방의 커튼이 밖으로 펄럭이다 다시 휙 날려 들어가곤 했다. 끄덕이는 포플러나무 꼭대기에서는 바람이 말을 걸었다. 다정한 목소리처럼, 높아서 잔물결처럼 퍼져나가는 아이들 목소리처럼…

둘째 날은 첫날과 똑같았다. 아무 변고도 긁힌 손도 없다는 사실이 달랐을 뿐이다. 셋째 날과 넷째 날도 마찬가지였다. 놀이방 놀이 책상 위에 줄을 맞춰 서 있는 니키의 납 병정들처럼 규칙적이고 균질적이었다. 유일하게 변한 점은 가족과 아이들에 대한 루실의 사랑이었다. 맹목적이고 열정적인 헌신은 매일 아침 새삼스레 곱절로 커져만 가는 듯했다. 루실은 많은 것들을 눈에 담고 또 사랑했다. 엘로이즈가 조그만 목 너머로 꼴딱꼴딱 우유를 삼키는 모습, 뒷머리의 금발이 말려 올라가 목 뒤의 털과 만나는 모습, 목욕을 시켜줄 때면 아프리만큼 연약해 보이는 아이들의 몸.

토요일 저녁 그녀는 하인 숙소 문 앞의 우편함에서 그녀에게 온 봉투를 발견했다. 안에는 백지로 이십 달러 지폐 신권 두 장이 싸여 있었다. 루실은 지폐 한 장의 빳빳한 귀퉁이를 잡고 들어보았다. 돈의 가치는 그녀에게 무의미했다. 돈을 쓰려면 다른 사람들이 있는 상점으로 가야 할 것이다. 크리스천슨 저택을 영영 떠나지 않을 거라면 돈이 무슨 소용이 있을까? 매주 사십 달러씩, 차곡차곡 쌓여만 갈 것이다. 일 년 후에는 2080달러가 생길 테고, 이 년 후에는 그 두 배가 될 것이다. 결국 크리스천슨 가족만큼 많은 돈을 갖게 될 텐데, 그건 옳지 않았다.

무급으로 일하게 해달라고 부탁하면 아주 이상하게 생각할까? 아니면 십 달러는 어떨까?

크리스천슨 부인과 이야기를 해야 했다. 그래서 다음 날 아침 부인을 찾아갔다. 불행히도 때가 좋지는 않았다. 크리스천슨 부인은 저녁 식사 메뉴를 짜고 있었다.

"제 봉급 말씀인데요, 부인." 루실이 말을 꺼냈다.

"네?" 크리스천슨 부인이 호감 가는 목소리로 말했다.

루실은 부인의 손에 들린 노란 연필이 종이 위를 빠르게 움직이는 모습을 지켜보았다. "제게는 너무 많아요, 부인."

연필이 멈췄다. 크리스천슨 부인의 입술이 놀라움으로 살짝 벌어졌다. "루실, 정말로 신기한 사람이네요!"

"무슨 뜻이세요, 신기하다는 게?" 루실은 호기심을 담아 물었다.

"글쎄요. 일단 먼저, 아이들과 밤낮으로 같이 있고 싶어하잖아요. 오후에도 쉬는 법이 없고요. 언제나 우리를 위해 대단히 중요한 일을 하고 싶다고 하는데, 그게 뭔지 나는 상상이 안 돼요… 그런데 이제 봉급이 너무 많다니! 우리 집에는 이런 분이 있었던 적이 없어서요, 루실. 장담하는데, 정말 남다르다니까요!" 부인은 웃었고, 그 웃음소리에 가득한 편안함과 느긋함이 앞에 선 젊은 여자의 팽팽한 긴장과 대조를 이루었다.

루실은 대화에 푹 빠져 희열에 찼다. “남다르다니, 무슨 뜻이세요, 부인?”

“아니, 방금 말했잖아요. 그런데 나는 절대로 봉급을 내려줄 수 없어요. 파렴치한 착취가 될 테니까요. 아니, 혹시라도 마음이 바뀌어서 봉급 인상을 원하는 거라면…”

“아, 아니에요, 부인… 그렇지만 제가 뭐라도 더 해드릴 것이 있으면 좋겠어요… 가족 분들 모두를 위해서…”

“루실! 우리를 위해서 지금 일하고 있잖아요, 안 그래요? 우리 아이들을 돌봐주고요. 그보다 더 중요한 일이 어디 있겠어요?”

“그렇지만 더 큰 일 말이에요, 제 말은 더 중요한—”

“말도 안 되는 소리예요, 루실.” 크리스천슨 부인이 말허리를 끊었다. “예전에 함께 있던 사람들이 우리처럼 그렇게 우호적이지 않았다고 해도, 우리 집에서는 그렇게 몸 바쳐 일하지 않아도 돼요.” 부인은 루실이 가려는 움직임을 보이길 기다렸지만, 루실은 여전히 어리둥절한 얼굴로 책상머리에 서 있었다. “크리스천슨 씨와 내 마음에는 꼭 들어요, 루실.”

“감사합니다, 부인.”

루실은 아이들이 놀고 있는 놀이방으로 돌아왔다. 크리스천슨 부인이 이해할 수 있도록 말하지 못했다. 다시 돌아가서 그녀의 감정을 설명할 수만 있다면, 어머니 이야기도 하고, 자기도 그럴까 봐 몇 달째 시달려온 두려움도 털어놓고, 어째서 감히 술 한 잔 담배 한 대 하지 못하는지도… 그리고 이 아름다운 집에서 가족들과 함께 있는 것만으로도 다시 건강해졌다는 이야기까지… 부인에게 모든 걸 다 털어놓으면 후련할지 모른다. 루실은 다시 문 쪽으로 가다가, 부인의 마음이 어지러울 수도 있고 젊은 하녀의 이야기, 그런 따분한 이야기에 지루해할 수도 있다는 생각이 들어 멈췄다. 그래서 그날은 줄곧 표현하지 못한 감사를 가슴에 무겁게 얹고 다녀야 했다.

그날 밤 루실은 열두 시가 넘은 시각까지 자기 방에 불을 켜고 앉아 있었다. 이제 담배도 수중에 있었고, 그날 저녁은 석 대까지 피우도록 스스로 허락했다. 그러나 피가 짜릿짜릿해지고 마음이 편안해지고 영웅적인 꿈을 꾸기에는 그만큼으로 충분했다. 담배 석 대를 다 피우고 나면 또 한 대가 생각이 났을 텐데, 머리가 아주 가벼워진 그녀는 벌떡 일어나 유혹을 떨치려고 담배를 서랍장 맨 위 칸에 넣고 치워버렸다. 서랍을 닫을 때 손수건 상자 속 크리스천슨 가족이 준 이십 달러 지폐 두 장이 눈에 띄었다. 그녀는 지폐를 꺼내 의자에 다시 앉았다.

성냥갑에서 한 개비를 꺼내 불을 붙이고 불붙은 끄트머리가 아래로 가도록 잡아 재떨이 벽에 걸쳤다. 그러더니 성냥을 천천히 하나씩 하나씩 전략적으로 배치해 작고 깜박이는, 잘 통제된 불을 피웠다. 성냥이 다 없어지자 그녀는 성냥갑 종이를 잘게 찢어 천천히 떨어뜨렸다. 그러다 마침내 이십 달러짜리 지폐를 들고 잘 찢어지지 않는 돈을 애써 같은 크기로 찢었다. 그리고 이 조각들도 차근차근 불길에 던져주었다.

크리스천슨 부인은 이해하지 못했지만 이것을 본다면, 그때는 깨달을지도 모른다. 아직 이것 정도로는 모자랐다. 단순히 충실한 서비스로도 충분하지 않았다. 누구라도 돈만 준다면 그 정도는 해주었을 테니까. 루실은 달랐다. 크리스천슨 부인도 직접 말하지 않았던가? 그때 부인이 했던 다른 말이 또 떠올랐다.

"크리스천슨 씨와 내 마음에는 꼭 들어요, 루실."

이 말의 기억이 그녀를 의자에서 일으켜 세웠고 입술에 미소를 걸어주었다. 그녀는 기적처럼 튼튼하다는 느낌이 들었다. 마음도 튼튼하고 집안에서의 위상도 튼튼하니 안전하다는 느낌도 들었다. 크리스천슨 씨와 내 마음에는 꼭 들어요, 루실. 그녀의 행복에 부족한 건 사실 딱 하나뿐이었다. 위기 상황에서 자신의 능력을 증명해 보여야 했다.

성경에서 읽은 대역병이 돌기만 한다면… "그리하여 온 땅을 역병이 휩쓸었도다." 성경에서라면 그렇게 표현할 텐데. 그녀는 커다란 저택에 철썩이며 부딪는 물의 수위가 점점 높아지는 상상도 했다. 금방 놀이방까지 휩쓸 정도로. 그러면 아이들을 구출하고 함께 헤엄쳐 안전한 곳으로 데려가리라. 아이들이 어디에 있더라도 좋았다.

그녀는 불안하게 방 안을 서성거렸다.

아니면 지진이 난다면 어떨까… 사벽이 허물어지는 가운데 안으로 들어가서 아이들을 끌고 나오리라. 니키의 납 병정이나 엘로이즈의 색칠 도구처럼, 뭔가 하찮은 물건을 가지러 다시 들어갔다가 깔려 죽어도 좋았다. 그러면 크리스천슨 가족이 그녀의 헌신을 알아줄 테니까.

아니, 불이 난다면 어떨까. 불은 누구에게나 날 수 있다. 화재는 흔한 일이고 저 위의 하늘나라에서 내리는 분노와 저주가 필요 없다. 차고의 휘발유와 성냥 한 개비만 있으면 끔찍한 화재가 발생할 수 있다.

그녀는 아래층으로 내려가서, 차고로 통하는 안쪽 문을 지났다. 휘발유 탱크는 일 미터 높이에 완전히 가득 차 있어서, 자기 행위의 필연성과 중요성에 크나큰 영감을 받지 않았더라면 그녀의 힘으로는 탱크를 번쩍 들어서 차고의 문지방과 하인 숙소의 문지방을 넘을 수 없었을 것이다. 그녀는 남자들이 맥주통과 쓰레기통을 옮길 때 봐둔 대로 탱크를 굴려 마당을 가로질렀다. 잔디밭에서는 아무 소리가 나지 않았고 판석 인도를 지날 때만 조금 쿵쾅거렸는데, 그나마 밤 속에 묻혀 사라져버렸다.

불이 밝혀진 창은 없었지만, 혹시 그랬더라도 루실을 막을 수는 없었을 것이다. 심지어 크리스천슨 씨가 그곳 분수 옆에 떡하니 서 있었더라도 그녀를 막지는 못했을 것이다. 십중팔구 그녀는 그를 아예 보지도 못했을 테니까. 행여 그랬대도 지금 하려는 일은 고귀한 일이 아니었던가? 그래, 그녀의 눈에는 저택과 위층 방의 아이들 얼굴밖에 보이지 않았을 것이다.

그녀는 뚜껑을 돌려 따서 휘발유를 저택 한 모퉁이에 약간 뿌리고, 탱크를 더 멀리 굴려서 하얀 널판에 더 뿌리고, 그렇게 계속 가장 먼 모퉁이까지 갔다. 그리고 왔던 길을 걸어 다시 돌아가며 축축한 곳들에 불붙인 성냥을 대었다. 뒤도 한번 돌아보지 않고 하인 숙소의 문으로 간 그녀는 가만히 서서 지켜보았다.

불길은 처음에 흐리고 열렬하다가 붉은빛이 감도는 노란색으로 변했다. 이 광경을 지켜보는 사이 루실의 몸과 마음에 남아 있던 긴장은 고르게 위로 흘러나가 영원히, 말끔히 걷혀 사라졌다. 해방된 근육과 뇌는 출발을 알리는 총소리를 기다리는 운동선수처럼 자발적으로 긴장했다. 그녀는 자기가 뛰어들기 전에, 불길이 높이 치솟기를, 놀이방 창문까지 닿기를 바랐다. 그래야 위험이 최고조에 달할 테니까. 흡사 성인 같은 미소가 입가에 떠올라, 누구라도 문간에 서 있던 그녀를 봤다면, 나불거리는 불빛에 환히 빛나던 그 얼굴을 보았다면, 분명 어느 아리따운 젊은 여자라고 생각했을 것이다.

그녀는 다섯 군데에 불을 붙여두었고, 이제 이 불길들이 손가락들처럼 저택을 타고 올라갔다. 따뜻하게 명멸하며, 부드럽게 어루만지며. 루실은 미소 띤 얼굴로, 어서 들어가고 싶은 마음을 꾹 참고 있었다. 그때 갑자기 휘발유 탱크가 너무 뜨거워진 나머지 대포 같은 소리를 내며 폭발해 한순간 광경 전체가 환하게 밝아졌다.

이거야말로 기다리던 신호였다는 듯, 루실은 자신만만하게 앞으로 나아갔다.

애프턴 부인,
그대의 푸르른
산비탈에 둘러싸여

렉싱턴 애비뉴의 일 층 진료실 창밖을 내다보고 있던 펠릭스 바우어 박사에게 그날 오후는 흐름을 잃은 굼뜬 냇물과 같아서, 앞으로 흐르는지 뒤로 흐르는지도 모를 정도였다. 이미 통행량이 많아져서, 녹은 구릿빛의 햇빛 속에서 차들은 빨간 등을 따라 찔끔찔끔 앞으로 움직일 뿐이었다. 차들의 크롬 외장이 백열을 받은 듯 눈부시게 반짝였다. 바우어 박사의 진료실은 냉방이 되어 기분 좋게 시원했으나, 그의 논리인지 혈관 속 피인지 모를 무언가가 자꾸 날이 뜨겁다고 말하고 있었고, 그래서 그는 우울했다.

박사는 손목시계를 흘끗 보았다. 세 시 삼십 분에 예약한 바브리카 양이 또 약속을 펑크냈다. 그녀의 모습이 눈앞에 선히 그려졌다. 틀림없이 영화관에서 눈을 동그랗게 뜨고 앉아, 해야 할 일을 생각지 않으려고 스스로 최면을 걸고 있을 것이다.

네 시 십오 분 환자를 보기 전에 빈 몇 분 사이에 할 수 있는 일들은 있었다. 그러나 그는 창밖만 응시하고 있었다. 알고 싶었다. 이렇게 엄청난 속도와 야망의 도시인데, 뉴욕의 어떤 면모가 그에게서 주도적 의욕을 모조리 앗아가버린 걸까? 그는 열심히 일했고, 처음부터 항상 열심히 일하는 사람이었지만, 미국에 와서는 열심히 일한다는 사실을 의식하게 되었다. 빈이나 파리와는 달랐다. 거기서는 일을 하고 삶을 살았다. 저녁이면 아내와 친구들과 마음 편히 즐기며 에너지를 얻어 이른 새벽까지 더 많이 일하고 더 많이 읽을 수 있었다.

아담하고 좀 살집이 있지만 아직 예쁜, 중년에 흔치 않게 빛나는 어여쁨을 지닌 애프턴 부인의 이미지가(향수는 가드니아 콜롱이었다고 기억한다) 유럽의 저녁들에 겹쳐 보였다. 애프턴 부인은 미국 남부 출신으로, 만나면 아주 기분이 좋아지는 여성이었다. 부인에게서는 그가 익히 들어 아는 미국 남부의 분위기가 풍겼다. 남부에서는 식사를 함께하고 서로의 집에 방문하고 대화를 나눌 여가가 있는, 한마디로 백수로 사는 삶의 전통을 보존하고 있다고 들었다. 꼭 필요한 말은 아니었지만 흐뭇하게 들을 수 있었던 애프턴 부인의 표현 몇 구절에서 그런 느낌을 감지했다. 부인의 말씨는 조용하고 깍듯했는데(깍듯하게 예의 차리는 사람을 보면 대체로 그는 짜증이 났다) 불안증을 앓는 가운데서도 예의만큼은 한순간도 잊지 않았다. 애프턴 부인과 함께 있을 때면, 그녀가 투영하는 삶의 방식이 연금술처럼 세계를 완전히 딴판으로, 그러니까 훨씬 더 아름다운 공간으로 바꿔버렸다. 환자들 가운데서 그렇게 기분 좋은 사람을 만나는 건 그리 자주 있는 일이 아니었는데, 생각해보면 애프턴 부인이 지난 월요일 박사를 찾아온 건 그나마 본인이 아니라 남편의 문제 때문이었다.

네 시 십오 분 환자는 근면 성실한 슈리버 씨였다. 슈리버 씨는 자신이 지불하는 사십오 분의 상담 비용을 마지막 한 푼까지 일해서 벌어야 하는 사람이었고, 그 사실을 일 분 일 초 의식하고 있었으며, 오후의 표면에 물거품 하나 일으키지 않고 왔다가 갔다. 다시 혼자가 된 바우어 박사는 강인하고 깔끔한 손으로 눈썹을 쓸었고, 성마른 손길로 말끔하게 가다듬은 후 슈리버 씨에 대해 마지막 노트를 적었다. 그 청년은 이번에도 정수리가 터져나가도록 수다를 떨었다. 머뭇거리다 정신없이 말을 쏟아내다 하면서. 무슨 질문을 해도 그를 더 유망한 길로 이끌 수가 없었다. 반드시 언젠가는 도움을 줄 수 있다고 믿어야만 하는 환자가 바로 슈리버 씨 같은 사람들이었다. 바우어 박사가 보기에 첫 장벽은 언제나 긴장인 듯했다. 유럽에서 보았던 것처럼 전쟁이나 가난 같은 거의 객관적인 긴장이 아니었다. 미국적인 유의 긴장은 개개인마다 달랐고, 사람들은 바로 그 긴장을 해부하러 정신분석 전문의를 찾아와서는 오히려 긴장을 더욱더 혼자 꽉 붙잡고 드러내려 하지 않았다. 돌이켜 생각해보면 애프턴 부인에게는 그런 긴장이 전혀 없었다. 행복을 위해 태어나고 길러진 여자가 행복을 거부해버린 남자에게 묶여 살아야 하다니 개탄스러웠다. 그녀를 위해 그가 해줄 수 있는 일이 없다는 사실도 개탄스러웠다. 그는 결심했다. 오늘은 그녀를 도와줄 수 없다고 꼭 말해야 한다.

정확히 다섯 시에 바우어 박사의 발이 파란 카펫 밑에 있는 버저를 찾아 두 번 눌렀다. 그러고는 문을 흘긋 바라보고 일어나서 열어주었다.

애프턴 부인이 바로 들어왔다. 통통한 몸집에도 발걸음은 빠르고 통통 튀었고, 세심하게 곱슬곱슬 손질한 밝은 갈색 머리는 높이 치켜들고 있었다. 그날 오후 자기 동력으로 움직이는 존재는 그녀가 유일하다는 생각이 그의 뇌리를 스쳤다.

"안녕하세요, 바우어 박사님." 어울리지는 않지만 진료실 카펫에 녹아드는 파란색 시폰 스카프를 느슨하게 풀며, 부인은 가죽 팔걸이의자에 편히 앉았다. "여기는 정말이지 천국처럼 시원하네요! 오늘은 떠날 시각이 벌써 두려워지는데요."

"그래요." 그는 미소를 지었다. "냉방 때문에 다들 버릇이 나빠져요." 책상에 허리를 굽히고서 그는 월요일에 미리 적어두었던 노트를 읽었다.

토머스 베인브리지 애프턴, 오십오 세, 전반적인 건강 양호. 짜증이 많음. 신체적 힘과 트레이닝에 대한 불안. 최근 몇 달간 심한 다이어트와 운동 프로그램 강행. 헬스 기구가 갖춰진 호텔 스위트룸에서 지냄. 강도 높게 운동함. 정신분열, 사도마조히즘의 징후. 치료를 거부함.

구체적으로 말하면, 애프턴 부인이 찾아온 이유는 남편을 어떻게 설득해야 운동을 그만두게 하지는 못해도 정도를 조절할 수 있을지 묻기 위해서였다.

바우어 박사는 책상 건너편의 부인에게 불편하게 웃어 보였다. 아무래도 지금 돌려보내야 할 것 같았다. 다른 사람을 통해 대리로 환자를 볼 수는 없다고, 다시 한번 설명을 해야 했다. 지난번에 애프턴 부인은 다시 와서 상담을 하게 해달라고 애원했었다. 그리고 지금은 그때보다 훨씬 더 희망에 부푼 기색이 역력해서, 그는 말머리를 꺼내기가 힘들었다. "오늘은 좀 어떠세요?" 그는 언제나 그러듯 이 질문부터 던졌다.

"아주 좋아요." 부인은 망설였다. "제 생각에는, 선생님께 드려야 할 말씀은 거의 다 드린 것 같거든요. 선생님 쪽에서 저한테 묻고 싶으신 게 없다면 말이지요." 그러더니 스스로 강하게 말했다고 생각했는지 의자에 뒤로 기대앉아 파란 눈을 깜박이더니 미소를 지었고, 그 미소는 실제로 그녀가 지난 월요일에 했던 말을 해주는 듯했다. "이상하다는 건 저도 알아요. 거울 앞에서 열두 살짜리 남자아이처럼 팔을 구부리며 자기 근육에 감탄하는 남편이라니. 하지만 박사님도 이해하실 거예요. 그러고는 기진맥진해져서 덜덜 떨면 그이의 생명을 걱정하게 된단 말이지요."

박사는 종류가 같은 미소를 짓고 이해한다는 듯 고개를 끄덕이며 생각했다. "남편 분께서 직접 와서 치료받기를 거부하시니…"라고 말을 꺼내면 그녀는 순순히 상담을 끝내고 불안의 부담을 그대로 마음속에 짊어진 채 진료실을 나갈 거라고. 애프턴 부인은 그런 타입의 중년 여자들이 그러듯 온갖 괴로움을 한꺼번에 털어놓지 않았고, 자존심이 강해서 부끄러운 사실, 이를테면 남편이 그녀에게 손찌검을 한 적이 있다는 사실을 인정할 리 없었다. 바우어 박사는 확실히 그런 느낌이 들었다.

"제 생각에는, 물론…" 그는 말을 시작했다. "남편 분께서는 고강도 신체 단련을 통해서 상처받은 에고를 재건하고 있으시다는 의심이 듭니다. 남편 분의 무의식적인 논리는 다른 일들에 실패했으므로—사업도 그렇고, 사교적으로도 그럴 테고, 말씀대로 켄터키의 사유지를 잃으시기도 했고, 자기 마음처럼 가족을 잘 부양하지도 못하니—신체적으로 강해지는 것으로 보상을 받을 수 있지요."

애프턴 부인은 못마땅한 얼굴이었고, 저도 모르게 눈이 활짝 커졌다. 바우어 박사는 그렇게 눈이 커지는 것을 전에도 보았다. 그녀가 뭔가 기억해내려 할 때 그가 반박하고 따지면 그랬었다. 그리고 뭔가 재미있어할 때는 그 눈이 갑자기 가늘어지는 모습도 보았다. 휘어진 갈색 속눈썹 너머로, 희롱을 거는 젊음의 장난기가 여전히 반짝이고 있었다. 이제 살짝 모로 꼰 머리 때문에 넓은 광대뼈와 더 좁은 이마, 보드랍게 뾰족한 턱이 한층 돋보였다. 그녀에게는 자식이 없었지만 어머니 같은 얼굴이었다. 드디어 몹시 의심스럽다는 듯 그녀가 대답했다. "논리적인 설명일지도 모르겠네요."

"그렇지만 부인 생각은 다르시고요?"

"어쨌든, 완전히 다르지도 않아요." 그녀는 다시 고개를 들었다. "제 남편이 스스로 대단히 실패작이라는 생각을 하진 않을 거예요. 저희는 지금 아주 편안하게 살고 있거든요, 아시다시피."

"네, 물론이지요."

그녀는 소리 없이 이 소중한 사십 분을 휩쓸어가고 있는 전자시계의 분침을 보았다. 몸을 앞으로 기울이자 무릎이 약간 벌어졌고, 그녀의 정강이가 장식적인 화병처럼 꼭 붙인 무릎까지 대칭으로 굴곡을 이루었다. "그이의, 그이의 운동 강도를 조절하는 데 도움이 될 만한 조언을 하나도 해주실 수 없다는 말씀이군요, 바우어 박사님?"

"직접 오시도록 남편 분을 설득할 가능성은 아예 없는 걸까요?"

"안타깝지만 없어요. 그이가 의사들을 어떻게 생각하는지 말씀드렸잖아요. 자기가 죽고 나면 멋대로 만지작거려도 좋지만, 살아 있는 한 의사들과는 볼 일이 없다고 하네요. 아, 그이가 의대에 자기 시신을 팔았다는 말씀은 안 드린 것 같네요." 그녀는 다시 미소를 지었지만, 그는 살짝 씰룩이는 미소에서 수치심 내지 분노의 흔적을 보았다. "여섯 달 전쯤 그랬어요. 박사님께서 흥미로워하실 거라고 생각했어요."

"네."

그녀는 끈덕진 느낌을 최소한으로 더하며 말을 이었다. "저도 박사님이 잠시만이라도 그이를 그냥 볼 수만 있다면—제 말은, 그이가 박사님이 누군지 모른다면 말이에요—그러면 제가 말하는 것보다 훨씬 더 많은 걸 알게 되실 거라고 생각해요."

바우어 박사는 한숨을 쉬었다. "저기, 그렇다 하더라도 제가 드릴 수 있는 말씀은 짐작에 불과할 거예요. 부인에게서 전해 듣는 말이나, 심지어 남편 분을 몇 초쯤 뵙더라도 그런 걸로는 애초에 그분이 운동에 강박을 갖도록 만든 사실들을 알아낼 수 없거든요. 그분이 잃어버린 것들을 재건하는 데 도움이 될 만한 조언을 드릴 수는 있을지 몰라요. 사회적 계약, 취미, 그런 것들 말입니다. 그러나 부인께서 이미 다 시도해보셨을 거예요."

애프턴 부인은 불확실한 고갯짓으로 이미 노력해봤음을 시사했다.

"그래봤자 심리학적으로는 겉표면을 교정하는 정도일 뿐이에요."

그녀는 아무 말도 하지 않았다. 입꼬리가 딱딱하게 굳고 시선이 아득해지더니, 방 한쪽 구석에 드리운 네 개의 환한 베네치아식 블라인드의 노란색 사다리꼴에 가 닿았다. 그리고 아직 열망을 품은 자세에도 불구하고 어쩔 수 없이 풍겨나오는 절망의 분위기에, 바우어 박사는 눈길을 떨구고 책상 위에서 한 손가락으로 굴리고 있던 뚜껑 덮인 만년필을 바라보기만 했다.

"그래도, 그냥 한번 만나보려 애써주시기만 해도 너무나 감사할 것 같아요. 저희 호텔 로비 건너편에서라도요. 그러면 그이에 대해 해주시는 말씀이 좀 더 명확하게 느껴질 것 같아요."

제가 드리는 말씀은 늘 명확합니다, 그는 말하려다가 그만두었다. 그의 마음은 그다음에 해야 할 말로 넘어가고 있었다. 부인께서 하실 수 있는 일은, 가정법원으로 가시는 것뿐입니다. 법원에서는 남편을 입원시켜 치료하라고 조언할 테고, 그러면 애프턴 부인은 그가 남편의 인생이 실패작이라고 넌지시 말했을 때보다 천 배는 더 괴로울 것이다. 그녀는 아직도 남편을 사랑하고 이혼은커녕 잠시 헤어지는 것조차 생각해본 적 없다고, 그렇게 말했었다. 아니, 남편을 아직 사랑할 뿐 아니라 심지어 자랑스러워하고 있었다. 바우어 박사는 이를 깨닫고 갑자기, 스치며 잠깐 보더라도 그녀의 남편을 보는 일이 그가 더듬거리며 찾고 있던 최후의 예의일지도 모른다는 생각을 하게 되었다. 남편을 보고 나면 그로서는 할 수 있는 최선의 노력을 다했다는 기분이 들지도 모른다.

"한번 해볼 수는 있습니다." 마침내 그는 대답했다.

"감사합니다. 틀림없이 도움이 될 거예요." 그녀는 미소를 지으며 좀 더 꼿꼿하게 자세를 고쳐 앉았다. 그리고 바우어 박사가 내민 담배에 고개를 저었다. "또 어떤 일이 있었는지 말씀드릴 게요." 그녀가 말하기 시작했고, 박사는 그 감사의 마음이 환하게 빛나며 그에게로 밀려드는 걸 느꼈다. "아시다시피 월요일 두 시 삼십 분에 박사님을 뵙기로 했었잖아요. 그래서 혼자 나오려고 토머스에게는 해트필드 부인을 로드 앤드 테일러에서 두 시 반에 만나기로 했다고 말했어요. 해트필드 부인은 호텔의 제 친구 중에서 제일 오래된 사이예요. 글쎄, 두 시에 호텔 식당에서 혼자 점심을 먹는데 뜻밖에도 토머스가 들어오는 거예요. 그이는 매디슨 애비뉴에 있는 샐러드바에 가기 때문에, 저희는 점심을 같이 먹는 법이 없거든요. 저는 로브스터 뉴버그를 먹고 있었어요. 토머스가 자살이나 다름없다고 생각하는 음식이죠. 뭐, 아무튼요. 로브스터 뉴버그는 월요일 호텔 특별 메뉴였는데, 전 언제나 특식을 시켜요. 아무튼, 토머스한테 두 시 반에 해트필드 부인을 만나기로 했다고 방금 말한 참이었는데 말이에요. 그때 해트필드 부인이 식당으로 들어왔어요. 부인은 근시라서 우리를 못 봤지만, 저뿐 아니라 남편도 부인을 본 거죠. 부인은 식탁에 앉아서 자기 점심을 주문했고, 누가 봐도 거기 한 시간은 앉아 있을 기미였어요. 토머스는 제가 거짓말을 한 걸 알고도 그냥 아무 말도 없이 제 맞은편 자리에 앉았어요. 가끔 그이가 그럴 때가 있어요. 그러다 제가 전혀 예상치 못한 순간에 다 터뜨려요." 그녀는 말을 끊었다. 호흡이 빨라져 있었다.

"그러다, 언제 터졌습니까?" 바우어 박사가 물었다.

"어제 오후요. 그때는 제가 해트필드 부인과 점심을 먹으러 갔다는 걸 확실히 알고 있었거든요. 부인이 저를 데리러 위층으로 올라왔으니까요. 우리는 알곤퀸에서 친구 두서너 명과 함께 점심을 먹었어요. 그런데 세 시쯤 집에 왔더니 토머스가 성질을 부리면서 제가 이틀 오후 모두 영화를 보러 갔다고 비난하더군요. 분명히 어제 오후에는 점심을 먹고 영화를 보러 갈 시간이 없었는데도 말이지요."

"부인이 영화 보러 가는 걸 좋아하지 않으시는군요?"

그녀는 고개를 저으며 소리내어 웃었다. 참는 웃음이었지만 차라리 명랑하게까지 느껴졌다. "나쁜 공기, 아시잖아요. 영화관은 모조리 다 철거해야 한다고 믿는 사람이에요. 아, 정말 그이는 가끔 좀 웃긴다니까요! 게다가 제가 좋아하는 영화들은 가장 저열한 형식의 오락이라고 생각해요. 저는 잘 만든 뮤지컬 코미디도 좋아해서 제가 가고 싶을 때 영화를 보러 가요."

바우어 박사는 그녀가 그럴 리 없다고 확신했다. "그래서 남편 분은 또 뭐라고 하셨죠?"

"글쎄요. 아주 많이 말하지는 않았지만, 금시계를 내팽개쳤어요. 그이로서는 정말 신경질적인 제스처였죠. 제 눈을 믿기가 힘들었어요."

그녀는 뭔가 반응을 기대하듯 그를 바라보더니, 핸드백을 열어 금시계를 꺼내고, 시계를 제일 멋지게 보여주려는 듯 체인을 검지에 한 번 감았다. 시계가 뒤집어졌다. 바우어 박사는 그 뒷면에 서로 얽혀 새겨져 있는 이니셜의 모노그램을 보았다.

"저희가 결혼한 첫해에 그이한테 선물한 시계예요. 제가 아마 구식이라서 그렇겠지만, 남자가 커다란 포켓워치를 들고 다니는 게 좋아요. 기적인지 아직도 잘 작동해요. 지금은 새 크리스털로 끼워 넣으려고 가져왔을 뿐이고요. 저는 그이한테 아무 말도 하지 않고 시계를 주워들었고, 그이는 코트를 입고 보통 때처럼 오후 산책을 나갔어요. 그이는 날마다 세 시에서 다섯 시 반쯤까지 산책을 하고 집에 와서 샤워하거든요. 찬물 샤워요. 그리고 저녁을 먹으러 함께 나가요. 그이가 스턴스 소령과 저녁 시간을 보내는 날은 예외지만요. 스턴스 소령은 토머스의 가장 친한 친구라고 말씀드렸죠. 일주일에 며칠은 함께 카드 게임을 하거나 체스를 두어요. 정말 이번 주에 제 남편을 한번 봐주실 수 없을까요, 바우어 박사님?"

"금요일 오후에 일정을 잡을 수 있을 것 같습니다, 애프턴 부인." 그는 금요일 오후에 다른 클리닉에서 진료를 했지만, 바로 그 전에 호텔에 들를 수 있었다. "금요일 오전에 전화를 드릴까요? 그때 함께 계획을 잡아보지요. 계획은 빨리 세울수록 좋으니까요."

그가 일어서자 부인도 일어났다. 미소를 띠고 몸을 반듯하게 펴고서. "좋아요. 그럼 박사님의 전화를 기다리지요. 안녕히 계세요, 바우어 박사님. 이제 기분이 훨씬 나아졌어요. 그런데 제가 이 분이나 시간을 더 지체해서 어쩌죠."

그는 아니라고 손사래를 쳤고, 그녀를 위해 문을 잡아주었다. 잠시 후 그녀는 떠나고 그녀의 향수 냄새만 희미하게 감돌았다. 그는 닫힌 문 앞에 서서 창문으로 들어온 어스름을 마주했다.

바우어 박사가 다음 날 아침 아홉 시에 진료실에 도착했을 때는 벌써 애프턴 부인한테 전화가 두 통이나 와 있었다. 바로 전화를 달라고 부탁했다고, 비서가 그에게 말했다. 그래서 모자를 걸자마자 전화를 걸어야겠다고 생각하고 있었는데, 전화가 먼저 울렸다.

"오늘 아침에 와주실 수 있으세요?" 애프턴 부인이 물었다.

그 목소리에 밴 공포의 떨림에 그는 정신을 바짝 차렸다. "물론입니다, 애프턴 부인. 무슨 일이 있었나요?"

"내가 자기 문제로 박사님을 찾아뵌 걸 그이가 알았어요. 그러니까 누군가를 만났다는 사실을요. 오늘 아침 산책에서 돌아오자마자 노골적으로 나를 비난했어요. 청천벽력처럼, 느닷없이 깨달은 것처럼요. 내가 불륜을 저질렀다면서 여행 가방에 짐을 싸서 떠나겠다고 말했어요. 지금은 밖에 나갔어요. 여행 가방을 들고 나간 건 아니고요. 아직 짐은 여기 있어요. 그러니까 그냥 걸으러 나갔나 봐요. 열 시나 그쯤이면 돌아올 거예요. 박사님 지금 와주실 수 있으세요?"

"폭력적인 성향을 드러냈나요? 부인을 때렸습니까?"

"아, 아니에요! 그런 건 전혀 아니에요. 하지만 이제 끝이라는 걸 알아요. 이런 일이 있고도 계속 같이 살 수는 없다는 걸요."

바우어 박사는 취소해야 할 예약이 몇 건이나 있는지 헤아렸다. 열 시 십오 분 예약, 어쩌면 열한 시 예약까지. "열 시 십오 분에 로비에 나와 계시겠습니까?"

"오, 물론이죠, 바우어 박사님!"

아홉 시 십오 분 상담 시간에는 집중하기가 힘들었고, 애프턴 부인의 목소리가 자꾸 생각나서 당장 호텔로 출발할 걸 그랬다는 마음뿐이었다. 정황이 어떻든 애프턴 부인은 그에게 진료를 부탁했고, 따라서 그가 책임져야 할 사람이었다.

열 시에 택시를 탄 그는 담배에 불을 붙이고, 가져온 신문도 읽을 수가 없어 가만히 앉아 있기만 했다. 유월 중순 한창의 오전 시간이군, 그는 생각했다. 모퉁이를 돌고 또 돌고 계속 붉은 신호등에 걸리는 택시 안에 앉아 수동적으로 실려가는 사이, 토머스 베인브리지 애프턴의 부인은 이십오 년 이상 끌어온 결혼생활의 위기를 맞고 있었다. 그런데 그가 대체 무슨 도움이 될까? 폭행 사건의 경우 도움을 요청하고, 남편이 와서 여행 가방을 가지고 나가버렸다면 흔한 위로의 말 아니면 조언이나 건네겠지. 그건 애프턴 부인의 우아하고 쾌적한 삶의 끝이었다. 남편 없이 친구들과는 결코 그런 행복을 누리지 못할 사람이니까. 부인이 친구들에게 했을 법한 말들이 귓전에 들리는 듯했다. "토머스는 독특한 기벽이 있어… 자기만의 작은 유행이 있다니까." 그리고 마침내 여러 번 창피를 겪고 타협을 하고 나서 혼잣말을 했으리라. "그이는 답이 없어." 그러나 자존심이나 교양이나 의무로 그녀는 행복한 부부의 외양을 유지했으리라. 물론 그녀의 유머 감각도 한몫했을 테고. "토머스는 이상적인 남편이야… 아니 이상적인 남편이었어…"

택시가 끼익 미끄러지며 정차하는 바람에 생각의 흐름이 뚝 끊겼다. 택시는 40번가에서 5번가와 6번가 사이의 블록에 정차했다. 호텔은 그가 예상했던 것보다 작고 허름했다. 그는 이 좁고 후미진 건물에는 애프턴 부부처럼 십 년 이상 살고 있는 중년들이 가득할 거라 생각했다.

애프턴 부인이 흑백 타일 플로어를 가로질러 재빨리 그에게로 걸어왔고, 긴장으로 굳은 얼굴에 환영의 미소가 걸렸다. 부인은 손수건으로 손바닥을 닦고 악수를 청했다. "이렇게 와주시다니 정말 친절하세요, 바우어 박사님! 그이는 돌아와서 지금 위층에 있어요. 박사님은 찰스턴에 사는 제 친구인 라눅스 씨의 친구라고 소개해야 할지도 모르겠어요. 기차를 타기 전에 잠시 들렀다고 해야 할지도 몰라요."

"부인 뜻대로 하십시오." 그는 부인을 따라 엘리베이터 쪽으로 걸어갔다. 그래도 부인이 정신을 차리고 몸을 가누고 있어서 안심이 되었다.

그들은 늙은 흑인이 조작하는 작고 덜컹거리는 엘리베이터에 탔고, 엘리베이터가 서서히 올라가는 동안 아무 말도 하지 않았다. 이제 그녀와 바짝 붙어 서게 된 바우어 박사는 밝은 갈색 머리칼에 섞인 흰머리를 볼 수 있었고, 과하게 빠른 숨소리도 들을 수 있었다. 한 손으로는 손수건을 꽉 움켜쥐고 있었다.

"이쪽이에요."

어둑어둑한 복도를 따라가서 계단 두세 개를 내려가자 다른 층이 나왔고, 두 사람은 높은 문 앞에 멈춰섰다.

"그이는 틀림없이 자기 방에 있겠지만 나는 늘 노크를 해요." 그녀가 속삭였다. 그리고 문을 열었다. "여기가 거실이에요."

바우어 박사는 무의식적으로 두 손을 자유롭게 해두려고 신문을 재킷 호주머니에 넣었다. 이제 그는 휑하고 좀 우울한 방 안에 들어서 있었다. 호텔 가구와 책 몇 권, 오래된 가스파이프에 분무 페인트를 칠한 황동 샹들리에, 너무 작다 싶은 검은 벽난로가 있었다.

"그이는 이 안에 있어요." 그녀는 다른 문 쪽으로 가면서 말했다. "토머스?" 그녀는 조심스럽게 문을 열었다.

답이 없었다.

"안 계십니까?" 바우어 박사가 물었다.

애프턴 부인은 잠시 창피스러워 어쩔 줄 모르는 듯 보였다. "또 나갔나 봐요. 하지만 그동안 들어오셔서 제가 했던 이야기를 눈으로 보시면 좋겠어요. 여기가 소위, 그이가 체육관이라고 부르는 곳이거든요."

바우어 박사는 거실 크기의 반쯤 되는 방으로 들어갔다. 소방용 비상구로 쓰는 창문 하나밖에 없어서 거실보다 훨씬 어두웠다. 바닥에 놓여 있고 천정에 걸려 있는 기묘한 형체들을 알아보는 데는 잠시 시간이 필요했다. 평범한 펀칭백, 태클이나 펀치를 할 때 쓰는 커다란 원통형 샌드백, 손잡이가 달린 도마, 바닥에 농구공 두서너 개가 있었다. 그가 바닥에서 복싱 글러브 한 짝을 주워들자 끈으로 묶여 있는 다른 짝이 따라 올라왔다.

"그리고 조정 기구도 하나 더 있어요. 저기 수납장 안에 있답니다." 애프턴 부인이 말했다.

"좀 더 방 안을 밝게 할 수 있을까요?"

"아, 물론이지요." 그녀가 코드를 당기자 천정의 알전구에 불이 켜졌다. "다른 날에는 지금 바로 여기 있을 텐데요. 정말 죄송해요. 그이는 금방 들어올 거예요."

바우어 박사의 눈에 들어온 복싱 글러브의 끈은 빳빳하고 희었으며, 아예 풀지도 않은 것처럼 첫 번째 구멍에만 끼워져 있었다. 이제 불빛 아래서 보니 운동기구는 전부 완전히 새것이었다. 도마에는 먼지가 앉아 있었지만 가죽은 닳은 흔적도 없었다. 그는 눈에서 불과 몇 센티 앞에 있는 갈색 샌드백을 보며 얼굴을 찌푸렸다. 그와 가장 가까운 쪽에 다이아몬드 형태의 종이 라벨이 아직도 붙어 있었다. 운동기구들은 하나도 사용하지 않은 게 틀림없었다. 그에게는 너무 놀라운 일이라서, 처음에는 그 의미를 깨닫지도 못했다.

"그리고 저기 그 거울이 있어요." 그녀는 바닥부터 벽에 수직으로 딱 붙여 세워둔 키 큰 거울을 가리켰다. 그리고 키득키득 웃었다. "그이는 저 거울 앞에 하염없이 서 있곤 한답니다."

바우어 박사는 고개를 끄덕였다. 웃고 있었지만, 부인의 얼굴에는 처음 상담한 오후보다도 더 짙은 불안이 드러나 있었다. 불안감 때문에 그녀의 얇은 눈썹 가운데 못생긴 괴로운 골이 깊게 팼다. 줄자를 주워 들어 깔끔하게 두 손가락에 감으며, 신뢰 가득한 눈으로 그의 논평을 기다리는 그녀의 손이 떨렸다.

"아무래도 저는 로비에 가서 기다리는 편이 좋겠습니다." 바우어 박사가 중얼거렸다.

"좋아요. 그이가 들어오면 제가 밑에 전화를 해서 박사님을 부를게요. 그이는 항상 계단으로 올라오거든요. 그래서 아마 우리가 올라올 때 그이를 놓쳤나 봐요."

복도로 나가자 바우어 박사 바로 앞에 계단이 있었고, 그는 넋을 놓고 멍하니 계단으로 걸어내려갔다. 날씬한 금발의 남자가 계단으로 올라오면서, 지나치는 순간 그를 잠시 쳐다보는 듯했다. 그러나 바우어 박사는 그 남자일 리가 없다고 확신했다. 정확히 이유도 모르면서 큰 충격을 받은 사람처럼 멍하기만 했다. 로비에서 이쪽저쪽 두리번거리다가 다른 계단 아래 반쯤 가려진 데스크로 향했다.

"여기 애프턴 부인이 투숙객으로 등록되어 있을 텐데요." 그 말은 질문이라기보다 진술 같았다.

스위치보드 앞에 선 젊은 남자가 신문을 보다가 눈길을 들었다. "애프턴이요? 아닙니다."

"32호실의 애프턴 부인 말입니다."

"아닙니다, 선생님. 여기 애프턴 부인이란 분은 안 계십니다."

"그럼 32호실에는 누가 있습니까?" 적어도 객실 번호만큼은 확실히 알고 있었다.

젊은 남자는 재빨리 스위치보드의 명단을 확인했다. "미스 고럼의 스위트룸이군요." 청년의 눈길이 천천히 바우어 박사를 바라보는 순간, 무표정한 얼굴에 재미있어하는 미소가 희미하게 스쳤다.

"미스 고럼이요? 결혼을 하지 않았어요?" 바우어 박사는 입술을 축였다. "혼자 사는 겁니까?"

"네, 그렇습니다."

"제가 말하는 사람을 아세요? 쉰 쯤 되는 여자고, 약간 통통한 몸매에 밝은 갈색 머리?" 알았다. 아는 게 확실했다. 그래도 재차 확인해야 했다.

"미스 고럼 맞습니다. 미스 프랜시스 고럼이에요."

바우어 박사는 미스 고럼을 아는 청년의 미소 띤 눈을 들여다보며, 이 직원은 자기가 모르는 어떤 사실을 알고 있을까 궁금해졌다. 애프턴 부인은 그의 진료실에서 그랬듯 틀림없이 이 청년에게도 수없이 웃음을 던지며 환심을 샀을 것이다. "감사합니다." 그는 대답했다. 그리고 멍하게 정신 팔린 얼굴로 덧붙였다. "더는 용건 없습니다."

그는 다른 방향으로 돌아서서 아무것도 없는 허공을 노려보았다. 현실이 허물어지는 감각이 멈추고 비뚤어졌던 세상이 다시 바로 서고 단단해져서 호텔 로비처럼 약간 허름한 모습으로, 타일 바닥을 밟는 행인의 구두 뒤축 아래 모래 소리처럼 구체적인 모습으로 돌아오고, 애프턴 부인의 모습이 더는 존재하지 않게 될 때까지 그러고 있었다. 그는 문 쪽으로 걸어가려다가, 루틴으로 돌아가야 한다는 강박에 손목시계를 보았고, 어쨌든 열한 시 진료 예약에 맞추어 돌아갈 수 있다는 사실을 깨달았다. 아직 열 시 사십 분도 되지 않은 시각이었다. 그는 거대한 종려나무 화분에 가려 자칫하면 보이지 않았을, 관처럼 생긴 전화부스 쪽으로 방향을 틀었다. 부스 측면 선반에 놓인 전화번호부에 조명이 비추고 있어 왠지 고집스럽고 무분별한 호기심이 동했다. 그래서 맨해튼 전화번호부의 A란을 들춰 애프턴을 찾았다. 애프턴이라는 이름은 하나뿐이었는데 무슨 상점의 상호였다. 그는 부스에 들어가 자기 진료실의 번호를 돌렸다.

"슈리버 씨한테 다시 연락해봐주겠어요?" 그는 비서에게 말했다. "그리고 변동 없이 열한 시에 올 수 있는지 물어보세요. 일정을 다시 변경하게 되어서 죄송하다고 인사 대신 전해주고요. 그리고 애프턴 부인의 다음 예약이 언제죠?"

"잠깐만요. 일단 월요일 두 시 삼십 분으로 잡아두었습니다."

"그 예약, 이름을 미스 고럼으로 바꿔주겠어요?" 그는 똑똑히 말했다. "같은 시간에 미스 프랜시스 고럼으로요."

"고럼이요? 고럼 맞나요?"

“맞아요. 그럴 겁니다.”

“새 환자입니까, 바우어 박사님?”

“네.” 그가 말했다.

미스 저스트와
초록색 체육복

미스 저스트의 경찰 호루라기가 두 번 끔찍한 굉음을 내며 공기를 찢었다. 귀여운 초록색 체육복을 입은 이백 명의 어린 여자아이들이 트랙에서 그대로 정지했다. 두 번 불면 줄을 서라는 뜻이었다. 시작할 때처럼 줄을 맞춰 설 것.

초록색 체육복들은 순순히 이리저리 떼밀고 떼밀리며 체육관의 폭과 너비에 꼭 맞는 규칙적인 대열에서 각자 제자리를 찾았다. 미스 저스트는 여자아이들이 자기 명령에 반응하는 모습을 바라보며 음침한 쾌감을 느꼈다. 주인이 개의 목줄을 홱 다시 당겨오듯, 먼저 해산시켰다가 다시 불러모은 참이었다. 그녀는 근육이 잡힌 다리로 체육관 앞쪽의 단상에 올랐다. 단상은 다이빙보드가 없을 뿐 수영장에 있는 것과 똑같았다.

볼품 없는 흰색 운동화를 딱 붙이고 차렷 자세로 서서, 풍성한 호박 모양 반바지 밑으로 콜리플라워 같은 무릎이 툭 튀어나온 모습으로, 미스 저스트는 대열의 모든 동작이 멈출 때까지 기다렸다. 아니나 다를까, 제자리를 찾지 못한 아이가 있었으니, 이디스 폴리제티였다. 이디스 폴리제티는 미스 저스트의 무서운 눈길을 받으며 아무 데나 대열로 밀고 들어가려 했으나 다른 아이들에게 무자비하게 떼밀려 나오고 말았다. 그러다 필사적으로 맨 뒤로 달려가 줄 끝으로 몸을 피했다.

미스 저스트는 주목하라는 뜻으로 한 번 더 호루라기를 불고는, 군인 출신답게 무심한 태도로 검은 끈 길이만큼 호루라기를 툭 떨어뜨렸다.

"오는 금요일." 미스 저스트의 목소리가 체육관의 휑한 벽에 부딪혀 긁히는 소리를 냈다. "그러니까 내일 모레다… 모두 체육복을 집으로 가져가서 빨래해야 한다… 빨래를 해야 해! 알겠나? 주말 동안 여유가 있으니까, 어떤 핑계도 통하지 않는다!"

그녀가 잠시 멈추고 아이들 마음에 확실히 새겨질 만한 말을 찾는 사이 물고기 같은 파란 눈이 대열을 훑었다. 말을 끊은 다음 너무 오래 시간을 끌어서 문에 제일 가까운 줄에서 흔들리는 기미가 나타났다. 아이들은 배가 고팠다. 미스 저스트는 호루라기로 귀가 찢어지는 굉음을 불고 잘못한 아이들을 매섭게 노려보았다. 대열은 정 위치로 얼어붙었다.

"그리고 또," 그녀는 말을 이었다. "운동화도 깨끗이 빨아야 한다! 분필로 칠해서 온 바닥에 흰 먼지를 흘리고 다니지 말고… 액상 세제로 빨아야 한다! 액상 세제를 살 여유가 안 되면 비누와 물을 써라! 월요일에 방문객들이 참관을 오신다!"

미스 저스트는 이 공표를 모두 이해할 때까지 뜸을 들였다. 맨 앞줄의 어린 여학생이 무릎을 긁고 있었다.

"소피 스테파노폴로스!"

소피 스테파노폴로스, 세 번째 줄 열 번째 열에 선 학생이 빳빳하게 굳어 숨을 죽였다.

"그 고무줄은 금요일까지 반드시 고쳐 오도록! 전에도 경고했지… 그런데 선생님 말을 안 들었고… 부끄러운 줄 알아!"

소피 스테파노폴로스의 손가락이 옆구리에서 꼬물거리며 무릎 아래로 늘어진 체육복 바지를 끌어올렸다.

"그레이스 오루크… 금요일에는 그 체육복에 허리띠가 달린 모습을 보게 되길 바란다… 잃어버렸다면 새로 사라… 수단과 방법은 내가 알 바 아니고!" 한순간 긴장된 침묵이 흘렀다. "그리고 금요일에 댄스를 완벽하게 해내길 바란다! 여섯 주에 걸쳐 연습했으니 완벽하지 않을 이유가 없지… 스텝을 모르면 금요일 전까지 친구와 연습하도록!"

점심시간을 알리는 종소리가 학교 전체에 울려 퍼졌다. 어린 여학생들은 제자리에 서서 불쌍하게 발을 질질 끌었다.

"그리고 나아가서," 미스 저스트가 말했다. "월요일에 체육복을 빨고 운동화를 깨끗이 닦지 않은 학생이 하나라도 있으면, 아예 학교에 올 필요도 없어! 괜히 수고스럽게 등교를 하질 말라고!" 그녀는 세상에서 가장 끔찍한 추방 명령을 내리듯 으르

렁거렸다.

미스 저스트는 그러고 나서 피아노 앞에 앉은 미스 펜더개스트에게 신호를 주었고, 미스 펜더개스트는 종지부가 강렬한 선동적 행진곡을 치기 시작했다. 미스 저스트는 기운 좋게 학생들에게 출발 신호를 줄 타이밍을 쟀다. 아이들은 체육관을 빙 돌며 행진하다 로커 문 근처에서는 스텝이 길어졌고, 손때가 타서 매끈하고 새까맣게 벽이 닳은 부분을 지나서, 체육관과 미스 저스트의 눈길에서 벗어나는 순간 행복한 혼돈으로 흩어졌다. 체육관을 행진해 나가게 하는 건 방문객 참관이 있거나 지금처럼 미스 저스트의 엄명을 기억해야 할 때처럼 경건한 행사가 있을 때만 쓰는 방법이었다.

미스 펜더개스트의 행진곡은 마지막 쌍이 밖으로 나가고 미스 저스트의 호루라기가 그만두라는 명령을 내릴 때까지 거듭 쿵쿵 박자를 맞추며 반복되었다. 공허하고 쩔렁거리는 코드들이 악구 중간에서 별안간 뚝 끊겼다. 미스 펜더개스트의 납작한 몸매가 피아노 스툴에서 일어섰다. 키보드 커버와 그 밑의 나무에 구멍이 뚫려 있어 체인이 통과하게 되어 있었다. 체인에는 녹이 슨 큼지막한 자물쇠가 달려 있었고, 미스 펜더개스트는 이제 자물쇠를 잠그고 있었다. 그러더니 악보를 차곡차곡 쌓아 들고 미스 저스트 양 뒤로 예의 바르게 삼 미터 거리를 유지하면서 까치발로 나무 바닥을 가로질러 체육관 밖으로 나갔다.

금요일에 소피 스테파노폴로스의 고무줄은 수선되어 있었지만, 그레이스 오루크는 체육복 허리띠를 구하지 못한 채였다. 미스 저스트의 매 같은 눈길에 들키자 제자리에서 직접 구하지 못했다고 말했다.

"됐어! 신경 쓰지 마! 사정은 듣고 싶지도 않아!" 미스 저스트는 아이의 말을 끊으며, 불길하게 문을 가리켰다.

그레이스 오루크는 굴욕을 참으며 잠시 섰다가 울음을 터뜨리며 출구로 갔다.

그리고 방문객 참관 전 마지막 연습인 이날, 댄스의 상태에 대한 미스 저스트의 무서운 분노는 한계를 모르고 끓어넘쳤다.

미스 펜더개스트가 치는 초반의 활기 넘치는 코드에 맞춰 아이들은 다섯 개의 원으로 모였다가, 두 번 팔짝팔짝 뛰고, 방향을 바꾸어 반대 방향으로 팔짝 한 번 뛸 수 있게 되었다. 사각형 대열 두 개로 흩어져서 피루엣을 돌고, 대각선으로 자리를 바꾸어 다시 원을 만들 수도 있게 되었다. 그러나 원 중앙으로 팔짝팔짝 뛰어와 방향을 바꿔 다시 뒷걸음질로 뛰어 원형으로 끝맺음을 하지는 못했다. 어김없이 중앙에서 충돌이, 그것도 심한 충돌이 일어났고, 또는 충분히 깊이 안으로 들어오지 못했다. 그래서 뒷걸음질을 칠 때 도저히 동그란 원이 만들어지지 않았다.

미스 저스트는 단상에서 운동화를 쿵쿵 굴렀다. "아니야!" 그녀는 악을 썼다. "아니야! 아니라고! 아니야!"

원에 발이 묶여 진도가 나가지 않은 지가 이제 꼬박 육 주째였다. 미스 저스트는 처음부터 봐서 잘 알고 있었다. 무용의 나머지 부분은 충분히 잘 했지만, 원은 도대체!

"손을 잡아! 뒤로 뛸 때 손을 잡으라고, 그래야 적어도 같이 끝낼 수 있을 거 아니야! 다시, 미스 펜더개스트!"

미스 펜더개스트는 다시 허리를 굽히고 연주를 시작했다. 열심히 읽느라 뿔테 안경을 쓴 눈을 악보에서 불과 몇 센티 거리에 처박고, 가느다란 팔을 구부리고 손가락으로 쿵쾅거리며 피아노를 쳤다.

춤추는 아이들이 원 한가운데로 모일 때는 새침한 척 폴짝거리며 뛰어야 하고, 여기서 연주가 화려해졌다. 이때 미스 펜더개스트가 삐끗했고, 헬렌 머피라든가 테레스 갈가노 같은 아이 몇 명이 허리를 잡고 웃음을 참았다.

끔찍한 호루라기 소리가 또다시 비명을 올렸고, 미스 저스트가 반의 이 구석 저 구석을 돌아보며 험상궂게 인상을 쓰자 아이들의 표정이 다시 차분하게 가라앉았다.

"다시!" 명령이 떨어졌다.

미스 저스트의 신호를 놓칠까 봐 항상 한 눈으로 어깨 너머를 살피는 미스 펜더개스트가 용기 내어 물었다. 고개를 끄덕이고 미소를 지으며. "처음부터요?"

"아니, 안으로 뛰어들어오는 부분부터 부탁해요!"

미스 펜더개스트는 악보에 '안으로 뛰어들어온다'라고 표시된 악절부터 다시 시작했다.

손잡기는 원의 모양을 바로잡는 데 도움이 되었지만, 미스 저스트는 여전히 만족하지 못했다. "내가 서 있는 이 자리에서 보면…" (미스 펜더개스트의 연주는 미스 저스트의 목소리 첫 음이 들리자마자 스르르 시들어 사라졌다.) "혐오스러워! 한마디로 못 봐주겠어! … 저 원을 지금 당장 완벽하게 둥글게 만들지 못하면 이 반에 있는 모든 학생에게 D를 주겠다!"

전율이 반 전체에 퍼져나갔다. 얼굴들이 진지해졌다. 언젠가 옛날에 미스 저스트가 어느 선배에게 D를 주어 졸업이 일 년 늦춰졌고, 그 학생은 그 일 년 동안 종일 미스 저스트와 체육 수업을 해야 했다는 이야기가 있었다. 어떤 아이들은 이 이야기를 믿었지만 안 믿는 아이들도 있었다.

"좋아, 미스 펜더개스트!"

"처음부터요?" 미스 펜더개스트가 소심하게 물었다.

"그래요!"

다시 활기찬 코드. 안으로 뛰어들어갈 준비를 하고 있던 어린 여학생들은 처음부터 시작해야 하자 또 혼돈에 빠졌다. 심지어 안으로 뛰어들어가는 아이들도 있었다.

"그만!" 미스 저스트가 소리를 질렀다. "그만! 그만! 그만!"

모든 것이 멈췄다. 온 체육관 안에 근육 하나 꿈틀거리지 않았다.

미스 저스트가 한숨을 쉬었다. "처음부터 다시 부탁해요."

원형 대열이 팔짝팔짝 뛰고 또 뛰며 빙빙 돌았고, 방향을 바꾸어 다시 돌았고, 사각형 대열로 흩어졌다. 초록색 체육복 하나하나가 대각선으로 뛰어 짝과 자리를 바꾸었다.

미스 저스트는 음침하게 손바닥으로 박자를 넣고 있었다. "발을… 높이 올려! 생기를… 좀… 띠어보라고!"

미스 펜더개스트가 그 목소리에 순순히 연주를 멈췄다가, 갑자기 멈추면 안 되었다는 걸 깨닫고, 다시 음악을 쿵쾅거리며 연주하기 시작했다.

춤추던 아이들은 또 혼란에 빠졌다.

미스 저스트는 길길이 날뛰며 화를 냈다. 반 아이들이 없었다면 미스 펜더개스트에게 화풀이를 했을 것이다.

하얗게 질린 미스 펜더개스트의 입술이 달싹이며 사과하듯 "아"라고 내뱉었다.

처음부터 또 다시. "발을… 높이… 올려! 너희… 모두… 죽은 사람들 같잖니!" 미스 저스트는 박자에 맞춰 손바닥을 탁탁 쳤다.

피로와 권태로 무거워진 이백 개의 발이 삼 센티 높이로 들렸다.

"더 가볍게! 더 가볍게! 발소리가 꼭 기마대 말발굽 소리 같구나!"

문 위에 달린 거대한 벨이 음악 소리를 내자 금속성으로 쩔렁거리는 발소리가 퍼졌다. 초록색 체육복들은 고마운 마음으로 동작을 멈추고 숨을 골랐다. 벨 소리는 삼십 초 동안 귀가 먹먹하리만큼 크게 울렸다.

수업이 끝났다. 미스 저스트는 반 학생들의 수행에 완벽한 혐

오감을 표시했고, 월요일 방문객 참관 때 발전이 없다면 무서운 벌을 받을 거라고 협박했다. 격려의 말은 한마디도 없었다.

"그리고 다시 말하지만… 월요일에 체육복을 빨아서 다리고 운동화를 닦아 오지 않는 학생이 하나라도 있으면 차라리 아예 오지 않는 편이 낫다… 학기 성적으로 D를 받을 테니까!" 미스 저스트는 마지막 한 방울의 독설로 마무리했다.

학생들은 해산했다.

"그리고 미스 펜더개스트, 주말에 연습을 더 해오실 거죠?"

"아, 그럼요! 네, 물론이지요!" 미스 펜더개스트는 고개를 끄덕이며 자물쇠를 채웠다.

월요일이 되었을 때, 출석률은 보통 때보다 훨씬 훌륭했다. 게다가 운동화와 체육복도 전반적으로 얼룩 하나 없이 깨끗했다. 반 아이들은 미스 펜더개스트 최고의 행진곡 연주에 맞춰 두 명씩 짝을 지어 줄을 섰다. 반짝이는 마룻바닥에서 오일과 레진 냄새가 코를 찔렀다. 늘 쌓여 있던 더러운 캔버스 매트는 한쪽 구석으로 치워져 있었다.

방문객들은 체육관 뒤쪽, 높은 창문 아래 벽을 등지고 앉아 있었다. 모피를 걸친 덩치 큰 숙녀 둘과 검은 코트를 입고 모자를 벗어 든 덩치 큰 신사 한 사람이었다. 세 사람은 교장인 미스터 페이와 함께 작고 반듯한 의자에 앉아 매우 주의 깊게 지켜보고 있었다. 방문객과 교장의 덩치가 너무 커서 의자는 보이지도 않았고, 네 사람 다 공중에 매달려 있는 것 같았다.

방문객들과 교장은 어린 여학생들의 큰 관심을 끌었고, 그래서인지 행진곡이 멈췄는데도 제때 서지 못한 쌍이 여럿 나왔다. 도미노처럼 대열의 아이들이 연쇄 충돌했다.

몹시 추운 날이었지만, 방범 철망 뒤의 키 큰 창문들은 방문객들에게 학교의 훌륭한 위생 습관을 과시하고자 활짝 열어 젖혀져 있었다. 여자아이들은 덜덜 떨며 제자리를 지키고 뻣뻣하게 서 있었다. 미스 저스트는 커다란 검은 코트 스웨터 호주머니에 손을 깊이 찔러 넣었다. 방문객들도 모피와 코트 옷깃을 더 꼭 여몄다.

이 이례적인 행사에 이례성을 더하듯, 미스 저스트가 웃고 있었다! 추위에도 불구하고 실제로 웃음을 띠고 있었다. 그리고 중간 길이 블라우스에 밝은 빨강 넥타이를 매고 검정과 빨간색의 골프 양말을 얼룩덜룩한 무릎까지 올려 신고 있었다.

반 학생 전원이 쌍을 이루어 체육관을 빙 둘러서자, 미스 저스트는 여전히 미소를 띤 얼굴로 호루라기를 불었고, 이 신호에 맞춰 쌍쌍이 흩어져 대열의 제자리를 찾아 섰다.

대열에는 빈틈이 두 군데 있었는데, 원래 그 자리에는 아직도 허리띠가 없는 그레이스 오루크와 콘체타 로사스코가 서 있어야 했다. 콘체타의 댄스 짝인 루시아 디스테파노스가 갑자기 줄에서 이탈해 문밖으로 도망가버렸다. 미스 저스트는 똑똑히 보았다. 그러나 계속 미소를 지으며 출석 카드만 훑어보았다. 반 학생들은 흥미진진한 눈으로 선생님을 바라보았다. 단상 위에서 있는 사람은 그들이 처음 보는 낯선 인물 같았다.

그때 미스 저스트가 호루라기를 불었고, 미스 펜더개스트가 열정적으로 워싱턴포스트 행진곡을 연주하기 시작했고, 대열은 기적적으로 네 줄로 바뀌어 앞으로 행진해 나아가 말쑥하게 코너를 돌아 체육 수업을 시작했다. 이건 수행이 어렵지 않았다. 체육 수업 첫해부터 계속 해왔던 일이다. 실수할 가능성은 아예 없었다. 이디스 폴리제티 같은 아이라 해도.

미스터 페이가 의자에서 몸을 기울여 몸집이 커다란 숙녀 한 사람에게 뭐라고 속삭이자, 그녀가 고개를 끄덕이며 미소를 지었다.

대열은 체육관을 한 바퀴 돌고 난 다음 중앙으로 모여 서서 미스 저스트로부터 신호가 떨어지길 기다리고 있었다. 미스 펜더개스트의 피아노에 놓인 수레국화 화병 바닥이 굉음을 울리는 코드에 덜덜 흔들렸다. 음악이 멈추자 세 방문객으로부터 산발적인 박수가 쏟아졌다. 어린 여학생 몇이 스스로 뿌듯해 키득거렸다.

연습은 끝났다. 미스 저스트는 무용 정 위치 신호를 하려고 호루라기를 들었다.

그러나 바로 그 순간 세 방문객이 동시에 자리에서 일어났다. 미스터 페이도 일어났다. 미스 저스트는 호루라기를 불 수 없었다. 방문객들은 첫 줄과 벽 사이로 천천히 걸어 앞으로 나왔다. 미스 저스트는 만면에 미소를 짓고 그들을 보며 기다렸다.

미스터 페이가 단상으로 올라오자 방문객들은 문 옆에 섰다.

"히스웨이트 부인, 도널리 부인, 그리고 셰퍼드 씨께서 제게 반 학생들에 대한 칭찬의 말씀을 전해달라고 하셨습니다, 미스 저스트." 미스터 페이가 말했다.

첫 줄의 여자아이들은 눈을 크게 뜨고 입을 헤벌리고 그 말을 들었다.

"그리고 미스 펜더개스트의 연주에도 찬사를 보냅니다." 미스 펜더개스트가 미소를 지으며 여러 번 고개를 끄덕여 인사했다. "이렇게 빨리 떠나야 해서 유감이지만 학교의 나머지 부분도 돌아봐야 하고, 열두 시에 점심 약속이 있으시다고 하네요."

"아니 왜… 어째서, 네… 물론 괜찮습니다, 미스터 페이." 미스 저스트가 말했다. "그러면 이렇게 모시게 되어 정말 영광이었다고 말씀 전해주십시오."

미스터 페이와 방문객들은 체육관을 떠났다.

미스 저스트는 단상에 서서 체육관 뒤쪽을 바라보았다. 반 아이들은 그녀가 깊은숨을 들이쉬는 것을 보았다. 반 아이들도 깊은숨을 들이쉬었다. 방문객과 함께 그녀의 얼굴에 걸려 있던 웃음기도 사라졌지만, 입매는 아직 보통 때처럼 딱딱하게 굳지 않았고 눈에도 부싯돌처럼 매서운 기가 서리지 않았다. 사실 미스 저스트의 입은 벌어져 있었고, 뭔가 딴데 정신이 팔린 사람처럼 표정도 멍했다. 미간 사이에 주름이 잡혔다. 그녀는 하릴없이 손바닥에 호루라기를 탁탁 쳤다.

그녀는 천천히 피아노 쪽을 보았다.

"좋아요, 미스 펜더개스트." 그녀가 말했다.

명랑한 코드가 체육관 전체에 쩔렁거리자 어린 학생들이 원형 대열에서 폴짝 뛰었다. 저 건너편, 방문객들이 앉아 있던 자리 근처에서, 그레이스 오루크의 짝이 무릎을 굽혀 인사를 하고 가상의 누군가와 팔짱을 끼었다.

하늘로
막 비상하려는 새들

매일 아침 돈은 우편함을 확인했지만 그녀에게서 온 답장은 없었다.

시간이 없었겠지, 하고 혼자 되뇌었다. 그녀가 해야 할 일들을 낱낱이 짚어보았다. 로마에서 파리까지 짐을 옮기고, 이사 가기 전 미리 찾아두었을 파리의 아파트에 짐을 풀고, 새로운 직장에서 며칠 일한 후에야 그에게 답장할 여유도 생기고 생각도 떠오를 테지. 하지만 이제 아무리 이 일들을 길게 늘여보아도 말이 안 되는 날짜가 이미 왔다가 지나가버렸다. 그러고도 사흘이나 더 지났지만, 그녀는 여전히 답장이 없었다.

"아직 마음을 정할 때가 되지 않았나 보군." 그는 생각했다. "당연하지. 종이에 글로 적기 전에 자기 감정을 확신해야 하니까."

그는 십삼 일 전 로절린드에게 편지를 보내 사랑을 고백하고 청혼했다. 교제 기간이 짧았으니 조금 성급했던 것도 같다. 그래도 돈은 부담을 주지 않고 자기 마음을 담담히 털어놓은 편지를 잘 썼다고 생각했다. 그래도 뉴욕에서부터 이 년 전부터 알고 지낸 사이다. 아니, 이 년 전에 뉴욕에서 처음 만났다. 그러다 지난 달 유럽에서 그녀와 우연히 다시 만났고, 사랑에 빠져 결혼을 꿈꾸게 되었다.

삼 주 전 유럽에서 돌아온 이후 친구 한두 명 말고는 만나지 않았다. 로절린드와의 미래를 그리느라 여력이 없었다. 로절린드는 산업 디자이너였고, 유럽을 좋아했다. 그녀가 유럽에 머무르기를 원한다면 돈도 그곳에 살 의향이 있었다. 프랑스어 실력은 이제 그럭저럭 괜찮았다. 직장인 엔지니어 컨설팅 회사 더크슨 앤드 홀은 파리 지사도 있었다. 아주 간단할 수도 있다. 책, 카펫, 축음기, 공구 몇 개와 그림 도구 몇 개를 들고 갈 비자만 있으면 된다. 그러면 이사할 수 있었다. 돈은 자신이 누릴 행복의 최대치에 아직 도달하지 않았다고 생각했다. 그에게 하루하루는 조금씩 걷혀 올라가며 눈부신 전망을 살짝 드러내는 커튼 같았다. 마침내 그 근사한 풍광을 전부 누리게 되었을 때 로절린드가 함께하길 바랐다. 돈은 행복하게 확신에 차 있었다. 지금 당장 그 저 풍경으로 뛰어드는 걸 막는 유일한 걸림돌은 오지 않는 그녀의 답장뿐이었다. 로마로 보내는 편지를 한 통 더 써서 편지 봉투에 "전달 부탁드립니다"라고 이탈리아어로 적었다. 그녀는 지금쯤 파리에 있겠지만, 로마에 우편을 전달받을 주소 하나쯤은 남겨놨을 것이다.

이틀이 더 지났지만 여전히 편지는 오지 않았다. 캘리포니아에 사는 어머니의 편지, 동네 주류 가게 광고, 무슨 지방선거 관련 회보가 다였다. 그는 설핏 웃고 우편함을 탁 닫아 잠근 후 출근했다. 답장이 없다는 걸 깨닫고 슬펐던 적은 없다. 오히려 묘한 충격이었다. 그녀가 그저 편지를 보내지 않고 하루 더 기다리며 그에게 악의 없이 순수한 장난을 치고 있는 것만 같았다. 그러다 아홉 시간에 걸쳐 서서히 현실의 깨달음이 찾아왔고, 집에 돌아와 특별 배송된 우편물 고지가 왔는지 볼 때가 되어서야 비로소 실감이 내려앉았다. 갑자기 온몸에 힘이 빠지고 활력을 잃었다. 로절린드가 특별 우편을 보낼 리가 없었다. 그것도 이렇게 시간을 다 흘려 보내고 지금에 와서. 이제 다음 날 아침까지 기다리는 것 말고는 아무 할 일이 없었다.

다음 날 아침에 우편함에 편지가 한 통 있었다. 그러나 미술 전시회 안내문일 뿐이었다. 그는 안내문을 잘게 찢고, 주먹을 쥐며 구겨버렸다.

이웃의 우편함에는 편지가 세 통 와 있었다. 어제 아침부터 줄곧 거기 있었다는 사실이 기억났다. 이 두센베리라는 사람은 누군데 이렇게나 우편물에 무심할까?

그날 아침 사무실에서 문득 어떤 생각이 떠올라 그는 다시 기운을 차렸다. 집배원은 보통 같은 거리의 우체통을 한꺼번에 열고 편지를 집어넣으니, 편지가 옆집 우편함에 잘못 들어갔을 수도 있다! 그 역시 최소 한 번은 잘못 배송된 편지를 받은 적이 있다. 돈에게 다시 희망이 생겼다. 그녀도 편지에 사랑한다고 썼을 것이다. 주앙레팽에서 그토록 행복한 시간을 함께 보냈는데, 어떻게 그 말을 하지 않을 수 있을까? 전보를 보내야겠다. 사랑해, 사랑해. 아니, 전화를 해야겠다. 편지에 파리의 집 주소와 직장 전화번호가 적혀 있을 테니까.

이 년 전 뉴욕에서 로절린드를 처음 만났을 때는 두어 번 저녁을 같이 먹고 영화관에 갔었다. 그러고 나서는 그녀가 초대에 응하지 않았고, 돈은 마음에 둔 다른 남자가 있겠거니 하고 말았다. 그때는 그에게도 그리 큰일이 아니었다. 하지만 주앙레팽에서 우연히 다시 만났을 때는 달랐다. 두 눈에 반한 사랑이었다. 로절린드가 곧장 칸으로 떠나지 않고, 여자 한 명과 남자 둘, 그 동행 셋과 헤어져서 그와 주앙레팽에 머물렀다는 사실이 그 증거였다. 둘은 완벽한 닷새를 함께 보냈고, 돈은 "사랑해"라고 말했고, 그녀도 한 번쯤은 그 말을 했다. 하지만 그들은 앞날을 계획하지 않았고, 하다못해 다음 만남조차 정하지 않았다. 그는 얼마나 한심한 바보였나! 그런 점에서는 같이 자자고 말하지 못한 게 후회되었다. 하지만 또 한편으로, 그의 감정은 그렇게 가볍지 않았다. 여행지에서 스치는 연애야 누구나 쉽게 할 수 있다. 사랑에 빠져 결혼을 원하는 건 다른 얘기다. 그녀의 행동을 보며 같은 마음이라고 짐작했었다. 로절린드는 쿨하고 늘 방긋방긋 웃는 사람이었고, 갈색 머리에 키가 크지 않아도 훤칠한 인상을 주었다. 현명한 여자였고 후회할 짓은 아예 하지 않았다. 돈은 그녀가 충동적으로 일을 저지를 사람이 아니라고 느꼈다. 그건 그 역시 마찬가지였다. 섣부른 마음에 청혼해버리는 그런 사람은 아니었다. 결혼은 몇 주, 몇 달, 혹은 일 년을 숙고해도 모자랄 일이다. 주앙레팽에서의 며칠만으로 나온 결정은 절대 아니었다. 그는 로절린드 판스가 자신과 일에서도 닮은 구석이 많은 훌륭한 소녀 혹은 여자라고 생각했고 (그녀는 스물여섯, 그는 스물아홉이었다) 함께 얼마든지 행복할 수 있다고 믿었다.

그날 저녁에도 두센베리의 우편함에는 편지 세 통이 그대로 있었다. 돈은 우편함 맞은편의 명단에서 두센베리의 초인종을 찾아 꾹 눌렀다. 우편물을 거두진 않았어도 집에 있을 수 있으니까.

응답이 없었다.

두센베리, 아니 두센베리 가족은 집을 비운 게 분명했다.

아파트 관리인이 대신 우편함을 열어줄까? 절대 그럴 리 없다. 게다가 관리인이 열쇠나 열쇠 꾸러미를 갖고 있을 리도 없었다.

세 통의 편지 중 하나는 유럽에서 온 항공우편 같았다. 미쳐버릴 것 같았다. 돈은 반짝이는 금속제 우편함 틈새로 손가락을 넣고 우편함을 열려 했지만 요지부동이었다. 그래서 자기 우편함 열쇠를 억지로 열쇠 구멍에 밀어 넣고 있는 힘껏 돌렸다. 탁

소리가 나며 걸쇠가 움직이더니 우편함이 이 센티 정도 열렸다. 그 이상은 열리지 않았다. 돈은 집 열쇠를 반쯤 열린 틈에 넣어 지렛대로 사용했다. 안의 편지들을 집을 수 있을 만큼 우편함 입구가 휘었고, 그는 편지를 꺼낸 후 휜 부분을 손바닥으로 눌러 최대한 판판하게 눌러두었다. 셋 다 그에게 온 편지는 아니었다. 그는 도둑처럼 몸을 떨며 편지들을 물끄러미 쳐다보았다. 그러다 한 통을 주머니에 쑤셔 넣고 나머지는 다시 우편함에 넣은 후 현관으로 들어갔다. 모퉁이를 돌아 그를 기다리고 있던 빈 엘리베이터를 타고 홀로 삼 층까지 올라갔다.

현관문을 열고 집에 들어왔을 때는 심장이 미친 듯이 뛰고 있었다. 물론 제자리에 돌려놓을 생각이었지만, 애초에 어째서 이 편지를 들고 온 걸까? 개인적인 내용이 담긴 듯한 국내우편이었다. 파란색 단정한 필체로 적힌 주소를 읽어보았다. R. L. 두센베리 어쩌고저쩌고 앞. 반송 주소는 이디스 위트컴, 717 가필드 드라이브, 스크랜턴, 펜실베이니아주라고 적혀 있었다. 두센베리의 여자친구군, 그는 직감했다. 네모난 편지 봉투는 두툼했다. 지금이라도 편지를 돌려놓아야 했다. 하지만 망가진 우편함은 어떻게 하지? 없어진 물건은 없긴 하지만, 남의 우편함을 함부로 여는 행위는 가볍게 넘어갈 사안이 아니다. 될 대로 되라지. 없어진 물건도 없는데, 뭐가 그렇게 나쁘단 말인가?

돈은 세탁소에 맡길 정장과 두센베리의 편지를 들고 나갈 채비를 했다. 하지만 막상 손에 편지를 쥐자 내용이 참을 수 없을 정도로 궁금해졌다. 미처 부끄러움을 느끼기도 전에 부엌으로 달려가 물을 끓여 김을 냈다. 봉투 입구가 깔끔하게 떨어지기 시작했고, 돈은 참을성 있게 기다렸다. 편지는 양면으로 세 쪽에 걸쳐 자필로 쓰여 있었다.

"자기야," 편지는 이렇게 시작했다.

> 너무 보고 싶어서 펜을 들었어. 마음 정리는 좀 된 거야? 우리 관계가 이제 끝났다고 자기는 말했지만, 내 마음은 그날 밤 다리에서 베닝턴 야경을 봤을 때와 똑같아.

돈은 편지에 매료되었고, 믿을 수 없다는 듯이 나머지 내용을 읽어나갔다. 여자는 두센베리를 열렬히 사랑하고 있었다. 그녀는 오직 그의 답변, 아니 작은 신호만이라도 바라고 있었다. 버몬트의 한 마을에 관한 내용도 있었는데, 돈은 이들이 그곳에서 만났는지, 아니면 그곳을 같이 여행했는지 궁금했다. 오, 신이시여, 그는 속으로 외쳤다. 로절린드가 이런 편지를 써준다면 얼마나 좋을까! 두센베리의 경우, 답장하지 않는 이는 남자였다. 편지의 내용을 봐서는 마지막 만남 이후로 두센베리가 단 한 번도 편지를 보낸 적이 없는 것 같았다. 돈은 풀로 입구를 조심스럽게 봉한 다음 편지를 호주머니에 넣었다.

마지막 문단이 머릿속을 떠다녔다.

너에게 다시 편지를 또 보내게 될 줄은 몰랐지만, 결국 해버렸네. 내가 이런 사람인 걸 어떡해.

돈은 자신도 마찬가지라고 생각했다. 편지는 이렇게 마무리되었다.

나를 기억하기는 하는 거니? 다시 나를 보고 싶긴 한 거니? 너로부터 답장이 없으면 알게 되겠지.

언제나 너를 사랑하는 마음으로,
이디스

돈은 우표를 확인했고, 편지가 육 일 전 발송되었다는 걸 확인했다. 그는 이디스 위트컴에 대해 상상했다. 엿새 동안의 기다림 속 희망을 잃지 않고자 두센베리에게서 답장이 오지 않는 이유를 찾아내려고 하는 그녀의 모습이 눈에 선했다. 하지만 그녀는 여전히 희망을 잃지 않았다. 지금 이 순간에도 펜실베이니아주 스크랜턴에서 그의 답장을 기다리고 있을 것이다. 두센베리는 어떤 사람일까? 카사노바? 애인을 떨쳐내려는 유부남? 자신이 이 아파트에서 기억하는 예닐곱 또는 여덟 명의 남자 중 누구일까? 모자도 쓰지 않고 아침 여덟 시 반에 거리로 뛰쳐나가는 그 사람들 중 한 명? 홈부르크 모자를 쓰고 천천히 걸어 나가는 그 남자? 돈은 평소에 이웃들을 눈여겨보는 사람이 아니었다.

그는 숨을 참았고, 잠시 그 여자의 찌르는 듯한 외로움과 위태로운 희망을 느낄 수 있었다. 마지막으로 파닥거리는 그녀의 마지막 희망이 입술에 닿는 듯했다. 말 한마디만으로도 그 여자를 행복하게 해줄 수 있었다. 아니, 두센베리는 그럴 수 있었다.

"쓰레기 같은 놈." 그는 중얼거렸다.

정장을 내려놓고, 책상으로 가 종이 쪼가리에 "이디스, 사랑해"라고 적었다. 눈앞에 글로 적어놓으니 보기 좋았다. 위태롭게 균형을 잡고 있던 의문을 해결했다는 생각이 들었다. 돈은 종이를 구겨 쓰레기통에 던져 넣었다.

돈은 아래층으로 내려가 편지를 다시 우편함에 밀어 넣고 정장을 세탁소에 맡겼다. 2번가를 따라 오랫동안 걸어 할렘가 입구까지 갔고, 지친 채 번화가로 가는 버스를 탔다. 배가 고팠지만 먹고 싶은 게 떠오르지 않았다. 일부러 아무 생각도 하지 않았다. 얼른 이 밤이 지나가 내일 아침의 편지 배달 시간이 돌아왔으면 했다. 어렴풋이 로절린드를 생각했다. 그러다 스크랜턴의 그 여자 생각도 났다. 사람들이 감정 때문에 고통받는 건 참으로 안타까운 일이지. 나 같아. 로절린드는 더없는 행복을 선사해주었지만, 지난 삼 주가 너무나 고통스러웠다는 사실도 부정할 수 없었다. 오, 신이시여. 이제 이십이 일째구나! 왠지 모르게 이십이 일을 기다렸다는 사실을 인정하는 게 부끄러웠다. 부끄럽다고? 인정한다면 전혀 부끄러울 일이 아니었다. 그녀를 영영 놓쳐버릴 수도 있다는 사실이 부끄러운 것이었다. 주앙레팽에서 그녀를 사랑한다는 것뿐 아니라 결혼하고 싶다는 사실을 분명히 밝혔어야 했다. 그러지 않았기 때문에 이젠 그녀를 영영 잃어버릴 수도 있게 된 것이다.

생각에 쫓겨 버스에서 내렸다. 이 끔찍하고 죽을 만큼 괴로운 상상을 머릿속에서 지우려고 했다. 걸으면서 몸 밖으로 내보내려고 했다.

그 순간 어떤 영감이 떠올랐다, 대단히 기발하지도 않고 별 목적도 없었다. 그저 오늘 저녁에 수행해야 할 프로젝트처럼 느껴졌다. 집으로 걸어가면서 두센베리가 편지를 읽었다면 미스위트컴에게 뭐라고 답할지 상상했다. 두센베리가 과연 답장을 쓰기는 할지, 사랑한다고 말할 정도는 아니라도 얼굴은 한번 보고 싶다고 할지도 고민했다.

편지를 쓰는 데는 십오 분쯤 걸렸다. 한동안 침묵을 지켰던 건 자기 마음을 잘 알 수 없어서, 또 그녀의 감정도 확신할 수 없어서 그런 거라고 했다. 확답을 주기 전에 먼저 만나고 싶다고 했고, 언제 만날 수 있느냐고 물어보았다. 두센베리의 이름이 기억나지 않아 이름이 그녀의 편지에 언급되었는지 생각하다가 봉투에 적힌 R. L. 두센베리를 기억해냈고, 그냥 "R"이라고 적고 편지를 마무리했다.

편지를 쓰던 때만 해도 정말 보낼 생각은 없었다. 하지만 타자기로 쓰인 익명의 단어들을 보고 있자니 보내는 것도 썩 나빠 보이진 않았다. 정말 사소한 선물이고 해롭지 않은 말들이었다. "언제 만날 수 있을까?" 물론 헛되고도 잘못된 행동이었다. 답을 하지 않은 걸 보면 보다시피 두센베리는 무심한 사람이었고, 앞으로도 그럴 것이다. 아니라면 엿새를 그렇게 흘려 보내지 않았을 테니까… 두센베리가 이렇게 내버려두고 끝맺음을 않는다면 비현실을 연장하는 셈이 될 것이다. 돈은 "R"을 물끄러미 쳐다보았다. 그리고 그가 간절히 바라는 단 한 가지는 바로 '이디스'에게서 오는 답장이라는 걸 알았다. 긍정적이고 행복으로 찬 답장, 딱 한 장이라도 좋았다. 그래서 편지 밑에, 타자기로 적었다.

추신. 다음 편지는 뉴욕시 채닌빌딩 더크슨 앤드 홀로 보내주길.

이디스가 답장해준다면 편지를 받을 수 있을 것이고, 며칠 내로 답이 오지 않는다면 두센베리가 그사이 답장을 했다는 뜻이다. 혹시 이디스에게서 답장이 온다면, 돈은 직접 이 관계를 최대한 고통 없이 끝내는 일을 떠맡아야 할 테지.

편지를 부치고 나니 왠지 후련한 해방감을 느꼈고, 마음도 좀 편해졌다. 잠도 깊이 잘 잤고, 아래층 우편함에서 자기를 기다리는 편지가 있다는 확신을 품고 잠에서 깼다. 편지가 없다는 걸 눈으로 확인하자 (로절린드의 편지가 없었을 뿐, 전화 요금 통지서는 있었다) 빠르고 단순한 실망감, 그리고 지금껏 경험해보지 못한 분노 섞인 좌절감이 덮쳐왔다. 이제 더는 편지가 오지 않는 이유를 만들어내려야 만들어낼 수도 없었다.

다음 날 아침, 스크랜턴에서 사무실로 편지가 왔다. 돈은 안내 데스크에서 편지를 찾아 슬쩍 갖고 왔다. 접수 담당자는 전화를 받느라 그를 신경 쓸 여력이 없었고, 질문은커녕 한번 쳐다보지도 않았다.

편지 첫머리는 "자기야"였다. 돈은 순간 흘러넘치는 감정을 감당할 수 없어 엔지니어링 부서 동료들이 편지를 읽는 그 모습을 보지 못하도록 편지를 접어 주머니에 넣었다. 편지가 호주머니에 있는 기분은 좋으면서도 싫었다. 답장을 받을 줄은 몰랐다. 아니, 그건 사실이 아니다. 그녀가 답장하지 않을 이유가 있었던가? 그녀는 다음 주 주말에 만나자면서 시간과 장소를 정해달라고 (역시 두센베리는 바람만큼 자유로운 사람이었다) 부탁했다.

돈은 책상에 앉아 일하면서 한 단어만으로 그가 조종할 수 있는, 열렬하게 사랑에 빠져 두근거리고 있는, 얼굴도 모르는 스크랜턴의 그녀를 생각했다. 얼마나 아이러니한가! 파리의 로절린드에게서는 답장을 받아낼 수도 없었는데 말이다.

"젠장!" 그는 중얼거리며 책상에서 일어섰다. 그리고 아무에게도 말하지 않은 채 사무실을 떠났다.

방금 어떤 결정적인 생각이 떠올랐다. 로절린드가 지금껏 답을 하지 않은 건 그를 사랑하지 않는다고, 평생 사랑할 수는 없을 거라는 사실을 어떻게 얘기해야 할지 고민하고 있었기 때문이라는 생각. 머릿속에서 이 생각을 지울 수가 없었다. 이제는 행복하고 만족스러워 얼떨떨한 표정으로 자신의 편지를 보고 있는 모습보다는 청혼을 거절하는 어색한 편지를 떨떠름하게 쓰고 있는 모습이 더 그럴싸하게 떠올랐다. 최대한 상처를 덜어 줄 부드러운 말을 고민하는 모습이 눈에 선했다.

참담하게 실망한 나머지, 그는 그날 저녁 아무것도 할 수 없었다. 생각할수록 그녀가 모든 걸 끝내고자 그에게 편지를 쓰고 있거나, 혹은 쓰는 걸 고민하는 모습만 선명했다. 이 결정에 도달하기까지 그녀의 머릿속을 그려봤다. 처음엔 그를 그리워했을 것이다. 하지만 이내 그 없이도 직장과 그녀의 친구들이 있다면 파리에서 얼마든지 지낼 수 있으리라는 사실을 깨달았을 것이다. 그다음에는 미국에 있는 그와 유럽에 있는 자신의 현재 상황에 대한 현실적인 생각을 했으리라. 모든 걸 떠나, 그를 진심으로 사랑하지 않는다는 사실을 깨달았을 것이다. 적어도 이것만은 틀림없이 사실이었다. 사람들은 진정으로 사랑하는 사람이라면 답장을 보내는 데 지체하지 않는다.

그는 갑자기 벌떡 일어나, 싸움 상대를 마주하듯 시계를 똑바로 노려보았다. 9월 15일, 오후 여덟 시 십칠 분. 긴장된 몸과 꽉 쥔 주먹에 그 시각의 무게를 온전히 실었다. 처음 보낸 편지로부터 너무나 많은 시간이 흘렀다. 이십오 일. 너무도 많은 시간, 분… 그 마음은 그 시간의 무게를 스르르 떨치고 어느새 스크랜턴의 그녀에게 고정되었다. 그녀에게 답장을 빚진 느낌이었다. 가망 없이 대롱대롱 달린 그녀의 사랑을 심오하게, 소중하게 아끼듯, 그 사랑이 자신의 사랑이라도 되는 것처럼, 편지글을 천천히 한 단어씩 음미하며, 더 신중하게 한 구절 한 구절에서 감상적인 여운을 느끼면서 다시 읽어보았다. 여기 만남의 시간과 장소를 알려달라고 애원하는 한 사람이 있었다. 열렬히 사랑에 빠진, 자기 자신의 포로가 된 그녀는 하늘로 막 비상하려는 새와 같았다. 그는 무작정 전화기로 달려가 전보의 내용을 불렀다.

그랜트 센트럴 터미널, 렉싱턴 방향 승강장에서 금요일 오후 여섯 시에 만나자. 사랑을 담아, R.

금요일은 내일모레였다.

목요일에도 편지는 없었다. 로절린드의 편지는 없었고, 이제는 그녀에 관해 무슨 상상을 할 기력도 없었다. 바위처럼 무겁고 한 치도 줄어들지 않은, 그 안의 사랑만 홀로 덩그러니 남아 있었다. 금요일 아침에 일어나자마자 스크랜턴의 그 여자를 생각했다. 지금쯤 일어나 가방을 챙기고 있을 것이다. 만약 직장이 있다면 온종일 두센베리로 가득한 꿈의 세계를 서성이겠지.

일 층으로 내려간 그는 우편함에서 빨간색 파란색 테두리의 항공우편 편지지를 보았고, 그러자 가슴에 고통스러울 정도로 느릿하고 시큰한 충격이 전해졌다. 우편함을 열어 길고 얇은 편지 봉투를 느리게 끄집어냈다. 손을 벌벌 떨다가 열쇠 꾸러미를 떨어뜨렸다. 편지는 열다섯 줄 분량밖에 되지 않았다.

돈에게

답장이 이렇게 늦어진 거 정말 미안해. 계속 이런저런 일들이 생겼거든. 오늘이 돼서야 간신히 자리를 좀 잡고 첫 출근을 했어. 로마에서 일정이 꼬인 건 둘째치고, 전기공들과 다른 기술자들의 파업 때문에 여기 아파트를 정리하는 일까지, 정말 정신이 하나도 없었어.

돈, 너는 정말 착하고 다정한 사람이야. 그걸 정말 잘 알고 있고, 절대 잊지 않을 거야. 코트에서 보냈던 모든 순간도 잊지 않을 거야. 하지만 결혼을 위해 내 삶을 여기서, 아니 어디서든 급격히 바꾸는 내 모습은 그려지지 않아. 여기 일이 너무 많아서 크리스마스에 미국에 가는 건 상상도 할 수 없고, 너도 뉴욕에서의 삶을 버릴 이유가 없잖아. 크리스마스 무렵, 네가 이 편지를 받을 때쯤에는 너의 감정도 조금은 달라졌기를 바라.

하지만 다시 편지해줄 거지? 그리고 이 일 때문에 너무 슬퍼

하지 않을 거지? 그리고 우리 언젠가 다시 만날 수 있는 거지? 주앙레팽에서처럼 우연하고도 아름답게 만날 수도 있겠지?

로절린드

돈은 편지를 주머니에 쑤셔 넣고 문밖으로 뛰쳐나갔다. 생각은 혼돈 그 자체, 끔찍한 고통의 신호, 조용한 죽음의 아우성, 완패한 군대가 살아남기 위해 마지막으로 발악처럼 지르는 명령이었다. 더 늦기 전에, 포기하지 말라고, 죽지 말라고.

한 가지만은 상당히 명료하게 떠올랐다. 그녀에게 겁을 주고 말았다. 멍청하고도 무모한 사랑의 맹세, 격류처럼 쏟아냈던 미래의 계획이 그녀 마음을 완전히 돌아서게 했다. 그 절반만 말했어도, 그가 얼마나 그녀를 사랑하는지 진심을 전할 수 있었을 텐데. 하지만 너무 구체적으로 썼다. "열렬히 사랑하고 있어. 자기야, 크리스마스에 뉴욕으로 와줄 수 있어? 불가능하다면 내가 파리로 갈게. 너와 결혼하고 싶어. 네가 유럽에 사는 게 좋다면 내가 유럽으로 갈게. 거기에서 같이 살자. 어렵지 않을 거야…"

얼마나 바보처럼 굴었는지!

그의 마음은 이미 분주하게 실수를 바로잡고 있었다. 애정을 표현하되 상대가 숨 쉴 여유를 남겨주는, 훨씬 더 가벼운 내용의 다정한 편지를 구상하고 있었다. 오늘 밤에는 이 편지를 신중하게, 한 치의 오차 없이 작성하리라 생각했다.

돈은 그날 오후 일찍 사무실을 떠났고, 다섯 시를 조금 넘겨 집에 도착했다. 시계를 보니 스크랜턴의 그 여자가 그랜트 센트럴 터미널에 여섯 시에 도착한다는 게 생각났다. 왜인지 모르겠지만 만나러 가야 할 것 같았다. 절대로 말을 걸지는 않을 것이다. 본다고 하더라도 알아볼 길도 없었다. 하지만 그 여자보다도, 그랜드 센트럴 터미널이 더 그를 자석처럼 천천히 끌어당겼다. 옷을 갈아입기 시작했다. 옷장에서 제일 좋은 옷을 꺼내 입고, 넥타이 걸이를 보며 고민하다가 파란색 넥타이를 잡아 꺼냈다. 몸이 피곤하고 휘청거렸다. 이마에 맺히고 있는 서늘한 땀방울처럼 언제라도 곧 증발해버릴 것만 같았다.

그는 42번가의 번화가를 향해 걸어갔다.

렉싱턴가의 터미널 출입구에 이디스 W. 위트컴으로 보이는 세 명의 어린 여자가 있었다. 소지품에 이름의 초성이 적혀 있을까 유심히 살폈지만, 아무것도 없었다. 그때 한 여자가 기다리고 있던 사람과 함께 떠났다. 이제 돈은 검은 코트를 입고 군대 마크가 달린 검은색 베레모를 쓴 금발의 여자가 이디스라고 확신했다. 틀림없었다. 여자의 크고 둥근 눈에 가득한 그 불안감은 오로지 사랑하는 사람을, 초조한 마음으로 사랑하는 사람을 기다리는 마음에서만 나올 수 있었다. 나이는 스물두 살 정도에 미혼으로 보였고, 산뜻하고 희망 차 보였다. 손에는 주말여행에 딱 맞는 크기의 여행 가방이 들려 있었다. 그는 몇 분쯤 그녀 주변에서 서성거렸는데, 그녀는 눈길 한번 주지 않았다. 여자는 커다란 문 오른편에 까치발로 서서 사람들 머리 위로 그녀가 기다리는 사람을 찾으려고 했다. 문 뒤편에서 빛 한줄기가 그녀의 붉은 빛이 도는 둥근 볼, 빛나는 머릿결, 그리고 응시하는 눈에 담긴 간절함을 비췄다. 벌써 여섯 시 삼십오 분이었다.

물론 그녀가 아닐 수도 있다고 그는 생각했다. 그러자 갑자기 지루해졌고 막연하게 자신이 부끄러워져서, 3번가로 걸어가 뭐라도 먹으려고, 아니 커피 한 잔이라도 마셔야겠다는 마음이 들었다. 카페에 들어갔다. 그는 커피를 기다리는 동안 아까 샀던 신문을 펼쳐 읽으려 했다. 하지만 웨이터가 커피를 갖고 왔을 때는 아무것도 마시고 싶지 않아져서 작은 목소리로 사과하며 일어섰다. 돌아가서 아직 그 여자가 거기 있는지 봐야겠어. 그는 자신의 악랄한 속임수를 생각하며 그녀가 그 자리에 없었으면 했다. 만약 그 자리에 있었다면 그녀에게 자신의 행동을 고백하고 사과해야 했다.

그녀는 여전히 그 자리에 있었다. 그가 본 순간 그녀는 여행가방을 든 채로 안내 데스크로 걸어갔다. 그는 데스크 주위를 한 바퀴 빙 돈 후 다시 문으로 다급하게 뛰어서 돌아왔다가, 행운을 빌 듯 방향을 바꿔 같은 행동을 반복하는 여자를 지켜보았다. 그녀의 아름다운 눈썹은 이제 괴로운 기다림, 가망 없는 희망의 각도로 비스듬하게 기울어져 있었다.

하지만 여전히 실낱 같은 희망의 조각이 남아 있다고, 그는 생각했다. 단순하지만 이건 그에게 다가온 가장 강력하고도 확실한 진실이었다.

그는 여자를 지나쳐 걸어갔고, 이번에는 그녀가 눈길을 주었지만 바로 그 뒤편으로 시선을 돌렸다. 여자의 시선은 렉싱턴 스트리트 너머를 향했고, 두 눈에는 눈물이 차오르고 있었다.

주머니에 손을 넣은 채 그 얼굴을 똑바로 바라보며 빠른 걸음으로 곁을 스쳐지나갔다. 여자는 짜증난 눈빛으로 쳐다보았고, 그는 미소 지었다. 여자의 시선이 그에게로 돌아왔다. 충격과 분노로 가득한 얼굴이었다. 순간 그는 웃었다. 짧은 웃음이 터져나왔다. 하지만 울음이 터졌다 해도 이상하지 않았다. 어쩌다 보니 웃음이 나왔을 뿐이다. 이 여자의 감정을 잘 알고 있었다. 너무나도 잘 알고 있었다.

"미안해요." 그가 말했다.

그녀는 화들짝 놀랐고, 어리둥절한 눈으로 쳐다보았다.

"미안해요." 그는 다시 한번 말하며 몸을 돌렸다.

돌아보았을 때 그녀는 얼굴을 찌푸리며 혼란스러운 눈빛으로, 차라리 두려움에 가까운 표정으로 보고 있었다. 그러고는 눈길을 돌려 다시 까치발을 들고 사람들 너머로, 오지 않는 그 사람을 찾아 나섰다. 그가 마지막으로 본 건 그 눈에 담긴 결의에 찬, 무분별하고 자포자기한 희망이었다.

렉싱턴 스트리트를 걸어가며 마침내 울었다. 자신의 눈이 그칠 없는 희망으로 가득 찬 채로 반짝이는 그 여자의 그것과 다를 바가 없었다는 것을 이제 알았다. 그는 당당하게 고개를 들었다. 오늘 밤 로절린드에게 쓸 편지가 있었다. 머릿속으로 편지를 써 내려가기 시작했다.

마법의 문

1

힐데브란트는 자신을 매일 저녁 이 공허한 술집으로 이끄는 것이 마법의 여닫이문이라는 것을 알고 있었지만, 오직 자신에게만 이 사실을 인정했다. 마법의 여닫이문은 그저 붉은 공단으로 뒤덮인 벽에 뜬금없이 나 있는, 흡사 범선의 선미처럼 생긴 문일 뿐이었다. 거대한 판도라 룸의 입구이기도 했다. 중기 빅토리아 양식은 절대 그의 취향이 아니었지만 이 여닫이문만큼은 예외였다. 황동 경첩이 달리고 금빛 아지랑이 같은 문장이 대수롭지 않은 듯 새겨진 채 안으로 활짝 열려 있어, 매일 저녁 다른 모습으로 기적을 끌어낼 듯 서스펜스 가득한 분위기를 풍겼다.

그는 브랜디에서 시선을 돌려 문을 한 번 더 응시하면서 나른하게 혼자 읊조렸다. "그 (어쩐지) 마법 같은 여닫이문은 종종/위험한 바다 거품 위, 쓸쓸한 요정의 땅에서 열리네. 황량하도다! 이 말 자체가 종소리 같으니!"*

언제쯤 누군가가 저 문을 열고 와서 나의 삶에 들어올까? 나는 때로는 동정심을 때로는 경멸을 유발하는, 브랜디에 찌들어 무언가를 영원히 기다리며 바에 앉아 있는 그런 미련한 남자가 되어가고 있는 걸까?

우울하게 판도라 룸을 훑어보았다. 우수에 찬 그의 갈색 눈은 쭈글쭈글한 눈꺼풀에 부분적으로 가려져 있었다. 그를 볼 사람은 바텐더밖에 없었지만, 그는 자신의 귀족적인 눈꺼풀을 의식하며 허리를 꼿꼿이 펴고 사려 깊은 우월감의 분위기를 은근히 풍기며 실내를 둘러보았다. 흰 천이 덮인 탁자들이 공동묘지처럼 일렬로 늘어서 있고 저 멀리 바텐더는 이날의 유일한 손님을 응대하고 있었다. 회색과 붉은색의 높은 천장 장식 속 어딘가의 음원에서 쏟아져 나오는 녹음된 음악이 태피스트리, 페르시아 양탄자, 금박 조형물로 치장된 텅 빈 성배 같은 실내로 흘러들어왔다. '아무것도 돋보이게 해주지 못하는 배경음악이군.' 힐데브란트는 생각했다. 이곳의 어마어마한 외로움이 이따금 자신의 고독을 초라하게 축소하는 것 같을 때가 있었다. 혹시 이것도 여기를 찾게 되는 이유 중 하나가 아닐까 하는 생각

* 존 키츠의 「나이팅게일에게 바치는 송가」 중 한 대목.

이 들었다.

"판도라 룸이라." 그는 속삭였다. "이름값을 전혀 하지 못하는구나!"

그는 길고 우아한 다리가 달린 의자에 몸을 축 늘어뜨리고 앉아, 골무 모양 브랜디 잔의 가느다란 손잡이를 잡고 돌렸다. 검은 정장을 입은 힐데브란트의 왜소한 체격은 양초 심지처럼 하찮아 보였다. 거대한 실내에서 딱 한구석만 차지하고 있는 호박색 바 카운터가 흐릿한 불꽃처럼 그를 에워싸고 은은히 빛났다.

그는 바 카운터 너머 거울에 비친 자기 모습을 비판적으로 뜯어보기 시작했다. 지루함에서 탈출하고 싶다는 천진한 희망이 보통은 닳고 닳은 지겨움을 뚫고 이따금 고개를 내밀었지만, 이제는 가둬두어도 여전히 기운이 남아돌아 "나를 어떻게 한 거야? 나를 어떻게 할 속셈이야?"라고 울부짖는 아이처럼 똑바로 그를 대면했다. 눈에 잘 띄지 않고 잊히기는 쉬운 얼굴이었다. 넓고 바짝 깎은 콧수염으로도 도드라지지 않는 흐릿한 생김새. 그나마 또렷한 특징이 있다면 물려받은 것이었고, 후천적인 기여는 오히려 원형을 망치는 쪽이었다. 이를테면 눈꺼풀은 이미 물려받았을 때부터 늙어 있었지만, 이제는 무너져가는 맨션의 둥근 창에 드리워진 헤진 레이스 커튼을 연상시켰다. 그는 자기 외모가 뉴욕의 가장 거대하고 보수적인 호텔에서 영원히 누군가를 기다리는 남자에게 완벽하게 어울린다고 생각했다.

나는 외롭다기보다는 지독하리만큼 혼자인 거야, 그는 생각했다.

솔직히 친구는 많다고 말할 수 있었다. 오래된 친구도 있고 새 친구도 있고, 남자도 있고 여자도 있지만, 다들 그저 따분하기 짝이 없었고, 단 한 가지 좋은 점이 있다면, 이런 그의 쳇바퀴 같은 삶이 단순히 너무나 편해서 그것이 절대 그만두지 않을 한가로운 직업 탓이라는 착각을 하지 못하게 해준다는 것뿐이었다. 그러니까 친구란 이른바 그의 인생을 구성하는 모든 요소가 다 타성에 젖었다는 사실을 일깨워준다는 점에서만 도움이 되었다.

"브랜디 한 잔 더 드릴까요?"

"네, 부탁합니다."

바텐더가 자기한테 그렇게까지 신경을 쓰진 않았으면 좋겠다고 생각했지만, 이 불쌍한 친구가 그럼 달리 무슨 일을 한단 말인가? 힐데브란트는 밝은 노란색 레몬 껍질 조각이 웨이터의 칼에서 떨어져 고풍스러운 컵에 차곡차곡 담기는 모습을 지켜보았다. 그리고 반들반들 광택이 나는 오크 카운터를 둘러보다가 자기 잔과 똑같이 생긴 다른 잔들을 발견했다. 그 많은 마티니를 누가 언제 마시게 될까.

철컥!

힐데브란트는 문소리에 화들짝 놀랐다. 바텐더가 잠시 자그마한 황동 걸쇠가 달린 문 뒤로 사라졌을 뿐이고 곧 각설탕 상자나 라임을 두 팔 가득 들고 다시 나타날 거란 걸 알고 있었는데도.

"예쁜 여자는, 마치 멜로디 같아." 과하게 달콤한 현악기 소리와 함께 음악이 낮게 웅웅 울렸다.

무슨 예쁜 여자? 힐데브란트는 생각했다. 내가 예쁜 여자를 원했나? 생각만 해도 속이 메슥거렸다. 가넷 커프 링크가 달린 자리보다 조금 더 길게 나오도록 커프스를 잡아당겨 정리하고 다시 범선의 선미 같은 문으로 시선을 돌렸다.

커다란 검은색 모자를 쓴 통통한 여자가 들어와 실내를 둘러보며 자기 일행을 찾더니, 손을 팔랑팔랑 흔들고 바다 같은 페르시아 융단을 건너 멀리 있는 탁자로 갔다.

철컥!

바텐더가 라임을 한가득 안고 낑낑거리며 다시 나타났다. 힐데브란트는 시선을 돌렸다.

이 한 잔이 오늘의 마지막 브랜디였다. 십오 분 후면 그는 두 명의 노쇠한 투숙객들이 늦은 저녁을 위해 들어오는 것을 볼 것이다. 가능성은 낮지만, 도저히 믿기지 않을 정도로 칙칙한 색깔 옷을 입어 하이페리온 호텔에서나 환영받을 중년 남성 한 쌍이 예의상 그와 멀찌감치 거리를 두고 앉아 카운터에서 올드패션 버번위스키를 주문하는 모습을 보게 될 수도 있고. 십오 분 후에는 술값을 계산하고 한가로이 범선의 선미 같은 여닫이문으로 다시 나가 걷고 있을 것이다. 상상도 못 할 만큼 흥미진진한 이방인을 만나게 되는 희망을 여전히 버리지 않고 계속 거닐다가 문득 정신을 차려 보면 호텔의 차양이 드리워진 인도에 서 있을 것이다. 그러면 쓰디쓴 외로움의 돌풍이 갑작스럽게 불어닥쳐, 그가 걸치고 있는 시詩, 평온, 의지를 홀딱 벗겨내버릴 테고, 그러면 그는 집까지 택시를 탈지, 지하철을 탈지, 혹은 걸어서 근처의 영화관에 갈지, 아니면 바로 근처 모퉁이만 돌면 나오는 6번가에 사는 친구 브라켄을 불러낼지 고민하게 될 것이다. 브라켄을 불러낸 적은 없지만, 그 선택지는 미미하게나마 위로가 되었기에 언제나 뇌리를 스쳐가곤 했다.

하지만 현실에서 그는 혼자였다.

문 너머 로비에서 어떤 남자가 멈춰 서 레스토랑을 흘긋 들여다보고는 가던 길을 갔다. 여닫이문과 샹들리에는 생기 넘치는 불꽃놀이처럼 반짝였다. 범선이 황금색으로 번진 흐릿한 빛 위를 떠다녔다. 시야의 왜곡이 차오르는 눈물 탓임을 문득 깨달은 남자는 당혹스러워하며 남은 브랜디를 입에 털어 넣었다. 코로 화끈거리는 열기가 확 솟구쳐 올라왔고, 더 깊은 눈물의 바다 너머로 범선이 보였다.

한 줄 검은색 선이 황금빛의 한가운데 나타났다. 문과 똑같은 황금빛 베이지색 머리를 가진 여자의 형체였다. 힐데브란트는 그 순간 마법의 여닫이문에서도 이제껏 느껴본 적 없는 짜릿한 행복감을 느꼈다. 드디어 알아보았다는 흥분과 설렘이었다. 운명의 상대를 만났을 때나 느끼리라 생각했던 감정이었다. 그런데 지금 이처럼 믿기조차 두려워 혼자 남몰래 웃음 짓는 것이다. 이 주 동안 범선의 선미에서 뿜어 나오는 듯하던, 파르르 떨리던, 차마 형용할 수 없는 약속이 걷히고 마법의 여닫이문이 소개하는 이 여인으로 환생한 것 같았다.

거울에 비친 그녀 모습조차 차마 바라볼 수 없어, 다시 바 쪽으로 몸을 돌렸다. 등 뒤에 있는 그녀의 존재감이 실내 안을 가득 채웠다. 다시 쳐다보기 전에 어떻게 접근할지 계획을 세워야 했다. 하지만 이미 머릿속에는 만남을 미리 알았다는 듯 완성된 계획이 그려져 있었다.

그는 술값을 계산하고 돌아서서 걸어갔다. 마법 여닫이문에 다가가듯 여유롭고 품위 있게, 텅 빈 테이블들의 벌판 한가운데 앉아 있는 그녀에게로.

그가 가까이 다가오자 여자는 고개를 들어 그를 쳐다보았다. 힐데브란트는 그 순간 그녀와 이토록 가까운 거리에 있다는 사실에 그만 멍하니 넋을 잃었다. 오로지 그녀가 한 치도 놀란 기미 없이 그를 보았다는 사실만 알아차릴 수 있었다. 그럴 줄 알았다. 그녀도 분명히 나를 알아볼 테니까!

그는 가볍게 고개를 숙였다. "안녕하십니까. 실례가 안 된다면 아름다운 저녁이라고 인사를 드려도 될까요." 여자는 그들이 품은 시詩의 심장인 그 여닫이문처럼 늘씬하면서 위풍당당했다. "제 이름은 올리버 힐데브란트입니다." 그는 덧붙였다.

그녀는 그가 생각했던 것보다 더 나이가 많고 내성적이었다. 베일이 달린 작은 모자 밑으로 흘러내린 연갈색 생머리 말고는 구체적인 생김새를 전혀 가늠할 수 없었다. 여자의 침묵은 혼란스러웠다.

"누굴 기다리는 중이세요?" 그는 물었다.

"그냥, 웨이터요."

"잠시 합석해도 괜찮을까요?"

아마도 그녀의 눈썹이 살짝 올라간 것 같았다. 그러더니 여자는 빈 의자를 가리키며 대답했다. "원하신다면요."

의자를 빼서 자리에 앉았다. 여자는 호감 가는 모습이었지만, 기대만큼 그렇게까지 흥미롭지는 못했다. 베일에 가려진 얼굴은 갸름하고 매우 창백했다. 힐데브란트는 그녀의 오른쪽 눈 아래부터 시작해 보이지 않는 곳까지 휘어지는 길고 얇은 흉터 자국을 보고 놀랄 수밖에 없었다.

"예전에 여기 온 적 없으시죠?"

"네."

그녀의 목소리마저도 예상대로였다. 그는 브랜디에 힘입어 그녀의 무관심에도 불구하고 대화를 이어나갔다. "이곳에 오시다니 참 신기하네요."

"그런가요? 출입이 상당히 제한된 장소 같긴 하네요."

힐데브란트는 옅게 웃었다. "사실 사람들이 여기 왜 오는지는 저도 정말 잘 모르겠어요. 하지만…" 교양과 솔직함 사이에서 잠깐 고민하다가 둘 중 어떤 걸 골랐는지 자기도 확실히 모르는 채 말을 이었다. "저는 이 여닫이문 때문에 오지요."

호의적인 답변이 돌아오리라고 자기가 얼마나 철저히 믿고 있었는지 그는 자기 마음속에서도 인정할 수 없었으리라. 여자의 입매는 지치고 무관심해 보였다. 그는 똑같이 지치고 무심한 여자의 회색 눈이 문으로 향했다가 다시 자신에게로 옮겨오는 것을 지켜보았다.

"낭만적이라고나 할까요." 여자는 음악 같은 낮은 목소리로 읊조렸고, 그 목소리는 그의 마음을 설레게 흔들었다. 하지만 어떤 면에서는, 단순한 사실의 진술 같은 말투기도 했다.

"네, 터무니없죠. 하지만 낭만적이기도 하고요." 그는 그녀가 라이터를 사용하기 전에 성냥을 들어 담뱃불을 붙여주고 자신도 한 개비를 꺼내 피우고선 플레이어스 담뱃갑을 테이블 위로 툭 던졌다. "이름을 알려주시지 않겠어요?"

"아," 그녀는 미소지었다. "그건 가장 중요하지 않은 일이에요."

"그렇지만 난 이름을 알려드렸습니다." 그는 초록색 도마뱀 장식이 달린 라이터를 슬쩍 보았다. "이름의 초성을 알고 있으니까요. H. C. 그러니 다 아는 거나 마찬가지죠."

"무수한 가능성이 있겠죠? 그 정도면 우리 둘 다 그런대로 괜찮겠어요."

힐데브란트는 어색하게 웃으며 어느새 홀연히 앞에 나타난 브랜디 잔을 홀짝였고, 자기 잔을 들고 홀짝이며 마시는 여자를 지켜봤다. 그럴싸한 건배사라도 해야 했던 순간이었다. 더 중요한 사실은, 그녀가 이제 좀 깨어나는 것 같았다.

"저기, 제가 무례하다고 생각하지는 않으셨으면 좋겠어요." 자기는 절대 그러지 않았음을 확신하고 있었다.

"전혀요. 말을 걸어주셔서 기쁜걸요?"

힐데브란트는 갑자기 크게 안심하며 의자 끝에 걸터앉았고, 작업 걸 때 늘 쓰는 이야기를 시작하기에 앞서 종종 그러듯, 아련한 눈빛으로 허공을 응시했다. "신기하게도 오늘 밤 당신께 들려드릴 이야기가 참 많아요. 무역풍과 청옥색 바다, 고대 페르시아의 모스크라든가. 그리고 오늘 밤 당신이 이 방으로 들어오던 모습도 말이죠."

"말해봐요, 그렇다면." 그녀는 나지막이 얘기했다. "제 마음에는 꼭 들 것 같은데요."

그녀는 긴장이 풀린 듯했고, 갑자기 그에게 의존하는 듯 보였다. 힐데브란트는 갑자기 이 여자를 어마어마하게 상냥하게 대해주고 싶은 마음이 들었다. "무슨 문제라도 있으세요?"

그녀는 미소 지었다. "나중에요. 모든 것에 대해서, 아무것도 아닌 것에 관해서, 뭐든 좋으니 얘기해주세요."

바라던 바였다. 그녀는 근사했다. 그러나 무슨 말을 할까 기대감에 마음이 춤을 추는 사이 제일 먼저 그가 이 바에서 보낸 그 많은 시간을 설명해야겠다는 생각이 들었다. 천천히 썩어 사라지는 기분, 무슨 일을 해도 목적과 흥미가 부재했다는 것, 그녀가 오기 전까지 마법의 여닫이문에 대해 말로 설명할 수 없는 꿈을 꾸었다는 것. 또 뭐가 있을까?

"오스트리아에 관해 얘기해볼까요?"

"아무거나 다 좋다니까요."

순간 오스트리아는 어디론가 날아가버렸다. 그는 미국식 검은콩 수프가 담긴 보온병과 함께했던 스키 여행을 기억했다. 한때 사랑한다고 착각했지만, 함부르크까지 따라갈 정도로 사랑하지는 않았던 금발의 여자도. 아, 브레멘이었던가. 그가 기억하는 외국의 풍광들은 방랑과 폭식의 분위기에 젖어 떠올랐다. 지금 그녀를 위해 그 기억을 말로 재창조할 수는 없는 노릇이다.

"파리도 있지요."

"네."

지난 십오 년간의 기억들이 만화경처럼 그와 그 곁에 앉은 여자를 중심으로 빙글빙글 돌았고, 얇은 구체를 형성해 그와 그녀를 세상으로부터 차단해주었다. 이제 그가 무슨 얘기를 해도 괜찮을 것이다. 이 구체 안은 완벽했으니까.

"아니요." 그는 웃었다. "제 삶에서 가장 무서웠던 모험에 관해 얘기해볼까요? 바로 고독의 모험이었어요. 바로 여기서요." 그는 구리로 마감한 거대한 천장을 바라보며 얘기했다.

그녀는 천천히 미소 지었다. "저도 그런 모험을 경험해봤죠."

"그렇다면 어떤 느낌인지 잘 아시겠네요." 어쩐지 기분이 좋았다. 그래서 덧붙여 말했다. "물론, 별로 좋은 느낌은 아니죠."

"맞아요. 당신은 언제 경험해봤나요?"

"당신이 오늘 밤 걸어들어오기 전까지요."

여자는 말이 없었다. 만화경이 천천히 돌아가기 시작했고, 패턴들이 형체를 잃어가며 한데 섞였다. 늦은 밤 어느 폐쇄된 정원에서 보고 있는 듯, 베일에 가려진 그녀의 갸름한 얼굴만 또렷했다.

"제가 들어왔을 때 끝난 게 확실한가요?"

"네, 확실합니다."

"얼마나 확실하죠?"

"당신이 걸어들어왔고, 지금 여기 내 곁에 앉아 있다는 게 확실한 만큼이요."

"더는 혼자가 아니라고요?"

"그래요."

그녀는 머리카락을 손가락으로 쓸었다. 나른하게, 거기 제대로 있는지 확인하듯이. 그러고는 먼 곳을 응시하며 대답했다. "듣기 좋은 말이에요. 하지만 믿기는 어렵네요. 저는 너무 외롭거든요."

"하지만 이젠 그럴 필요가 없어요." 그가 미소 지으며 말했다. "우리가 외로움을 이겼잖아요. 모르시겠어요?"

"그렇게 생각해요?"

"아, 절대적으로 확신합니다!" 힐데브란트는 가장 확신에 찬 순간에 의식적으로 쓰는 영국 억양으로 말했다.

여자는 머리를 손가락에 괴고 그를 찬찬히 뜯어보았다.

"혹시 문제라도?"

"모르겠어요. 피곤한가 봐요. 벌써 잠들었는지도 모르겠어요."

"그건 아니라고 장담하지요. 브랜디 한 잔 더 어떤가요?"

그녀는 고개를 저었다. 그러더니 길고 창백한 손으로 담뱃갑과 라이터를 자기 쪽으로 끌었다. "아무래도 가봐야 할 것 같아요."

"그러지 마세요. 부탁입니다!"

"감사하지만, 정말로 더 지체할 수가 없어요. 하지만 말 걸어주셔서 좋았어요."

힐데브란트도 그녀가 일어나자마자 따라 일어났다. "그래도 다시 볼 수 있을까요? 아니, 꼭 다시 만나야 합니다!"

"잘 모르겠어요." 여자는 모호하게 답하며 문으로 발걸음을 옮겼다.

고요한 페르시아 융단의 바다를 가로지르며 그녀 옆에서 아등바등하는 그의 우스꽝스러운 모습을 조롱하듯이 음악 〈파도 너머로〉가 연주되었다. "오, 제발요. 당신을 한 번만 더 볼 수 있을까요?" 그가 말을 더듬으며 소리내어 웃었다. "이건 말도 안 돼요! 다시 당신을 만나야만 한다고요!"

그녀는 멈춰 서더니 고개를 돌려 그를 보았다. 이 거대한 방에는 그들을 볼 사람이 아무도 없었다. 힐데브란트는 마치 단둘이 있는 것처럼, 살짝 모로 꼬는 여자의 고개와 "좋아요, 내일 보죠"라고 하던 그 뜻밖의 온기를 한껏 즐길 수 있었다.

"내일이요?"

"좋아요. 내일이요."

"어디로 연락하면 될까요? 지금 집까지 데려다줄까요?"

"여기로 올게요."

"같은 시간에요?"

"좋아요."

그는 여자를 보내주었다. 다시 여닫이문 너머로 돌아가도록.

2

힐데브란트는 두 번째 만남마저 판도라 룸에서 이루어지지는 않기를 바랐다. 이곳의 유일한 매력이었던 여닫이문의 매혹마저, 그녀가 들어온 후로는 사라진 듯했다. 그러나 이미 약속 장소는 정해졌기에 그녀를 한 번만이라도 더 볼 수 있길 기원하며 바에서 기다렸다. 마침내 열 시쯤, 여닫이문 사이로 나타난 그녀의 이미지에 그의 망보기는 끝났다. 어젯밤 돌아오겠다는 약속뿐 아무것도 없이, 사라지는 그녀 모습을 지켜보며 여기에 서 있던, 그때부터 시작된 기다림이 끝났다. 그는 조용히 스툴을 밀고 일어나 부드러운 러그를 가로질러 그녀에게 다가갔다.

그녀는 어젯밤보다 고개를 꼿꼿이 치켜들고 있었다. 초록과 갈색의 드레스가 그녀를 한층 빛나 보이게 했고, 힐데브란트만큼이나 큰 키와 체구가 더 작고 말라 보였다.

"여기 테이블을 잡아놨습니다." 그가 흥분한 나머지 인사를 깜박 잊었다.

그는 아까 바에서 기다릴 때 미리 골라둔 탁자로 그녀를 데리고 갔다. 그녀가 온다는 쪽에 내기를 건다는 의미로 한참 전에 미리 주문해둔 브랜디 두 잔이 준비된 채 그들을 기다리고 있었다. 조심스럽게 그녀를 앉히면서, 힐데브란트는 이 기적 같은 두 번째 만남 덕분에 공기가 떨리고 은은히 빛난다고 느꼈다. 그들의 탁자 주위에 휘황한 원광이 칠해진 것만 같았다. 조심하지 않으면 아무 말이나 떠벌릴 것만 같았다. 판도라 룸이 지어진 건 오로지 바로 이 순간을 위해서였을지도 모른다.

"들려주고 싶은 이야기가 너무 많네요." 불쑥 말을 꺼냈다. 그녀의 상세한 생김새는 그새 기억에서 조금 흐릿해졌다. 그러나 관계는 진척된 느낌이었고, 다만 대화가 진도를 따라잡지 못할 뿐이었다. 어젯밤 이후로, 처음으로 그의 삶에 초점이 생긴 느낌이었다. 그녀라는 초점이. 행복으로 눈가가 촉촉해진 채 그녀를 응시했다. 그녀는 그의 이야기를 들어줄 준비가 된 것처럼 보였다. 그러자 별안간 그가 느끼는 이 모든 감정을 털어놓기가 두려워졌다. 자기를 노출할까 두려웠다. 이미 자기 같은 남자들을 만나보며 평가했고, 그들이 늘어놓는 헛되고 비슷비슷한 이야기들에 질려버렸을 거라는 생각이 들었다. 그러자 그녀가 갑자기 무섭도록 지적으로 보였다. 사실 지성이야말로 그가 원한 자질이었는데도 말을 할 수가 없었다.

"시작하셔도 돼요."

"아, 먼저 뭐든 자신에 대해 말씀해주실 수 있나요? 지금쯤 이름 정도는 알려줄 법한데 말이에요. 어디에 사는지. 아니면 심지어 지금 무슨 생각을 하고 있는지 정도요." 그는 이제 좀 더 자기다워진 느낌이 들어, 소매를 빼서 가넷 커프 링크로 정리했다.

"저는 여기 사람이 아니에요. 샌프란시스코 출신이죠."

"샌프란시스코라니!" 힐데브란트는 탄성을 질렀다. 사실을 못처럼 써서 그녀를 어떤 배경에 고정하려 하고 있으면서도, 동시에 샌프란시스코에 대해서는 별로 알고 싶은 게 없다는 생각이 들었다. "여기 얼마나 머무를 예정인가요?"

"그냥 잠깐요. 최대한 짧게요."

"그런데 이리로 우연히 오시다니 정말 행운이군요."

"그런가요?"

그녀는 딴생각에 빠진 사람처럼 식탁보를 내려다보며 엄지 손톱으로 쓸어보고 있었다. 문득 어젯밤 자신을 만난 일을 후회할지도 모른다는 생각이 들어, 조용히 브랜디를 맛보는 그녀를 말없이 쳐다볼 수밖에 없었다.

그녀는 몸을 돌려 그를 바라보고 절반 정도 마신 브랜디 잔을 내려놓았다. "미안해요, 브랜디의 여운을 음미하며 천천히 마시는 쪽을 선호하시죠?"

"오, 아닙니다." 힐데브란트는 미소 지었다.

"신사답네요. 술집의 단골 신사 같아요."

힐데브란트의 축 처진 눈꺼풀이 떨렸다. 어차피 아무 이야기도 할 필요가 없었다. 그녀는 다 알고 있었다. 아마도 한 달 후, 아니 당장 내일 밤에도, 저 키 큰 스툴에 축 처져 앉아 있는 자기 모습이 눈에 선했다. 아니, 이 술집은 아니었다. 어딘가 다른 술집이리라. 그는 고개를 들고 미소를 지었다. "식사하셨나요?"

그 언성이 너무나 부드러워 말허리를 끊는다고 느껴지지도 않았다. 오히려 조용히 아이디어를 던지는 느낌으로, 그녀가 미소를 띠고 물었다. "궁금해요. 결혼하지 않으셨나요?"

힐데브란트는 흠칫 놀라며 의자에 기댔다. "어째서 그런 질문을 하시는 거죠…?"

"아내가 있지 않나요? 아니면 있었거나?"

그는 담뱃불을 끄고 새로 한 개비를 꺼내 불을 붙였다. "네, 한때는 그랬죠. 오래전이에요. 뜬금없이 물어보시니 흥미롭네요. 이혼했습니다. 십일 년 전쯤이요."

"하지만 미련이 남죠. 그렇지 않나요?"

"그렇게 생각하시는 모양이군요. 제 결혼은 그렇지 않았습니다." 그때 자기 삶의 이야기를 들려주고 싶다는 욕구가 그 안에서 꿈틀거리기 시작했다. 그 욕구는 너무 강렬해서 그녀가 벌써 다 알고 있을 거라는 두려움조차 압도했다. 너무 따분해서 그녀가 조금이나마 그에게 갖고 있던 호감이 없어질 수도 있는데도.

그러나 또한 그녀가 알기를 원했다. 기억에 사로잡힌 채 그는 미소를 지었다. "제가 원한 건 우리 단둘이, 어쩌면 하인 한 명쯤을 데리고, 유럽의 로맨틱한 강들을 따라 흘러가는 삶이었어요. 그러다 지쳐 집에 돌아가고 싶을 때까지 말이죠." 이야기를 짧게 줄이려고, 결말에 가까운 부분에서 시작했다. "우리는 아주 어렸죠. 저는 아버지가 주는 돈에 의존하는 스물네 살 청년이었어요. 굳이 일해야 할 이유를 찾을 수 없었죠. 사실 어차피 일하기 싫어하기도 하고요. 유일한 문제는, 아내가 저보다 조금 더 돈이 많은 사람과 사랑에 빠져버렸다는 거였죠. 우리가 미국 땅을 떠나보기도 전에요." 그는 조금 웃었다. 노골적인 사실들을 마지못해 늘어놓는, 그러나 그 이야기가 자기를 돋보이게 해준다는 걸 잘 알고 있는 신사들처럼, 서글프고도 너그러운 웃음이었다.

"하지만 당신은 유럽으로 갔군요."

"네, 그랬죠. 신탁 기금에서 미리 받을 수 있는 돈을 모두 써버리고 심지어 원금까지 다 탕진했어요. 그리고 고향으로 돌아와 술을 끊고 아버지의 광고 기획사에 편한 자리를 찾아 들어갔죠. 그렇게 지금까지 온 겁니다. 이제 전 이 절망적으로 따분한 생활을 조금이나마 날카롭게 벼려줄 무언가를 찾고자 떠돌아다닐 뿐이에요."

그녀는 다시 아득한 눈으로 여닫이문을 보고 있었다. 순간 그는, 자신이 이 똑같은 이야기를 토씨 하나 틀리지 않고 이전에 여러 번 되풀이한 적이 있다는 사실을 간파당했다는 걸 깨달았다. 예전이라면 개의치 않았겠지만, 그녀는 특별했기에 지금은 신경이 쓰였다. 그는 그녀를 바라보고는 혀끝을 살짝 깨물며 자책했다.

"항상 혼자 떠돌진 않으셨겠죠."

"아닙니다. 항상 혼자였죠." 그가 후회하며 답했다. "당신 같은 사람을 자주 만날 수 있는 건 아니거든요." 그는 초조하게 담배 연기를 내뿜었다. "정말이에요. 한 번도 없습니다. 혹시 그런 마음 아시나요." 그는 다시 말하기 시작했다. 다시 그녀의 눈길을 끌려고 애쓰면서. "너무나 외롭지만 지금 내 곁에 있었으면 하는 게 뭔지 잘 모를 때요. 친구도, 애인도, 혹은 이 지구상의 어떤 장소도 아닐 때 말이죠. 뭔가… 그런 것들보다 더 추상적인 거랄까요?" 그의 손은 갈 곳을 잃은 채 허공에서 무언갈 잡으려 했다. 그는 누구에게도 이런 말을 한 적이 없었고, 자신의 명료한 말과 정직함에 만족했다.

"알죠."

그녀가 안다고 믿고 고개를 끄덕였다. 이따금 바 거울을 들여다보고 천진한 희망을 느낄 때처럼, 자기 눈이 옆으로 길게 당겨지는 걸 느꼈다. 그러나 이제는 상관없었다. 계속 이야기하고 싶었다. 이따금 이 신비스러운 무언가를 원할 때가 있다고, 그는 그 무언가의 부재의 감각을 고조시키는 바에 앉아 있곤 한다고, 언젠가는 자신이 원하는 그 무언가의 정체를 깨닫고 싶어서라고. 하지만 그녀의 표현 '술집의 단골 신사'가 기억나서, 감히 그럴 용기가 나지 않았다. 표정을 가다듬고. 그녀에게 더 가까이 몸을 기울이며 조용히 얘기했다. "당신을 만나는 것, 그게 제가 원했던 것이었어요."

"유감이네요." 느릿한 그녀의 말들이 어쩐지 최종적이고 돌이킬 수 없다는 느낌을 주었다, "그렇게 외로우시다니!"

"외롭다고요? 전 절대 외롭지 않습니다!"

이제 그녀는 그를 보며 그저 싱긋 웃었고, 그는 이 미소를 어떻게 해석해야 할지 고민했다.

"아닙니다. 제가요? 외롭다고요?" 그는 웃음을 터뜨렸다. 그걸 인정하면 약점이 될 것만 같았다. 외로움이라는 게 치료되고 난 후에도 보기 흉한 흔적을 남기는 질병이라도 되는 것처럼.

그녀는 말이 없었다. 이제 미소는 사라졌고, 오직 입 끝이 살짝 올라가 있었는데, 테이블 위로 고개를 숙이고 있어 정확히 무슨 표정인지 알 수 없었다.

"그건 그렇고, 저녁 식사하셨나요?"

"네. 물어봐주셔서 고마워요."

"어젯밤 물어볼 걸 그랬네요."

"어제는 선약이 있었는걸요?"

"약속을 깼을 수도 있죠."

"아니요. 업무와 관련된 일이었거든요."

"업무요?"

"네, 법적인 업무요."

"오?"

"일요일엔 보통 뭘 하시는지 알려주세요."

힐데브란트는 그녀를 안아주고 싶다고 생각하며 미소 지었다. "하지만 전 당신에 대해 더 알고 싶은걸요?"

그녀는 담배를 향해 손을 뻗었다. "법률적으로 정리할 게 있어요. 최근에 이혼해서요."

"아, 그렇군요." 차분하게 답했지만, 속으로 그는 작고 고요한 조각들로 무너져내렸다. 그는 그녀를 자기 아닌 다른 모든 사람과 격리된 존재로 생각했다는 걸 알았다. 그의 마음속에 그녀를 담은 액자가 있다면, 그건 마법의 여닫이문과 너머의 붉은색 황금색 로비였다. 별안간 그녀가 낯설어졌다. 그녀에 대해 더 많이 알게 되면 그럴수록 오히려 그녀를 더욱더 멀리 내치게 될 위험을 감수해야 했다.

"아이들은 있나요?"

"아니요." 그녀는 그를 보고 웃었다. "난 아주 자유로운 몸이에요. 아직도 잘 믿기지가 않네요."

힐데브란트의 긴장이 풀렸다. 결정적인 순간에 여닫이문의 마법은 하마터면 그녀를 떠날 뻔했다. 다른 남자와 이혼한 여자, 샌프란시스코 어느 가정의 주부였던 여자였다. 그는 사랑을 그만둘 수도 있었다. 하지만 오히려 그 사랑은 현실을 사는 생명체로서 그녀를 사랑하는 마음으로 탈바꿈했다. 그 또한 현실의 인간이 된 느낌이었다. 갑자기 쓸쓸한 술집의 단골 신사보다 훨씬 훌륭한 존재로 고양된 것이다.

그녀 곁에서 세심하게 배려하듯 똑바로 허리를 세우고 앉았다. "한 가지 부탁을 해도 될까요? 제가 그래도 될지 모르겠지만, 이혼에 관해 얘기해주세요."

"안 돼요. 물어보지 말아요!" 그녀는 소리내어 웃으며 답했다.

힐데브란트는 특유의 위태로운, 다소 넋 나간 듯한 표정으로 돌아가는 그녀의 얼굴을 바라보았다. 그 순간, 그녀를 향한 사랑에도, 지금 두 사람을 갈라놓는 거리를 보았다. 이 거리를 어떻게든 좁히지 않는 한 결코 가까워질 수 없다는 걸 깨달았다. 하지만 지금은 그가 사랑을 고백할 때가 아니었다. 남편이 그녀를 학대했는지 알고 싶었다. 아니면 바람을 피웠을까? 아니, 혹시 볼에 있는 흉터는 그 남자의 짓이 아닐까! 그 괴물을 찾아내 죽여버리고 싶었다!

"제가 어떻게 도울 수 있는 일이라도…?" 그는 탐색하듯 물었다. "괜찮으시다면 당신이 가장 사소한 부분까지 저에게 말해주셨으면 좋겠어요."

"가장 사소한 부분은 사소할 뿐이에요. 제 이름처럼요. 가장 중요한 내용은 이미 알고 계시고요."

"아니요. 모릅니다."

그녀는 다시 말이 없어졌고, 힐데브란트는 계속 말했다. "불행한 당신 모습을 도저히 두고 볼 수가 없을 뿐이에요."

"그렇지만 전 그다지 불행하지 않아요."

그는 그녀의 대답을 수수께끼라도 되는 듯 곱씹어 생각했다.

3

그녀는 한 시간 넘게 늦었다.

힐데브란트는, 인도를 왔다 갔다 하는 사람들을 살피며, 다시 한번 긴 시멘트 계단을 성큼성큼 가로질렀다. 감히 이 자리를 비우고 세인트레지스 호텔로 전화를 걸러 갈 엄두가 나지 않았다. 이제는 그녀가 와서 그가 그 자리에 없다는 걸 보면, 기다림에 지쳐 가버렸다고 착각할 만한 시간이 되었기 때문이다.

"꼭 올 거야!" 힐데브란트는 혼잣말을 뇌까렸다. "오지 않은 적은 한 번도 없잖아?" 어젯밤 그녀가 판도라 룸에서 만나기로 한 약속을 지켰던 때를 돌아보았다. 그리고 예상보다 늦었기 때문에, 아마도 모든 약속에 지각하는 사람인가 보다고 스스로 합리화했다.

"어이없다고 느낄 수도 있지만, 여기 온 김에 메트로폴리탄 미술관에 가보고 싶네요." 아직도 그녀가 한 말이 귓가에 맴돌았다.

그는 오후에 시간을 내어 같이 가줄 수 있다고 자신 있게 말했다. 사실은 오늘 그를 만나달라고 애원한 셈이다. 어젯밤 자정에 샌드위치 가게에서 토스트와 달걀 요리를 먹었을 때 그녀가 뭔가 중요한 말을 했기 때문이다. 그런데 그 말이 정확히 기억나지 않았다. "제가 당신 안의 외로움을 해결해줬다고 착각하면 안 돼요. 그건 오직 그 외로움을 아예 알지도 못하는 사람만이 없애줄 수 있을 거예요." 그녀의 의견을 웃어넘겼지만 그는 마음에 상처를 받았다. 이런 식으로 그녀는, 그가 그녀의 외로움을 해결할 수 없다고, 그녀가 필요한 걸 줄 수 없다고, 그녀에게 중요한 어떤 면에서 그는 남편이었던 사람보다 열등한 사람이라는 걸 안다고 넌지시 말했을지 모른다고 생각했기 때문이다.

하지만 이런 의혹은 메트로폴리탄 미술관에서 함께 오후를 보내자는 약속에 싹 사라진 터였다. 어젯밤까지는 신나는 모험처럼 보였다. 나중에 조용한 곳에서 차를 마시면서, 아직 모르는 게 이상한 모든 것들을 알아내겠다고 생각했다. 그녀의 이름, 언제 샌프란시스코에서 다시 돌아오는지, 애초에 왜 거기 가야 하는지 전부 다 물어보리라. 그리고 사랑한다고 말할 것이다. 판도라 룸 말고 어딘가 다른 곳에서, 외롭거나 부적절한 인간이었던 적이 없다는 듯이, 싹 처음부터 다시 시작할 것이다.

로비를 살피러 세 시에 계단을 뛰어 올라갔을 때 박물관은 그녀의 존재만으로도 마법에 걸린 듯했다. 하지만 이제 이 공간은 구슬퍼 보였다. 그는 자기가 한 아이와 함께 계단을 뛰어 내려가는 한 남자를 쳐다보고 있다는 걸 깨달았고, 그들이 계단을 다 내려갔을 때 비로소, 아까 세 시에 그와 함께 박물관에 입장했던 사람들이라는 걸 깨달았다. 그는 다시 넓고 긴 계단을 천천히 걸어 제자리로 돌아갔다.

야외인데도 검은색 코트의 깃을 무심하게 올린 모습이며 시린 어스름을 배경으로 회색 홈부르크 모자 아래 빳빳하게 굳은 뾰족한 얼굴을 한 그는, 누가 봐도 술집의 단골 신사였다. 기다림의 불안감이 불편한 추위 탓에 그 얼굴에 훤히 드러나 있었다. 경직된 팔에서 까탈스러운 분위기가 풍겼고, 장갑 낀 손이 다른 쪽 장갑을 잡고 있었으며, 뒷굽은 찰칵 소리를 냈다. 조바심을 냈던 건 평소와 달리 술집에 도착하는 시간이 늦어질까 봐서였을 수도 있다.

이 장면을 더는 견딜 수 없어졌다. 그의 손목시계 전면의 삼과 오 사이는 너무나 거대해 보였다. 계단을 달려 내려가 5번가를 따라 남쪽으로 걷기 시작하면서도 여전히 거리 양쪽을 살피며 정차하는 택시들을 보려고 계속 고개를 돌렸다.

어둠보다 빨리 닿으려 했다. 어둠이 깔리기 전 호텔에 도착할 수만 있다면, 아직 오후 시간이니 일이 있어 지각한 것뿐이라고 생각할 수 있었다. 로비로 걸어 들어갈 때, 어쩌면 엘리베이터를 타고 내려와 그를 맞아줄지 모른다.

코너를 돌고 호텔이 눈에 들어오자마자 그는 달리기 시작했다. 일 초가 흘러갈 때마다 당장이라도 그녀가 보이리라 믿었다. 그는 로비를 두리번거리며 훑어보고 안내 데스크로 갔다.

그리고 직원에게 물었다. "실례지만 혹시 이곳에 묵고 있는 초성이 H와 C로 시작하는 여성분의 이름을 알 수 있을까요? 미스 H. C.일 겁니다. 사실, C는 맞는지 잘 모르겠네요." 그는 부끄러워지기 시작했다. "샌프란시스코 출신입니다."

직원이 투숙자 명단을 갖고 왔다. "혹시 헬베타 코맥 씨가 맞을까요?"

"네, 맞는 거 같아요. 죄송하지만 객실 호수가 어떻게 되죠?"

"코맥 씨는 오늘 오후 체크아웃하셨습니다."

"그럼 그녀가 아니에요. 한 번 더 확인해주세요." 그는 명단을 보고 다급하게 손짓했지만, 그녀가 맞고 이제 그녀는 떠나고 없다는 깨달음이 갑자기 밀려왔다.

"그런 초성으로 샌프란시스코에서 오신 다른 손님은 없습니다." 직원이 명단을 훑어보며 답했다. "오후 한 시에 체크아웃하셨어요."

"금발이었나요? 키가 크고 말랐던가요?" 힐데브란트는 집요하게 물었다.

"맞아요, 기억납니다. 혹시 전할 물건이라도 있으신가요? 그분이 우리한테 편지를 보내서 요청할 수도 있으니까요."

"아니요. 없습니다. 혹시 주소라도 남기진 않았을까요?" 그는 최후의 희박한 기회에 매달리는 기분으로 절박하게 물어보았다.

"네, 그런 건 없네요."

힐데브란트는 다시 발뒤꿈치로 서서 장갑을 손바닥에 탁 내리쳤다. "네, 알겠습니다. 감사합니다."

밖으로 나가 밤마다 그랬듯이 하이페리온 호텔 차양 밑에서 잠시 멈춰 섰고, 이제 어느 방향으로 가야 하는지 무얼 해야 하는지를 고민했다. 그때 별안간, 하이페리온 호텔이 아니며 정황이 아주 다르다는 걸 깨닫는 한순간, 고독이 캄캄한 숲처럼 그를 에워싸고 무서운 속도로 솟구쳐 자라났다. 묘한 건 서둘러 그녀를 쫓아갈 생각이, 어떻게든 그녀를 찾고 싶다는 충동이 전혀 들지 않았다는 것이다. 나약함, 외로움, 부족함, 실패와 추락 말고 그가 무엇을 줄 수 있을까? 그는 그를 둘러싼 외로움의 핵이었고, 그 핵심에는 부적절성이 있었다. 심지어 그는 사랑에도 부적절했다.

눈꺼풀이 떨렸지만 그는 무심하게 고개를 들어 장갑 낀 손을 코트 주머니에 쑤셔 넣고 대로 쪽으로 걸었다.

Ladies

달팽이 연구자

피터 노퍼트 씨가 처음 달팽이를 관찰하기 시작했을 때만 해도 표본이 금방 몇백 마리가 될 거라고는 예상하지 못했다. 그런데 노퍼트 씨 연구실에 처음 달팽이들이 들어온 지 두 달 만에, 달팽이로 와글거리는 서른몇 가지 유리 탱크들과 그릇들이 벽을 따라 늘어서더니, 책상 위와 창틀 위에까지 놓이고 그다음엔 바닥까지 뒤덮기 시작했다. 노퍼트 부인은 강력하게 이의를 제기하고 방에 들어오길 거부하기 시작했다. 냄새나, 그녀가 말했다. 게다가 전에 한번 실수로 달팽이 한 마리를 밟았는데 그 감각이 너무 끔찍해서 다시는 잊을 수 없어. 그러나 아내와 친구들이 그의 특이하고 묘하게 역겨운 취미를 혐오할수록 노퍼트 씨는 그 취미에서 쾌감을 느끼는 듯했다.

"예전에는 살면서 자연에 관심이라곤 없었어." 노퍼트 씨가 자주 하는 말이었다. 그는 투자 회사의 파트너로 금융학에 인생을 바친 남자였다. "하지만 달팽이들이 동물 세계의 아름다움에 눈을 뜨게 해주었지."

달팽이는 정확히 말하자면 친구들이 동물이 아니며 그 미끌미끌한 삶의 터전이 자연의 아름다움을 가장 잘 보여주는 예시는 아닐 거라고 친구들이 말하면, 노퍼트 씨는 우월감이 엿보이는 미소를 지으며 너희는 그저 나보다 달팽이에 대해 모를 뿐이라고 말했다.

그리고 그건 사실이었다. 노퍼트 씨는 설명되지 않은 현상을 목격한 적이 있었다. 그가 찾을 수 있었던 백과사전이나 동물학 책에서는 어디에도 적절한 설명이 없었다. 그날 저녁 노퍼트 씨는 저녁 전에 뭔가 요기를 하려고 주방으로 들어갔다. 그리고 우연히 설거지 건조대에 올려진 도자기 그릇 속에서 달팽이 한 쌍이 매우 이상하게 행동하는 것을 목격했다. 달팽이들은 꼬리로 간신히 서서 마치 플루트 연주자에게 홀린 뱀 한 쌍처럼 서로의 앞에 서서 온 힘을 다해 꿈틀거리고 있었다. 다음 순간 둘의 얼굴이 폭발적으로 강렬한 키스와 함께 맞붙었다. 노퍼트 씨는 몸을 앞으로 숙이고 그들을 온갖 각도에서 뜯어보았다. 또 다른 일이 벌어지고 있었다. 귀처럼 생긴 돌기가 두 달팽이의 머리 오른편에서 생겨나고 있었다. 본능적으로 그가 보고 있는 것이 성적인 유의 행위라는 것을 알 수 있었다.

요리사가 들어와 그에게 무언가 말했지만, 노퍼트 씨는 짜증스럽게 손을 저어 그녀를 조용히 시켰다. 그릇 속 조그맣고 신비로운 생명체들에게서 눈을 뗄 수 없었다.

귀처럼 생긴 돌기들이 서로 가장자리를 꼭 맞대자, 흰색 빛이 도는 기둥 같은 작은 촉수가 한쪽 귀에서 뽑어져 나와 다른 달팽이의 귀를 향해 휘어져 나갔다. 노퍼트 씨의 첫 번째 가설이 내동댕이쳐진 건, 다른 달팽이에게서도 촉수가 미끄러져 나왔을 때였다. 참으로 기이하군, 그는 생각했다. 두 촉수는 들어갔다가, 서로의 몸에 투명한 과녁이라도 있는 것처럼 또다시 뻗어나갔다. 노퍼트 씨는 그 광경을 골똘히 훔쳐보았다. 요리사도 마찬가지였다.

"이런 걸 본 적이 있나?" 노퍼트 씨가 물었다.

"아뇨. 아마 둘이 싸우는 중인가 봐요." 요리사는 무심하게 말한 뒤 가버렸다. 그건 그가 달팽이라는 주제를 두고 앞으로 마주하게 될 수많은 무관심의 맛보기에 불과했다.

한 시간이 넘도록 노퍼트 씨는 붙었다 떨어졌다 하는 달팽이 한 쌍을 관찰했다. 먼저 귀, 다음엔 기둥이 물러난 뒤, 달팽이들이 긴장을 풀고 서로에게 더 이상 관심을 갖지 않을 때까지. 하지만 동시에 또다른 달팽이 한 쌍이 서로에게 추파를 던지기 시작했고 키스하기 위해 천천히 몸을 기울였다. 그날 저녁 노퍼트 씨는 요리사에게 달팽이 요리를 내놓지 말라고 했다. 그런 다음 관찰을 위해 그릇을 들고 위층으로 올라갔다. 그 후로 노퍼트 가에서는 달팽이 요리가 영영 나오지 않았다.

그날 밤 노퍼트 씨는 우연히 소장하게 된 백과사전들과 일반 과학책 몇 권을 찾아보았지만, 굴의 재생산 주기에 대해서는 자세하게 적혀 있었던 반면 달팽이의 짝짓기에 대해서는 아무것도 없었다. 아마도 목격한 장면이 짝짓기가 아니었을지도 모르겠다는 게 하루나 이틀 걸려 그가 내린 결론이었다. 아내인 에드나는 달팽이를 먹을 게 아니라면 치워버리라고 했다. 바로 그즈음이 바닥으로 기어 나온 달팽이를 밟았을 때다. 노퍼트 씨는 정말로 그렇게 했을 수도 있었다. 하지만 그는 다윈의 『종의 기원』에서 복족류에 대해 쓰인 한 문장을 발견하고 만다. 노퍼트 씨가 모르는 언어인 프랑스어 문장이었다. 상쉬알리테*라는 단어 하나에 그는 흡사 피 냄새를 맡은 추적견처럼 정신을 번쩍 차리고 집요하게 매달리기 시작했다. 그때 노퍼트 씨는 공공 도서관에 있었고, 따라서 열심히 불영사전을 뒤적여 문장을 번역할 수 있었다. 백 단어 이하로 된 그 짧은 글은 달팽이들이 짝짓기에서 다른 동물의 왕국 그 어디에서도 볼 수 없는 관능을 보여준다는 내용이었다. 그게 끝이었다. 앙리 파브르의 노트에서 발췌한 문장이었다. 다윈은 보통 독자를 위해서 번역하기보다는 분명 그저 정말로 관심이 있는 소수의 학계 사람을 위해 원어로 남겨두었으리라. 이제 노퍼트 씨는 자신이 바로 그 소수의 학계 사람이 된 듯 으쓱했다. 둥그런 분홍색 얼굴이 자신감으로 활짝 빛났다.

* '감각적 쾌락의 추구'라는 뜻의 프랑스어.

달팽이들이 모래나 흙에 알을 낳는 담수생물이라는 것을 배운 그는 젖은 흙과 작은 물 받침을 커다란 대야에 넣고 그의 달팽이들을 옮겨 넣었다. 그리고 어떤 일이든 일어나길 기다렸다. 하지만 다른 한 번의 짝짓기마저도 일어나지 않았다. 그는 달팽이들을 한 마리씩 들어 임신의 징후가 없는지 살펴보았다. 그런데 한 달팽이가 들려 올라가질 않았다. 껍데기가 땅에 붙어버린 것만 같았다. 노퍼트 씨는 달팽이가 죽기 위해 땅속에 머리를 처박은 게 아닐까 생각했다. 이틀이 더 지나고 사흘째 되는 날 아침, 노퍼트 씨는 그 달팽이가 있던 자리에서 부슬부슬한 흙을 발견했다. 그는 호기심에 부스러기들을 성냥개비로 살펴보다가 구멍 하나가 갓 낳은 반짝이는 알로 가득 찬 것을 발견하고 기쁨에 겨웠다. 노퍼트 씨는 아내와 요리사를 불러 알을 보여주었다. 알들은 검정이나 붉은색이 아닌 하얀색이라는 사실을 빼면 커다란 캐비어와 매우 닮아 있었다.

"글쎄, 어떤 식으로든 짝짓기를 해야 자연스럽겠지." 아내의 한마디였다. 노퍼트 씨는 아내의 무관심을 이해할 수 없었다. 그는 집에 있는 동안은 매 시간 알을 보러 가야 직성이 풀렸다. 아침마다 변화가 있는지 확인하기 위해 들여다보고, 잠들기 전에는 언제나 알 생각만 했다. 게다가 이제는 다른 달팽이가 구덩이를 파고 있었고, 다른 달팽이 한 쌍은 짝짓기를 하고 있었다! 첫 번째 알 덩어리는 이제 회색빛을 띠고 있었고, 작은 소용돌이 모양 껍데기들이 각 알의 한쪽 면에서 보이기 시작했다.

노퍼트 씨의 기대는 높아져만 갔다. 그리고 드디어 어느 아침이 찾아왔다. 노퍼트 씨가 세심하게 헤아린 바로는 산란 후 열여덟 번째 되는 날이었다. 그는 알 무더기 속에서 작게 움직이는 첫 번째 머리를, 둥지를 자신 없이 살피는 뭉툭한 작은 더듬이를 발견했다. 갓 태어난 아이의 아버지만큼 행복했다. 구덩이 속에 있던 일흔 개 넘는 알이 하나하나 기적적으로 생명을 갖고 태어났다. 그 모든 재생산 주기가 성공적인 결과를 맺는 과정을 목격한 것이다. 또 아무도, 적어도 그가 아는 사람 중에서는 그 누구도 자신이 가진 지식의 반의반도 갖지 못했을 것이라는 사실이 발견의 흥분을 더했다. 비전을 가진 자만이 느낄 수 있는 짜릿함이었다. 노퍼트 씨는 이어진 짝짓기와 부화를 손으로 기록했다. 친구들이나 손님들에게 달팽이 생물학을 늘어놓아 그들을 매혹하거나 더 자주는 충격받게 했고, 그래서 결국은 아내가 난처한 나머지 소리를 지르게 하고 말았다.

"그런데 끝이 있긴 있는 거야, 피터? 만약에 이 속도로 계속 새끼를 낳으면, 이 집이 전부 달팽이로 가득 차게 될 텐데!" 열다섯에서 스무 개 정도 되는 구덩이에서 달팽이가 태어난 뒤 아내가 꺼낸 말이었다.

"자연을 멈출 수는 없어." 그가 낭랑하게 말했다. "서재만 가득 찼을 뿐이잖아. 이 집에 방은 많은걸."

점점 더 많은 유리 탱크들과 대야들이 집 안에 들어오기 시작했다. 노퍼트 씨는 시장에 가서 좀 더 건강해 보이는 달팽이 몇 마리를 골랐다. 세상 다른 누구도 발견하지 못한, 짝짓기하는 한 쌍의 달팽이도 더해서. 점점 더 많은 알 구덩이가 탱크의 흙 밑바닥에서 나타나기 시작했고, 그 안에서 일흔에서 아흔 마리의 새끼 달팽이들이 기어 나왔다. 이슬처럼 투명한 새끼 달팽이들은 노퍼트 씨가 일종의 식용 사다리 삼아 재빠르게 구덩이마다 넣어준 신선한 양배추를 타고 미끄러져 올라왔다. 짝짓기가 너무 자주 벌어져서 이제 굳이 그 광경을 지켜보지는 않았다. 짝짓기가 한번 시작되면 스물네 시간 이상 이어지기도 했다. 하지만 그 작고 하얀 캐비아들이 껍데기로 변하고 움직이기 시작하는 모습을 보는 전율은 아무리 많이 보아도 줄어들지 않았다.

피터 노퍼트의 투자사 동료들도 새로운 활력소를 눈치챘다. 그의 행동은 좀 더 적극적으로 변했고, 계산에 뛰어난 능력을 보였으며, 솔직히 말해 계략을 짤 때는 좀 더 잔인해졌지만, 어쨌든 회사에 돈을 가져왔다. 만장일치로 그의 연봉은 사만 달러에서 육만 달러로 올라갔다. 누가 성과를 축하할 때면 노퍼트 씨는 모든 공을 자기가 키우는 달팽이들과 달팽이를 지켜봄으로써 얻은 유익한 휴식에 돌렸다.

이제는 서재라기보다는 아쿠아리움에 가까워진 방 안에서 그는 매일 저녁을 달팽이와 함께 보냈다. 신선한 양배추와 삶은 감자 조각과 비트로 탱크를 꾸민 다음, 자연의 비를 흉내내기 위해 모든 탱크에 설치한 스프링클러를 툭하면 틀어놓았다.

그러면 달팽이들은 활기차게 나와 먹거나 짝짓기를 시작하거나 얕은 물 사이로 미끄러지며 기뻐하곤 했다. 노퍼트 씨는 자주 그의 검지 위에 달팽이를 올려놓고 기어 다니게 했다. 그는 자신의 달팽이들이 사람과의 접촉을 좋아한다고 믿었다. 그러고는 달팽이에게 손으로 직접 양배추를 먹이거나 다른 사람이라면 일본 판화를 보며 느낄 법한 미적인 충만감을 느끼며 온갖 각도에서 지켜보곤 했다.

지금까지 노퍼트 씨는 서재에 누구도 들여보내지 않았다. 바닥을 기어 다니거나, 의자 바닥에 붙어 잠들거나, 책장에 있는 책 뒤에 가 있는 버릇이 있는 달팽이들이 너무나 많았다. 달팽이들은 주로 자면서 시간을 보냈다. 특히 늙은 달팽이들은 더 그랬다. 하지만 짝짓기를 더 선호하는 조금 덜 나태한 달팽이들도 있었다. 노퍼트 씨는 대략 열두 쌍의 달팽이들이 상시 키스를 하고 있다고 추산했다. 그리고 두말할 필요도 없이 갓 태어났거나 어린 달팽이들이 셀 수 없이 많았다. 그 달팽이들의 수를 세는 것은 불가능했다. 다만 노퍼트 씨도 천장에 붙어 가만히 있거나 기어 다니는 달팽이들만 세어본 적이 있는데, 1100에서 1200마리 정도의 숫자에 안착했다. 탱크와 대야, 책상 아래와 책장을 합치면 그 쉰 배 정도는 거뜬히 넘을 것이었다. 노퍼트 씨는 언젠가 천장에서 달팽이들을 긁어내야겠다는 생각을 했다. 몇 마리는 몇 주가 넘도록 거기 달라붙어 있었고, 그래서 충분한 영양을 공급받지 못할까 걱정되었기 때문이다. 하지만 최근에는 조금 바빠지기도 했고, 또 서재의 의자에 앉아 갖는 조용한 휴식이 너무나 필요했다.

유월 한 달 동안은 너무 바빠서 저녁에도 사무실에 남아 일하기 일쑤였다. 회계 연도상 연말이 되자 온갖 리포트들이 쌓이고 있었다. 그는 계산했고, 아주 작은 수익 가능성을 찾아냈으며, 가장 대담무쌍하고 가장 뻔하지 않은 전략들은 자신의 개인적 투자를 위해 아껴두었다. 내년 이때쯤에는 지금보다 서너 배 부자가 되어 있을 것이다. 은행 잔고가 달팽이만큼 쉽고 빠르게 늘어나는 것을 확인했다. 이 말을 했더니 아내는 뛸 듯이 기뻐했다. 심지어 서재를 파괴한 죄와 위층 전체에서 나는 썩은 생선 비린내까지도 용서해주었다.

"그래도 나는 당신이 한번 위에 올라가서 별일 없는지 살펴보면 좋겠어, 피터." 어느 날 아침 조금은 불안감 섞인 목소리로 아내가 말했다. "탱크 하나가 뒤집어지거나, 그랬을 수도 있어. 카펫에 문제가 없으면 좋겠는데. 당신 일주일 정도 서재에 안 들어가봤잖아."

노퍼트 씨는 거의 이 주 동안 서재에 들어가지 않았다. 카펫은 이미 다 없어졌을 거라는 말은 아내에게 하지 않았다. "오늘 밤에 올라가볼게." 그가 말했다.

하지만 시간을 내기까지는 사흘이 더 걸렸다. 어느 날 저녁 잠들기 전 서재에 들어가본 그는 바닥이 달팽이로, 서너 겹의 달팽이들로 가득 찬 것을 보고 놀랐다. 달팽이를 뭉개지 않고 문을 닫는 것이 어려울 정도였다. 방 구석구석을 채운 달팽이 무리 때문에 방이 둥그렇게 보였고, 마치 역암으로 된 커다란 돌 안에 서 있는 느낌이 들었다. 노퍼트 씨는 관절을 꺾은 뒤 주위를 둘러싼 달팽이들을 넋 놓고 둘러보았다. 달팽이들이 모든 표면을 뒤덮었을 뿐만 아니라, 몇천 마리가 샹들리에에서 그로테스크한 무리가 되어 떨어져 내리고 있었다.

노퍼트 씨는 의자 뒷면을 잡고 자세를 곧추세우려 했다. 하지만 그저 손 아래에서 대량의 껍질들을 느낄 수 있을 뿐이었다. 조금 웃을 수밖에 없었다. 달팽이들이 의자 위에 마치 울퉁불퉁한 쿠션처럼 켜켜이 쌓여 있었다. 천장을 어떻게 해야만 했다. 구석에서 우산을 찾아 천장에서 달팽이들을 털어낸 뒤 책상을 치워서 일어서려 했다. 우산 끝에 걸린 벽지가 찢어졌고 매달린 달팽이들의 무게가 거의 바닥까지 내려오는 기다란 띠를 만들었다. 노퍼트 씨는 갑자기 좌절했고 화가 났다. 스프링클러를 뿌리면 그것들이 움직일 터였다. 그는 레버를 당겼다.

탱크들에 달린 스프링클러들이 한꺼번에 열렸고, 온 방에서 소용돌이가 솟구치기 시작했다. 노퍼트 씨의 발이 바닥에서 천장의 스프링클러를 향해 꿈틀대며 바닷가 모래 같은 소리를 내는 달팽이 껍질들을 따라 미끄러졌다. 그는 이것이 실수였음을 단번에 알아챘다. 물을 먹은 종이들이 찢어지기 시작했고, 그가 천천히 떨어지는 달팽이 덩어리를 피한 순간 좌우로 흔들리는 또 다른 달팽이의 줄에 맞아 머리에 꽤 치명적인 타격을 입고 말았다. 정신이 멍해져 한쪽 다리를 꿇었다. 창문을 열어야겠어, 그가 생각했다. 냄새가 고약하네. 그러자 그의 신발과 바지를 타고 달팽이들이 기어 올라오기 시작했다. 짜증스럽게 다리를 털어냈다. 샹들리에가 그 위로 떨어진 건 누구든 하인을 부르려고 문으로 가려던 순간이다. 그는 바닥에 쓰러졌다. 이제야 창문을 여는 게 불가능하다는 사실이 보였다. 달팽이들이 창틀에 두껍게 달라붙어 있었다. 잠시 그는 다시 일어나지 못할 것만 같았다. 질식하는 느낌이었다. 방에서 나는 곰팡내도 곰팡내였지만, 달팽이로 뒤덮여 길게 찢어진 벽지들이 시야를 가려 감옥에 갇힌 듯 답답했다.

"에드나!" 그가 외쳤지만, 다음 순간 자신의 목소리가 얼마나 죽은 듯 무력한지에 놀랄 수밖에 없었다. 실내는 방음 처리가 된 것 같았다.

손과 무릎 아래로 밟히는 달팽이들을 전혀 신경 쓰지 않고 문 쪽으로 기어갔다. 하지만 문을 열 수 없었다. 문에 붙은 무수한 달팽이가 네 곳의 문 틈새 위를 건너다니며 그의 완력을 저지했다.

"에드나!" 달팽이 하나가 입안으로 기어 들어왔다. 그는 역겨워하며 뱉어냈다. 노퍼트 씨는 팔에서 달팽이를 털어내려 했다. 하지만 백 마리를 털어내면 사백 마리가 기어올라 몸에 달라붙는 것만 같았다. 상대적으로 유일하게 달팽이가 없는 표면이기 때문에 일부러 그를 찾아오는 것처럼. 비틀거리며 넘어지자마자 다른 무언가가 그를 때렸다. 노퍼트 씨는 그게 무엇인지조차 볼 수 없었다. 정신을 잃어가고 있었다! 어쨌든 그는 바닥에 누워 있었다. 콧구멍이나 눈에 손을 뻗어 숨통을 틀어막는 살인적인 달팽이 몸체들을 뜯어내려 할 때마다 팔이 납덩이처럼 느껴졌다.

"도와줘!" 달팽이를 삼켰다. 켁켁거리며 공기를 마시려 입을 여니 다른 달팽이 한 마리가 입술을 지나 혀 위로 기어 오는 것이 느껴졌다. 여기가 지옥이었다! 점성의 강처럼 달팽이들이 그의 다리 위로 미끄러지며 밑바닥으로 다리를 누르는 것이 느껴졌다. "억!" 노퍼트 씨의 목소리는 약한 헐떡임으로 변해 있었다. 시야가 두렵고 파도치는 검정으로 변했다. 아예 숨을 쉴 수가 없었다. 콧구멍에 손을 댈 수 없어서, 손을 움직일 수 없어서. 그러다 한쪽 눈 바로 앞에서, 한 뼘 앞에서, 그가 알기로, 예전에 문 근처 화분에 심겨 있던 고무나무였던 것이 보였다. 달팽이 한 쌍이 그 위에서 조용히 짝짓기하고 있었다. 그리고 그들 바로 옆에서, 이슬만큼이나 투명한 작은 달팽이들이 넓어진 그들의 세계를 향해 전진하는 무한의 군대처럼 뿜어 나오고 있었다.

옮긴이 김선형
서울대학교 영어영문학과를 졸업하고 동 대학원에서 박사 학위를 받았다.
옮긴 책으로 『미 비포 유』, 『은하수를 여행하는 히치하이커를 위한 안내서』, 『시녀 이야기』, 『증언들』, 『내가 사랑했던 것』, 『수전 손택의 말』, 『가재가 노래하는 곳』, 『시의 역사』 등이 있다. 2010년 유영번역상을 수상했다.

레이디스

1판 1쇄	2022년 12월 1일
1판 2쇄	2023년 1월 17일

지은이	퍼트리샤 하이스미스
옮긴이	김선형
펴낸이	김정순
편집	허정은 허영수
디자인	이강효
마케팅	이보민 양혜림 정지수

펴낸곳	(주)북하우스 퍼블리셔스
출판등록	1997년 9월 23일 제406-2003-055호
주소	04043 서울시 마포구 양화로 12길 16-9(서교동 북앤빌딩)
전자우편	editor@bookhouse.co.kr
홈페이지	www.bookhouse.co.kr
전화번호	02-3144-3123
팩스	02-3144-3121

ISBN 979-11-6405-184-7 03840